BASTEI LÜBBE

FILM- und FERNSEH-BÜCHER aus dem
BASTEI-LÜBBE-Taschenbuchprogramm:

13 001 Feuerkind
13 006 Ghostbusters
13 007 Tag des Falken
13 008 Shining
13 013 Joey
13 021 Der Tod kommt zweimal
13 026 Gandhi
13 035 Cujo
13 038 Mad Max 3
13 039 Zurück in die Zukunft
13 040 Explorers
13 042 Cocoon
13 043 Trucks
13 054 Christine
13 055 Spione wie wir
13 059 Das Geheimnis des verborgenen Tempels
13 060 Karate Kid
13 084 Top Gun
13 086 Staatsanwälte küßt man nicht
13 087 Ferris macht blau
13 088 Katzenauge
13 090 Der Fahnder
13 091 Die Haie der Großstadt
13 092 Die Farbe des Geldes
13 098 Unternehmen Heartbreak Ridge
13 114 Die Jahreszeiten (Stand by me) Herbst & Winter
13 116 Hollywood-Monster
13 117 Das Geheimnis meines Erfolges
13 118 Lethal Weapon — Zwei stahlharte Profis
13 119 Beverly Hills Cop — II
13 120 Lost Boys
13 140 Predator
13 141 Der weiße Hai — Die Rache
13 143 Angel Heart
13 144 Robocop
13 167 Suspekt
13 187 Siesta
13 188 Red Heat
13 189 Presidio
13 190 Terminus
13 191 Jürgen Rolands Großstadtrevier
13 192 Der Blob
13 193 Tucker — Ein Mann und sein Traum
13 194 Angeklagt
13 195 Die Braut des Prinzen
13 219 Stirb langsam
13 220 Bastard
13 221 Der Bruch
13 239 Der Malteser des Falken
13 242 Ghostbusters II — Der Roman
13 243 Dead Bang
13 244 Karate Kid III
13 245 Straße ohne Wiederkehr
13 246 Abyss
13 247 Ghostbusters II – Der Film
13 248 Zurück in die Zukunft II
13 278 Erik der Wikinger
13 279 Rosamunde
13 280 Moon 44
13 283 Pink Cadillac
13 284 Shocker
13 285 Die totale Erinnerung – Total Recall
13 309 Zurück in die Zukunft III

PIERS ANTHONY

DIE TOTALE ERINNERUNG

TOTAL RECALL

Der Roman zum Film

Ins Deutsche übertragen
von Uwe Anton

BASTEI
LÜBBE

BASTEI-LÜBBE-TASCHENBUCH
Allgemeine Reihe
Band 13 285

Erste Auflage: August 1990

Deutsche Lizenzausgabe 1990
Bastei-Verlag Gustav H. Lübbe GmbH & Co.,
Bergisch Gladbach
Originaltitel: Total Recall
Lektorat: Reinhard Rohn
Titelfoto: Scotia-Film
Umschlaggestaltung: Quadro Grafik, Bensberg
Satz: KCS GmbH, 2110 Buchholz/Hamburg
Druck und Verarbeitung:
Brodard & Taupin, La Flèche, Frankreich
Printed in France
ISBN 3-404-13285-8

Der Preis dieses Bandes versteht sich
einschließlich der gesetzlichen Mehrwertsteuer.

Kapitel 1 *Mars*

Zwei Monde hingen am dunkelroten Himmel. Der eine war ein Vollmond, der andere eine Sichel. Der eine hatte einen viermal so großen Durchmesser wie der andere, und keiner von ihnen war ganz rund. Man hätte beide besser als eiförmig bezeichnen können; ein Hühnerei und ein Rotkehlchenei. Vielleicht sahen sie auch aus wie zwei Kartoffeln, eine große und eine kleine.

Der große Mond war Phobos, benannt nach der Personifikation der Angst: des Heerführers, der seine Armeen in die Niederlage führt. Der kleine war Deimos, die Personifikation des Schreckens. Das war passend, denn beide waren die Trabanten des Mars, des alten römischen Gottes des Krieges und des Ackerbaus.

Die Marslandschaft war häßlich. Bis zum Horizont, der hier näher lag als auf der Erde, gab es nur öde Felsformationen, vorspringende Klippen und Staub. Hier hätte ein Krieg stattgefunden haben können, der das Gelände zerfurcht hatte, aber ganz offensichtlich konnte von Ackerbau keine Rede sein. Dies war Niemandsland im wahrsten Sinne des Wortes.

Douglas Quaid stand an einem zerklüfteten Steilhang. Er trug einen leichten Raumanzug mit Atemgerät, denn der Atmosphärendruck betrug hier nur ein Hundertfünfzigstel des Drucks auf der Erde in Höhe des Meeresspiegels, und die Temperatur lag bei minus fünfundsiebzig Grad. Hier hätte arktischer Schnee gelegen, wenn die dünne Luft genug Wasserdampf für seine Entstehung enthalten hätte. Jede Beschädigung seines Raumanzugs, der kleinste Riß durch eine scharfe Felskante hätte sein Ende hier genauso schnell herbeigeführt wie im Weltraum selbst. So ziemlich das einzige, was der Mars dem leeren Raum voraushatte, war die Schwerkraft: etwas größer als ein Drittel der Schwerkraft auf der Erde. Sie vermittelte wenigstens einen Begriff von oben und unten, und sie ermöglichte es zu gehen.

Quaid war nicht auf die geringe Schwerkraft angewiesen, um sich besser bewegen zu können. Er war ein hochgewachsener und schwerer Mann und so muskulös, daß es selbst unter dem Raumanzug zu erkennen war. Seine scharfgeschnittenen Züge ließen auf erhebliche Energie schließen, und seine ganze Gestalt strahlte rohe Kraft aus. Ganz offensichtlich war er nicht zufällig hier. Er hatte eine Mission, und nicht einmal die höllischen Bedingungen auf diesem Planeten würden ihn von ihrer Durchführung abhalten können.

Er beobachtete den Horizont. Hinter ihm stieg das Gelände an und türmte sich zu dem phänomenalsten Berg auf, den das Sonnensystem kennt: Olympus Mons, der das Terrain, auf dem Quaid stand, um sechzehn Kilometer überragte. In seiner Gesamtheit war er fast vierundzwanzig Kilometer hoch, über dreimal so hoch wie Hawaiis Mauna Loa, der höchste Berg der Erde, dessen Masse zum größten Teil unter den Fluten des Pazifiks liegt. Er war ein Vulkan, wenn auch von ganz anderen Ausmaßen als irgendeiner auf der Erde. Sein Kegel hatte einen Durchmesser von etwa 550 Kilometern, und nach allen Seiten gingen strahlenförmig Lavaströme aus, die jetzt gefroren waren. Eine mächtige, über drei Kilometer hohe Böschung zog sich um ihn herum und gab ihm seltsame, aber klare Konturen. Olympus Mons war ein Wunder, das selbst einen Mann wie Quaid in Erstaunen versetzte.

Hinter ihm erklang ein Geräusch, das er nicht so sehr als Schallwellen in der dünnen Atmosphäre wahrnahm, sondern eher als Schwingung im Fels. Jemand näherte sich ihm: eine Frau. Quaid drehte sich zu ihr um, als hätte er auf sie gewartet; er zeigte keine Überraschung und beobachtete sie mit Wohlgefallen. Der Anblick lohnte sich. Als Frau war sie genau so ein Prachtexemplar wie er als Mann, und auch ihre Formen waren unter dem Raumanzug deutlich zu erkennen. Hinter dem Visier ihres Helms sah er ihr braunes Haar und ihre großen Augen. Sie erwiderte seinen Blick. Ihre ganze Haltung verriet Interesse, und sie schien gerade im Begriff zu sein, sich in ihn zu verlieben.

Aber dies war kaum der geeignete Ort für einen Flirt! Schon die Raumanzüge hätten jede Annäherung unmöglich gemacht, wenn sie so etwas im Sinn gehabt hätten. Hier ging es um sachliche Dinge.

Sie drehte sich um und ging auf einen pyramidenförmigen Berg zu, der ihm noch nicht aufgefallen war. Es war ein eindrucksvoller Berg, wenn auch nicht mit dem Olympus Mons zu vergleichen. In seiner Symmetrie wirkte er beinahe künstlich. Wie kam es auf dem Mars zu einer so seltsamen Formation? Aber sie war auch nicht rätselhafter als die aus verschiedenen Felsen herausgemeißelten menschlichen Gesichter und die vielen kleinen eigenartigen Geräte, die überall verstreut lagen und die bewiesen, daß der Mensch auf dem Mars nicht der erste Besucher gewesen war.

Quaid folgte ihr und bedauerte, daß nur ihr Helm durchsichtig war. Dennoch war es ein Vergnügen, sie sich bewegen zu sehen. Sie führte ihn zu einer gezackten Öffnung an der Seite des Berges, die offensichtlich bei einem der Ausbrüche entstanden war. Es war eine Höhle mit steil abfallenden Wänden, in die durch die Risse gerade genug Licht hereinfiel, daß man auf dem Weg in den Berg hinein sicheren Halt finden konnte.

Tief im Innern erreichten sie einen Felsvorsprung. Sie befanden sich in einer annähernd kreisförmigen Kammer von beträchtlicher Größe. Nein, es war eine Senke, und darüber war ein Stück Marshimmel zu sehen. Unter ihm schien ein bodenloser Abgrund zu klaffen. Als sich Quaids Augen an die tiefen Schatten gewöhnt hatten, erkannte er den gewölbten Rand und den pyramidenförmigen Anstieg der Felsen über sich. War dies eine natürliche Höhle, oder war sie von Menschenhand aus dem Felsen gehauen worden? Er war von ihr beeindruckt, aber das hatte nur bedingt mit ihrer Größe und Rätselhaftigkeit zu tun. Irgendwie wußte er, daß die Bedeutung dieses Ortes über das hinausging, was ein gewöhnlicher Mann oder eine gewöhnliche Frau begreifen konnte, und daß das, was sie beide hier taten, wichtiger war, als irgend jemand auf der Erde vermuten könnte.

Die Frau ging nach rechts. Sie griff nach unten und zog ein dünnes Seil hervor. Es schien an einem großen Felsen oder einem Vorsprung verankert zu sein. Dann trat sie zurück und zog, und das Seil wurde länger. Als sie sich ihm zuwandte, sah Quaid, daß das Ende, das sie in der Hand hielt, mit einem Gerät verbunden war, das aussah wie die Rolle einer Angelschnur und das an einem breiten Gürtel befestigt war. Sie brachte ihm den Gürtel und hielt die Enden auseinander. Dann legte sie ihm den Gürtel um die Hüfte und ließ ihn an seinem Rücken zuschnappen. Jetzt hatte er die Rolle vorn und war mit dem Felsen verbunden. Quaid zog am Seil, und es gab nach. Es war innerhalb der Rolle aufgespult und von dort aus mit dem Felsen verbunden. Obwohl das Seil ziemlich lang war, wog es nur ein paar Pfund.

Er nahm das Seil zwischen seine behandschuhten Hände und zog kräftig daran. Das Seil hielt. Er verstärkte den Zug, bis seine Muskeln hervortraten, aber das Seil hielt immer noch. Er winkte der Frau, und sie kam. Nun knüpfte er das Seil zu einer Schlinge und bedeutete ihr, sich hineinzusetzen. Ungeschickt tat sie es und hielt sich fest, um nicht das Gleichgewicht zu verlieren. Quaid hob den Arm und zog sie leicht in die Luft. Natürlich wog sie bei der Schwerkraft auf dem Mars nur fünfundvierzig Pfund, aber er hätte genausogut ihr wahres Gewicht heben können. Sie lächelte.

Auch er lächelte und seilte sie ab. Das Seil würde halten.

Sie faßten sich an den behandschuhten Händen und verabschiedeten sich. Sie umarmten sich, und jeder legte sein Visier an das des anderen, aber sie konnten sich nicht küssen. Wenn er etwas an Raumanzügen haßte . . .!

Quaid ließ sie los und trat an den Rand des Vorsprungs. Er stützte sich mit den Händen ab, und in einem Manöver, das bei der Schwerkraft der Erde schwierig gewesen wäre, schwang er seine Beine hinüber. Er packte das Seil, und mit dem Gesicht zur Wand ließ er sich in den dunklen Abgrund hinab.

Ein weniger kräftiger Mann hätte das Seil unter seinem linken Oberschenkel hindurchgeführt und über seine rechte Schulter genommen und so eine Doppelschlinge gebildet, die sich für den Abstieg langsam verlängert hätte. Die Mühe machte Quaid sich nicht. Er ließ sich einfach an den Händen herunter, als stiege er eine Leiter hinab. Um jeweils einen Meter sprang er nach unten und stieß sich dabei mit den Füßen von der Wand ab. Ein Kinderspiel!

Ein paar Meter tiefer machte er halt und schaute auf. Die Frau beugte sich über die Kante. Ihr Oberkörper zeigte sich als Silhouette, und wegen der Durchsichtigkeit des Helms schien ihr Kopf beleuchtet zu sein. Sie sah aus wie ein auf eine Decke gemalter Engel. Der volle Mond Phobos schwebte über ihrem Kopf und verlieh ihr einen Heiligenschein.

Sie legte die Hand an den Helm und warf ihm eine Kußhand zu.

Quaid erlebte eine heftige Gefühlsaufwallung. Mein Gott, war sie schön!

Aber er hatte zu tun. Er winkte zurück und setzte seinen Abstieg fort. Jetzt merkte er, daß er seine Hände gar nicht benutzen mußte; die Rolle konnte so eingestellt werden, daß sich das Seil mit gleichmäßiger Geschwindigkeit abspulte. Er stellte sie entsprechend ein und ließ los.

Der Abstieg erfolgte genauso schnell wie vorher. Doch jetzt hatte er die Hände frei, für den Fall, daß er sie gebrauchen mußte. Er atmete auf und schaute sich um.

Das Mondlicht erhellte den Abgrund und zeigte ihm Einzelheiten, die er von oben nicht gesehen hatte. Dutzende von riesigen vertikalen Röhren, die ihn vage an eine gigantische Orgel erinnerten, stiegen aus der Tiefe auf. Irgendwie wußte er, daß man auf ihnen keine Musik spielen konnte. Aber *wozu* waren sie bestimmt? Ganz gewiß standen sie nicht hier als Mars-Kunstwerke!

An seiner Hüfte spürte er eine Vibration. Mit der Rolle stimmte irgend etwas nicht! Er griff danach, aber mit seinen dicken Handschuhen konnte er entweder nichts verrichten oder machte alles noch schlimmer. Jedenfalls spulte sich das Seil mit einer beängstigenden Geschwindigkeit ab.

Quaid stürzte in die bodenlose Tiefe. Wild schlug er mit den Armen um sich und versuchte, den Fall zu verlangsamen. Seine Füße verloren den Kontakt zur Wand, und er drehte sich um sich selbst. Undeutlich sah er bei seinem Sturz, wie die Wand, die Röhren und die Zwischenräume um ihn herumwirbelten.

»Doug!« Es war die Frau, die ihm erschrocken von oben etwas zurief.

Er versuchte zu antworten, aber er war so desorientiert, daß ihm nicht einmal das gelang. Weiter stürzte er und hatte nicht mehr die geringste Kontrolle über seine Bewegungen.

»Doug!« hörte er wieder ihre verzweifelte Stimme, die aus der Ferne schon sehr viel leiser klang.

Der Abgrund füllte sich mit hellem weißen Licht. Quaid wußte, daß dies das Ende war. Irgendwie hatte er keine Angst; ihm blieb nichts übrig, als sich seinem Schicksal zu stellen.

Kapitel 2 *Lori*

Quaid wachte erschrocken auf. Er lag in seinem Bett auf der Erde und war in Sicherheit. Das Schlafzimmer war in das Licht der Morgensonne getaucht.

Während er sich orientierte und sein Herzschlag sich wieder normalisierte, erkannte er, er hätte wissen müssen, daß sein Erlebnis keine Wirklichkeit gewesen war. Er war noch nie auf dem Mars gewesen; wie konnte er sich also plötzlich dort befinden, ohne zu wissen, wie er dort hingekommen war? Er war ganz einfach auf der öden Oberfläche des Planeten aufgetaucht, hatte ein Mädchen kennengelernt und war in eine Höhle an der Seite eines pyramidenförmigen Berges gegangen und von dort in ein riesiges Loch gestiegen. Auf einer rationalen Basis ergab das Ganze keinen Sinn. In seinem Traum hatte er es akzeptiert, aber so geht es nun einmal mit Träumen.

Jetzt, wo er darüber nachdachte, bekam die Szenerie einen Riß nach dem anderen. Soviel Licht von diesem winzigen Mond? Nun, vielleicht; schließlich war er noch nie dort gewesen. Aber dieses Seil – warum hatte er es nicht einfach gepackt und so seinen Sturz aufgehalten? Er wäre zweifellos dazu in der Lage gewesen; er war mit dem Seil verbunden gewesen und hätte es beim Austritt aus der Rolle aufhalten können. Er hätte die Rolle nur mit beiden Händen fest umschließen müssen. Da die Schwerkraft nur einen Bruchteil der Schwerkraft der Erde betrug, wäre es bei seinen kräftigen Armen nicht anders gewesen, als hätte er einen großen Truthahn festgehalten, den ihm jemand zuwarf. Er hätte zwar einen Ruck verspürt, aber es wäre nicht unmöglich gewesen. Nur die Traumwelt hatte diesen Sturz unvermeidlich gemacht.

Aber eine kleine Einzelheit störte ihn am meisten. *Doug!* hatte die Frau gerufen. Das bedeutete, daß sie ihn kannte, obwohl er sich beim besten Willen nicht an ihren Namen erinnern konnte. Nicht Mr. Quaid, nicht Douglas, sondern Doug hatte sie gerufen, und zwar sehr gefühlvoll. Dieses Gefühl hatte auch in ihm eine Regung geweckt, selbst jetzt, nachdem er aus seinem Traum aufgewacht und wieder mit der Wirklichkeit konfrontiert war. Sie war wichtig für ihn, mehr als wichtig; sie war ...

Dann wurden die Dinge allmählich klarer. *Wie hatte er sie rufen hören können?* – dort in dem Fast-Vakuum der Marsatmosphäre? Sie hatten während des ganzen Traums nicht miteinander gesprochen, doch am Ende war jeder Anschein von Wahrheit zusammengebrochen.

Das helle Licht zum Schluß – das war *dieses* Licht, das Tageslicht auf der Erde, das viel intensiver war als das Licht auf dem Mars. Nicht der strahlende Glanz des Himmels oder das Inferno der Hölle nach seinem Tod, sondern das gewöhnliche helle Tageslicht, wenn man einmal verschlafen hat. Das war eine Erleichterung!

Dennoch ließ diese Stimme ihn nicht los. Diese Frau ...

Jemand war bei ihm. Quaid blinzelte und schaute hin.

Ein wunderbares Geschöpf beugte sich über ihn. Sie trug ein dünnes Nachthemd, das sich so bereitwillig öffnete, daß es Absicht gewesen sein mußte. Darunter erkannte er Teile einer bemerkenswerten Anatomie. Sie war nicht das Mädchen aus seinem Traum. Sie war eine beeindruckende blonde Amazone. Seine Frau Lori. Wie hatte er das vergessen können?

»Du hast geträumt«, sagte sie mitfühlend, als sie die Hand ausstreckte, um ihm den Schweiß von der Stirn zu wischen.

Er antwortete nicht, denn der Anblick ihrer vollen Brüste unter dem Nachthemd hatte ihn abgelenkt. Er hatte sie natürlich schon sehr oft gesehen, aber diesen Anblick wurde er nie leid. Wenn man von beeindruckender Architektur redet ...

»Wieder der Mars?« erkundigte sie sich besorgt. Ihre Brüste bewegten sich zusammen mit ihren Armen, als sie ihm noch einmal über das Gesicht strich.

Er nickte, und sein nächtliches Traumerlebnis regte ihn immer noch auf, wenn er sich auch rasch wieder an die Realität gewöhnte. Was hatte die Frau in seinem Traum, das Lori nicht hatte? Braunes Haar vielleicht; sonst nichts. Und Lori trug nicht gerade einen Raumanzug.

Plötzlich fiel ihm ein, daß die Stimme der Marsfrau in seinem Traum kein Irrtum gewesen war. Sie hatten Raumanzüge getragen, und Raumanzüge verfügten über Sprechanlagen. Er hatte ihre Stimme also über seine Helmanlage gehört! Das bedeutete, daß sein Traum doch nicht so weit hergeholt war.

Lori, die seinen abwesenden Blick mißdeutete, fing an, ihn zu streicheln. Sie ließ die Hand über seinen Hals gleiten und drückte seine Schultermuskeln. Sie mochte seine Muskeln und berührte sie gern. Seine Muskeln regten sie an, und dagegen hatte er wirklich nichts einzuwenden.

»Mein armes Baby«, murmelte sie und streichelte seine Brust. »Armes Ding, immer diese schlechten Träume, diese schrecklichen Alpträume.« Sie beugte sich zu ihm hinab und küßte ihm

Hals und Schulter auf eine Weise, die tröstend hätte sein können, die aber erotisch wirkte. »Ist es so besser?«

Ihre Lippen bewegten sich über seine Brust, und sie versuchte, ihn dabei anzusehen. Er wollte nicht, daß sie aufhörte. »Gut«, brummte er.

Lori machte weiter und beschäftigte sich jetzt mit seinem Bauch. Er wußte, daß sie ihn verführen wollte, sie wollte ihn von seinem Traum ablenken, und das machte sie sehr gut. Ihm gefiel das. Wenn nur die Frau auf dem Mars keinen Raumanzug getragen hätte! Er konnte sich gut vorstellen, daß sie es war ...

»War sie da?« fragte sie.

Oh. Konnte sie Gedanken lesen? Er hatte ein schlechtes Gewissen, weil er an diese Frau denken mußte, wo Lori doch alles war, was sich ein Mann nur wünschen konnte. Aber Loris Interesse an dieser fremden Frau amüsierte ihn irgendwie.

Er stellte sich dumm. »Wer?«

»Das weißt du doch ganz genau.« Lori hob den Kopf und verzog den Mund. Auch sie stellte sich dumm und tat so, als könnte sie die andere Frau nicht genau beschreiben oder als erinnerte sie sich nicht genau. »Das Mädchen mit den ...« Sie bewegte ihre Hände mit der Geste, mit der man gewöhnlich große Brüste beschreibt.

Er lächelte. »Ach, die.« Als ob Lori nicht selbst genau diesem Typ entspräche.

Aber sie ließ nicht locker. »War sie denn nun da?«

Er lachte. »Erstaunlich! Du bist auf einen Traum eifersüchtig!« In Wirklichkeit fand er das interessant, denn das verlieh der Figur eine gewisse Realität, von der er wußte, daß sie nur in seiner Phantasie existierte.

Lori schlug ihm in den Magen und entwand sich ihm. Er versuchte, sie festzuhalten, aber sie riß sich los und stand vom Bett auf. Sie gingen manchmal ziemlich rauh miteinander um, aber es hielt sich natürlich in Grenzen; er schlug nie zurück.

»So witzig ist das gar nicht, Doug«, sagte sie, als sie schon halb aufgestanden war. »Laß mich los!« Jetzt half ihr die

Schwerkraft. Wenn er sie losgelassen hätte, wäre sie gefallen. »Du bist jede Nacht auf dem Mars.«

Wie recht sie hatte. »Aber morgens bin ich immer wieder zurück«, protestierte er schwach. Er wußte, daß er es nicht zu weit treiben durfte, wenn er sich keine Unannehmlichkeiten einhandeln wollte, denn er empfand wirklich eine geheime Leidenschaft für diese nicht existierende Frau, und das merkte Lori inzwischen.

Es gelang ihm, sie aufs Bett zurückzuziehen. Jetzt beanspruchte allein Lori seine Aufmerksamkeit, und das war auch sicherlich ihre Absicht gewesen. Sie rangen miteinander, und sie schlang ihre Beine um seine und nahm ihn in einen harmlosen, aber höchst interessanten Scherengriff. Er bog ihre Arme zur Seite und versuchte, sie zu küssen. Sie drehte ihren Kopf von einer Seite zur anderen, um seinen Lippen auszuweichen.

Sie schien ernstlich böse zu sein. »Ach, Lori, sei doch nicht so«, protestierte er und wand sich in ihrer Umklammerung. »*Du* bist das Mädchen meiner Träume.«

Abrupt hörte Lori auf, sich zu wehren. Sie schaute versonnen zu ihm auf. »Meinst du das ernst?« Der Druck ihrer Schenkel lockerte sich.

»Natürlich.« Ihre tröstenden Liebkosungen hatten dazu geführt, daß er jetzt großes Verlangen nach ihr verspürte.

Und das wußte sie ganz genau. Schließlich hatte sie Kontakt mit der entsprechenden Region seines Körpers. Sie schlang ihre langen, athletischen Beine um ihn, diesmal mit sanftem Druck, und zog ihn in sich hinein. Sie küßten sich.

»Du bist ein so starker Bulle . . .« hauchte sie.

Er lachte. »Nun, du weißt ja, was ein Bulle mit einer Kuh macht.«

»Kuh!« rief sie mit gespielter Empörung. »Hast du schon mal gesehen, daß eine Kuh so etwas macht?« Sie kam hoch und fing an, auf ihm zu reiten. Dabei zog sie sich das Nachthemd aus. Sie hatte den schönsten Körper der Welt, und das wußte sie genau. »Oder so etwas?« Sie hüpfte auf und ab, und ihre Brüste hüpften mit, während sie ihn gleichzeitig mit den Schenkeln bearbeitete. »Oder so etwas?« Sie ließ sich mit dem Oberkörper auf ihn fallen und fing an, ihn wild zu küssen. Ihre seidenweichen Haare glitten ihm über Gesicht und Hals und kitzelten ihn auf höchst angenehme Weise.

»Nein«, gab er zu. »Die Kühe, die ich kenne, stehen bloß da und warten darauf.«

Sie richtete sich auf, und ihre Augen funkelten bedrohlich. »Und wie viele Kühe kennst du?«

»Nur eine.« Er spürte ihre abwehrende Bewegung und fügte rasch hinzu: »Und die existiert nur im Traum.«

Lori war zufrieden. Er hatte nicht sie, sondern das Traummädchen eine Kuh genannt. Sie nahm ihre Aktivitäten wieder auf. Ganz gewiß tat sie alles andere, als nur dazustehen und darauf zu warten; sie kam ihm sehr weit entgegen. Diese Einstellung liebte er. Er legte die Hände auf ihren Hintern und spürte, wie sie immer erregter wurde.

Dann rollte er sie auf den Rücken. Sie schrie, als würde sie vergewaltigt, und küßte ihn leidenschaftlich, während er allmählich dem Höhepunkt entgegenstrebte. Nun vollführte sie einen Bauchtanz. Sie schob ihm die Zunge in den Mund und bewegte sie im Rhythmus dieses verborgenen Tanzes. Oh, nein, sie war keine Kuh – aber er fühlte sich in diesem Augenblick wie ein Bulle.

Doch das Bild der Frau aus seinem Traum ging ihm nicht aus dem Sinn, und er wünschte, daß sie es wäre, die jetzt bei ihm war. Er schloß die Augen und versuchte, sich vorzustellen, daß er die Marsfrau in den Armen hielt. Dabei fragte er sich, was zum Teufel mit ihm los war.

Kapitel 3 *Traum*

Es endete schließlich, wie alles einmal endet. Lori stand auf und ging unter die Dusche; Sauberkeit war für sie immer sehr wichtig, und er hatte ihre Haare durcheinandergebracht und ihr Make-up verschmiert, während er seinen Spaß mit ihr gehabt hatte. Lori war eine Klassefrau. Wie war es einem Kerl wie ihm nur gelungen, so ein wunderbares Geschöpf zu erobern?

Feucht glitzernd kam Lori unter der Dusche hervor, und jetzt war Quaid an der Reihe. Sein Körper fühlte sich gut, wie immer, wenn er mit ihr zusammengewesen war, aber seine Gedanken waren immer noch unruhig. Der Traum war zu sehr Wirklichkeit gewesen. Er konnte ihn einfach nicht abschütteln, so albern das auch war.

Er verließ die Dusche, trocknete sich ab und zog seine Arbeitskleidung an, wobei er seine Überlegungen fortsetzte. Er war kein Professor, und er war auch kein Manager mit hohem Einkommen, er war nur Bauarbeiter. Zwar war er ein sehr guter Bauarbeiter, aber das machte ihn kaum zu einem guten Fang. Und doch hatte Lori ihn geheiratet, und während der Jahre ihres Zusammenseins hatte Loris Leidenschaft für ihn nicht nachgelassen. Ihre Attraktivität für ihn war kein Wunder; sie war für jeden Mann attraktiv, den man sich vorstellen konnte. Aber worin lag seine Attraktivität für sie? Gewiß, er hatte Muskeln, und das gefiel ihr, aber sie hätte leicht einen Mann mit Muskeln *und* Geld oder Macht finden können. Warum hatte sie sich mit der Hälfte zufriedengegeben? Und warum träumte er, der glücklichste aller Männer, statt dessen von einer Phantasiefrau? Das war im besten Fall pervers, im schlimmsten verrückt.

Na ja, dachte er, als er in die Küche zurückging, wenn Lori ihn seines Körpers wegen liebte, würde er sein Bestes geben, um ihn in Form zu halten. Er warf Obst in den Entsafter und preßte es aus, während er den Mixer mit Nüssen, Weizenkeimen, Proteinriegeln, übriggebliebenem Gemüse und einem halben Dutzend roher Eier füllte. Er fügte den Saft hinzu, schaltete den

Mixer ein und sah zu, wie er das Zeug in den Krafttrunk aller Krafttrunke verwandelte.

Lori hatte vor ihm geduscht, aber mit dem Anziehen war sie später fertig als er. Er zog nichts Besonderes an: die Hose von gestern, ein neues Hemd für heute und Stiefel. Ihre Kleidung mochte ebenfalls einfach wirken, aber sie brauchte Zeit, um sich als eine Art Gesamtkunstwerk darzustellen. Allein zum Kämmen brauchte sie länger als er für seine gesamte Morgentoilette.

Die Nachrichten tönten durch den Raum, aber er achtete kaum darauf. Er trank sein Frühstück, schaute durch das Fenster und beobachtete die Luftkissenfahrzeuge, den übrigen Verkehr und die vielen energiegeladenen Menschen, die zur Arbeit eilten. In Kürze würde auch er unter ihnen sein. Wie immer. Sein Leben wäre wirklich langweilig, wenn er Lori nicht hätte – und es war leider auch so schon langweilig genug. Er wußte, wer er war: ein muskelbepacktes Nichts, ein Mann, der ein besseres Leben führte, als er verdiente, und der dennoch nicht dankbar war.

Der Nachrichtensprecher redete weiter. »An der Kriegsfront haben Satelliten des Nordblocks eine Schiffswerft in Bombay angegriffen und ein Feuer ausgelöst, das sich in der ganzen Stadt ausbreitete. Die Verluste unter den Zivilisten werden auf über zehntausend geschätzt. Der Vorsitzende verteidigte den Angriff und nannte Weltraumwaffen die einzige wirksame Verteidigung gegen die zahlenmäßige Überlegenheit des Südblocks.« Der Sprecher schwieg, während die Kamera über den Ort des Mordens strich. Die Video-Nachrichten walzten solche Dinge immer breit. Quaid schaute gar nicht hin. Er stellte sich die Leute draußen als Teil dieser Szene vor, von Gas vergiftet und sterbend. Er sah, wie sie sich mühten, wieder auf die Füße zu kommen, um zur Arbeit zu eilen. Aber sie stürzten und verstopften die Fußgängerbahnen. Die Luftkissenfahrzeuge gerieten außer Kontrolle, als das Gas die Fahrer erwischte, und krachten brennend auf die tiefer gelegenen Ebenen. Nein, nicht brennend; heutzutage hatten Fluggeräte Sicherheitssysteme und konnten, anders als Bodenfahrzeuge, garantiert nicht explodieren. Aber sie würden dennoch schöne Wracks abgeben. Diese Stadt als Kriegsschauplatz: darin lag eine perverse Faszination.

»Astronomen lassen verlauten, daß sie sich das Auftauchen von sechs Novae nicht erklären können«, fuhr der Nachrichtensprecher mit einem nachsichtigen Lächeln fort. Jeder weiß ja, was von Wissenschaftlern zu halten ist. »Anscheinend entsprechen diese Sterne nicht dem gewohnten Muster. Einige Sterne werden zu Novae, andere zu Supernovae, und der Mechanismus, nach dem das abläuft, ist einigermaßen bekannt. Aber in den letzten Jahren haben detailliertere Analysen ergeben, daß es sechs dieser Novae einfach nicht geben dürfte – soweit die Astronomen.« Wieder lächelte der Sprecher. »Dann also zurück an die Reißbretter, Jungs!«

Ja, immer wenn die Fakten nicht zur Theorie paßten, entwickelten sie eine neue Theorie. Schließlich würden sie mit einer Theorie kommen, die dann paßte. Sterne verwandeln sich nicht ohne Grund in Novae.

»Auf dem Mars gab es gestern abend weitere gewalttätige Ausschreitungen, als . . .«

Quaid wurde aufmerksam und schaute zum Video-Gerät hinüber. Es war eine Fernsehanlage mit Multischirm, die beste, die sie sich leisten konnten, in Farbe, aber ohne 3-D. Sie nahm im Koch-Eß-Wohnbereich ihres kleinen Apartments eine ganze Wand ein und ließ den kleinen Raum wesentlich größer wirken, als er war. Der Schirm war in viele Segmente unterteilt, auf denen jeweils verschiedene Texte und Programme liefen: Wetter, Aktienmarkt, der Überwachungsmonitor für die Vordertür, ein ›Babysitter‹-Programm für lästige Kinder, eine ständige Erotik-Ecke für geile alte Männer, eine Einkaufsliste für sehr beschäftigte Hausfrauen und ein alter Videotape-Kanal. Mühelos ignorierte Quaid die anderen Programme; nicht nur, weil sie ohne Ton liefen, sondern hauptsächlich, weil er seit seiner Kindheit wie jeder andere Bürger darauf trainiert war, neun Zehntel der Programme ohne Schwierigkeiten auszublenden. Jede einzelne Sektion konnte ›herangeholt‹ werden, um dann den ganzen Schirm oder einen großen Teil desselben auszufüllen, aber das war normalerweise nicht nötig; das menschliche Auge und der menschliche Verstand waren für eine solche Selektion hervorragend geeignet. Außerdem wollten verschiedene Familienmitglieder gelegentlich verschiedene Programme verfolgen, und auf diese Weise konnten sie das, ohne sich streiten zu müssen.

Der Bildbericht über die Ereignisse auf dem Mars erschien auf dem größeren Mittelteil des Schirms, und der Nachrichtensprecher war auf einem zusätzlichen Minischirm zu sehen. »... eine Explosion zerriß die geodätische Kuppel über der Pyramiden-Mine, wodurch die Förderung von Turbiniumerz unterbrochen wurde, dem Schlüsselrohstoff für das Teilchenstrahlenwaffenprogramm des Nordblocks.«

Soldaten in Atemmasken gingen mit den Minenarbeitern nicht gerade sanft um. Es war offensichtlich, daß das Militär nur darauf wartete, daß jemand Widerstand leistete. Quaid merkte, daß seine Finger zuckten, als ob er ein Gewehr abfeuerte. Das war seltsam, denn er wußte nicht mehr, wann er zuletzt ein Gewehr in der Hand gehabt hatte, wenn überhaupt jemals.

»Die Mars-Befreiungsfront hat sich zu dem Anschlag bekannt«, fuhr der Sprecher fort, »und die völlige Unabhängigkeit des Planeten von, ich zitiere, ›der Nördlichen Tyrannei‹ gefordert. Sie drohte, zu weiteren Anschlägen bereit zu sein ...«

Plötzlich schaltete der Hauptschirm auf eine Umweltsendung um, und es gab einen Bericht über ein noch intaktes Waldgebiet, das jetzt auf allen Schirmen des Multivisionsgerätes zu sehen war. Es war ein wunderschönes Bild, aber durchaus nicht das, was er in diesem Moment sehen wollte.

»Kein Wunder, daß du immer Alpträume hast«, sagte Lori, die mit der Fernbedienung in der Hand neben ihn getreten war. Sie trug einen eleganten Straßenanzug und war im Begriff, einkaufen zu gehen. »Immer siehst du dir die Nachrichtensendungen an.«

Quaid nahm am Tisch Platz und Lori strich Butter auf ihre Brote.

»Lori, ich habe darüber nachgedacht«, sagte er. »Wir sollten es wirklich tun.«

»Schon wieder? Ich dachte, die Anstrengung von vorhin würde dich mindestens für eine halbe Stunde ruhigstellen!«

»Nein«, sagte er ungeduldig. Im Augenblick hatte er keinen Sinn für solche Scherze.

Sie merkte, daß es ihm ernst war. »Was tun?«

»Zum Mars gehen«, sagte er und fürchtete sofort ihre Reaktion.

Lori zog wütend die Luft ein. »Doug, bitte, verdirb mir nicht diesen schönen Vormittag.«

»Denk doch mal drüber nach«, sagte er. Wenn er sie doch nur überzeugen könnte . . .

»Wie oft müssen wir noch darüber reden?« fragte sie ungeduldig. »Ich will nicht auf dem Mars leben. Dort ist es trocken, häßlich und langweilig.«

Quaid sah auf dem Schirm einen Hirsch, der aus einem Bach trank. »Der Bonus für neue Kolonisten wurde gerade verdoppelt.«

»Das ist doch klar! Nicht einmal Idioten gehen zum Mars! Dort kann jeden Augenblick eine Revolution ausbrechen!« Sie stocherte in ihrem Frühstück herum, ohne etwas zu essen. Sie war wirklich wütend.

Auch Quaid war wütend. Er wünschte, sie würde über seinen Traum nachdenken, statt über ihn herzuziehen. Im Bett war sie nicht zu übertreffen, aber bei diesem Thema versagte sie. Er beherrschte seine Wut, nahm die Fernbedienung, die sie auf den Tisch gelegt hatte, und schaltete die Nachrichtensendung wieder an.

Er hatte Glück; der Bericht vom Mars lief noch. »Nachdem bereits eine Mine geschlossen wurde«, fuhr der Sprecher fort, »hat der Verwalter der Marskolonie, Vilos Cohaagen, angekündigt, er würde, wenn nötig, Truppen einsetzen, um die Produktion bei voller Kapazität zu gewährleisten.« Das Bild wechselte und zeigte eine Pressekonferenz, die in vollem Gange war. Quaid erkannte das Gesicht des Verwalters. Cohaagen war groß, fast so groß wie er selbst. Das muß er bei dem Job auch sein, dachte Quaid. Vom Nordblock ernannt, um die Minenarbeiten auf dem Mars zu überwachen, ähnelte das Amt des Kolonieadministrators dem eines Militärgouverneurs aus der imperialistischen Vergangenheit. Er übte eine fast absolute Macht aus, und seine Fähigkeiten, das Kommando auszuüben, zeigten sich, als er die Fragen der Reporter beantwortete.

»Mr. Cohaagen!« fragte ein Reporter. »Werden Sie mit Mr. Kuato, dem Führer der Aufrührer, verhandeln? Anscheinend gewinnt er zahlreiche Anhänger unter den ...«

»Unsinn!« unterbrach ihn Cohaagen. »Hat irgend jemand diesen Kuato jemals gesehen? Kann irgendeiner mir ein Foto zeigen?« Er wartete, und diesmal hatte keiner der Reporter etwas zu sagen. »Ich glaube nicht, daß es diesen Mr. Kuato überhaupt *gibt*!« Sein Gesicht wurde härter. »Lassen Sie mich eins klarstellen, meine Herren. Der Mars wurde unter gewaltigen Kosten vom Nordblock besiedelt. Der gesamte Krieg ist von unseren Turbiniumminen abhängig. Wir haben nicht die Absicht, sie aufzugeben, nur weil eine Handvoll fauler Mutanten glaubt, ihnen gehöre der Planet.«

Plötzlich schaltete der Schirm wieder auf den Umweltbericht um. Lori hatte sich an der Fernbedienung zu schaffen gemacht. »Damit hat er recht«, sagte sie. »Nur, daß Verrückte meistens mondsüchtig und nicht marssüchtig sind. Alles am Mars ist verrückt!«

Irritiert versuchte Quaid, ihr die Fernbedienung zu entreißen, aber sie sprang hinter den Tisch und lachte.

»Hör auf damit, Lori!« rief er wütend. »Das ist wichtig für mich.«

Sie sagte nichts, sondern spitzte den Mund.

»Küß mich!«

Normalerweise gefielen ihm ihre Spielchen, bei denen es gewöhnlich zu engem Kontakt mit ihrem schönen Körper kam, und er mochte sie nicht zurückweisen. Also akzeptierte er ihre

Bedingungen. Er stand auf, trat auf sie zu und nahm sie in die Arme.

Sie schmiegte sich an ihn. »Sweetheart . . .« Sie wartete darauf, daß er sie küßte. »Ich weiß, es ist schwer, sich in einer neuen Stadt einzuleben, aber du solltest es wenigstens versuchen.« Wieder eine Pause. »Okay?«

Quaid zwang sich zu einem Lächeln. Seine letzte Lohnerhöhung hatte es ihnen ermöglicht, zwanzig Stockwerke im Wohnturm höher zu ziehen, womit auch ein sozialer Aufstieg verbunden war. Lori gefiel das, doch er mußte sich eingestehen, daß er bei seinem Hintergrund – schließlich gehörte er der Arbeiterklasse an – ein paar Schwierigkeiten hatte, sich im ›neuen Stadtteil‹ zurechtzufinden. Im Augenblick jedoch ärgerte er sich wirklich über Lori, weil sie ihn schon wieder ablenkte. Die Berichte über den Mars interessierten ihn wirklich.

Schließlich küßte sie ihn. Sie stand mit dem Rücken zur Video-Wand. Er griff nach ihren Händen, mit denen sie hinter ihrem Rücken immer noch die Fernbedienung hielt. Während er sie küßte, schaltete er die Nachrichtensendung wieder ein und schaute über ihre Schulter hinweg auf den Schirm.

Cohaagen sprach gerade. »Wie Sie bemerkt haben werden, sind wir auf dem Mars leider nicht mit einer Atmosphäre gesegnet, jedenfalls mit keiner nennenswerten. Wir müssen unsere Atemluft *herstellen*. Und irgend jemand muß dafür bezahlen.«

Lori beendete den Kuß, der ihr schon zu lange gedauert hatte. »Du wirst zu spät kommen.« Vielleicht fürchtete sie, daß er wieder in Stimmung kommen würde, und das, nachdem sie sich so sorgfältig zurechtgemacht hatte. Ihre Sorge war nicht ganz unberechtigt.

Quaid ließ sie so widerwillig los, als fiele es ihm schwer, aber in Wirklichkeit wollte er nur den Rest der Sendung verfolgen.

»Richtig«, sagte der Reporter. »Aber Ihre Preise sind ziemlich übertrieben. Wenn ein Minenarbeiter die Kosten für die Luft von seinem Gehalt abzieht, bleibt nichts . . .«

»Dies ist ein freier Planet«, sagte Cohaagen energisch. »Wenn ihr meine Luft nicht wollt, müßt ihr sie einfach nicht atmen!«

»Mr. Cohaagen«, rief ein anderer Reporter. »Irgendeinen Kommentar, Sir, über das Gerücht, Sie hätten die Pyramidenmine geschlossen, weil Sie darin außerirdische Artefakte gefunden haben?«

Cohaagen verdrehte wütend die Augen. »Bob«, sagte er. »Ich wünschte, wir *würden* ein paar schöne außerirdische Artefakte finden. Unser Fremdenverkehr könnte einen Aufschwung brauchen.« Die Reporter kicherten pflichtgemäß. »Aber das ist leider wieder nur ein Stück Terroristenpropaganda, die das Vertrauen in die legal ernannte Marsregierung untergraben soll.« Dann wurde wieder zur Erde zurückgeschaltet.

Lori hatte ihn sanft, aber bestimmt in die Nähe der Tür geschoben. Schließlich fügte er sich, und sie zog ihn nach draußen wie ein Schlepper einen Frachter. Dann stieß sie ihn von sich.

»Ich wünsche dir einen schönen Tag«, sagte sie mit einem strahlenden Lächeln.

Auch Quaid lächelte. Er gab ihr noch einen flüchtigen Kuß und ging. Dabei hörte er noch die Stimmen von den verschiedenen Schirmen, die er jetzt nicht mehr auszublenden versuchte: ein Wetterbericht, eine Finanzgraphik und einen Bericht über örtliche Sicherheitsprobleme. Nun, wenigstens hatte sie den Umweltfilm nicht wieder eingeschaltet.

Als er durch die Tür ging, fuhr ihm plötzlich etwas durch den Sinn. Im Geiste sah er den Himmel schrecklich rot werden und die Gebäude brennen. Die ganze Erde wurde von einer Nova zerstört! Auf der Sonne hatte es gewaltige Ausbrüche gegeben. Das hatte die inneren Planeten aufgeheizt, und Feuerstürme hatten alles zu Asche verbrannt. Voll Grauen erkannte er, daß er sterben würde – zusammen mit allen übrigen Angehörigen seiner Spezies.

Quaid blinzelte. Die Welt war wieder normal. Diese plötzliche phantastische Vision war wahrscheinlich von dem Bericht über die mysteriösen Novae ausgelöst worden. Hier konnte so etwas natürlich nicht passieren; die Sonne gehörte nicht zu dieser Art von Sternen.

Oder vielleicht doch? Die Astronomen gaben zu, daß Sterne sich in Novae verwandelten, bei denen das eigentlich nicht der Fall sein dürfte. Offensichtlich kannten die Astronomen die Sterne nicht so gut, wie sie glaubten! Wie gut kannten sie die Sonne? Nein, das Ganze war verrückt. Er verscheuchte diese Gedanken und ging zu den Fahrstühlen.

Kapitel 4 *Arbeit*

Quaid mischte sich in den Strom der Pendler, den er schon aus dem Fenster beobachtet hatte. Er haßte diese Routine, ohne recht zu wissen, warum; denn an sich war nichts gegen die Fußgängerbahnen einzuwenden, auf denen sich die Menschen drängten. Vielleicht deshalb, weil dieser immer wiederkehrende Traum vom Mars ihn an weites, menschenleeres Terrain gewöhnt hatte, wo schon der Anblick eines einzigen anderen Menschen von Bedeutung war, besonders, wenn es sich um eine hübsche Frau in einem Raumanzug handelte. Hier aber war er ständig in der hastenden Menge eingekeilt und mußte die verbrauchte Luft und die Industrieabgase einatmen, die auf dieser Höhe die Atmosphäre verpesteten, wenn auch die zuständigen Behörden in Zeitungsanzeigen das Gegenteil behaupteten. Der Mars war wenigstens sauber; dort gab es nur roten Staub und Felsgeröll. Auf dem Mars konnte man die Arme ausstrecken, ohne gleich die Rotznase des Nebenmannes zu treffen.

Er fuhr die lange Rolltreppe hinab, die zu dieser Stunde einem strömenden Wasserfall aus Köpfen, Rücken und Schultern ähnelte, die zu den unteren Ebenen des U-Bahnhofs wollten. Dort unten teilte sich der Strom kurz um ein Plätzchen, das ein verkrüppelter Geigenspieler vereinnahmte. Quaid lächelte, erfreut vom Anblick eines Menschen, der inmitten des morgendlichen Verkehrs Platz und Aufmerksamkeit für sich forderte. Er blieb stehen, um seinen Ausweis in den tragbaren

Buchungsapparat des Geigenspielers einzuführen. Nachdem seine Spende abgebucht war, ließ er sich wieder von dem Strom erfassen.

Er drängte sich in einen Sicherheitsbereich. Die Werktätigen bildeten Schlangen, um im Gänsemarsch an den Röntgenschirmen vorbeizugehen. Das war natürlich ein Engpaß, der Zeit kostete, aber das ließ sich nicht ändern. Auf den Massenbeförderungssystemen hatte es so viel Gewalttätigkeit gegeben, daß Gegenmaßnahmen erforderlich wurden. Ganz gewiß hatte er keine Lust, sich in der U-Bahn von irgendeinem Idioten ausrauben oder gar umbringen zu lassen. Er verspürte auch wenig Neigung, sich von irgendwelchen revolutionären Gruppen als Geisel nehmen zu lassen. Metall und Plastikgegenstände, die als Waffen benutzt werden konnten, waren nicht zugelassen, und das hatte die Gewalttätigkeiten erheblich zurückgehen lassen.

Da er nichts Besseres zu tun hatte, beobachtete er die Schlange, die sich vor ihm schon gebildet hatte. Jeder verlor seine Kleidung und sein Fleisch und wurde zu einem wandelnden Skelett. Jenseits des Schirms nahm er wieder seine normale Gestalt an. Er sah eine attraktive Frau und schaute genau hin, als sie an dem Schirm vorbeiging, aber das war sinnlos; alles, was er sah, waren ihre Knochen, nicht etwa ihren nackten Körper. Er hoffte immer, daß das Gerät einmal nicht richtig funktionierte, daß die Röntgenstrahlen so schwach waren, daß zwar die Kleidung nicht mehr zu sehen war, wohl aber die nackte Haut. Unglücklicherweise geschah das nie; entweder funktionierten die Schirme, oder sie funktionierten nicht, und doch hatte sie hübsche Knochen.

Dann war er an der Reihe. Er ging durch und kam sich dabei vor wie eine Stripperin auf der Bühne. Als er am Schirm vorbeiging, drehte er sich zu den Leuten hinter ihm um und sah eine junge Frau, die ihn anstarrte, wobei sie sich mit der Zunge über die Lippen fuhr. Sie hatte gehofft, *sein* nacktes Fleisch zu sehen! Irgendwie gefiel ihm das. Er wußte, daß auch er gute Knochen hatte.

Aber was interessierte es ihn schon, was irgendeine fremde Frau dachte? Er hatte zu Hause eine hübsche und aufmerksame Ehefrau, und er hatte eine hübsche und abenteuerlustige Traumfrau auf dem Mars. Er brauchte keine zusätzlichen Affären. Dummerweise aber gelüstete ihn danach. Zumindest aber hätte er gern einen Ausweg aus seiner langweiligen Existenz gewußt. Vielleicht suchte er das Abenteuer, das Abenteuer weiter Reisen oder sexueller Eroberungen. Alles, nur nicht dieses verdammte tägliche Rattenrennen!

Er ging zur Rolltreppe und fuhr zur U-Bahnstation hinunter. Sie war ein weiterer Engpaß, denn es waren nie genügend Wagen für alle Wartenden vorhanden. Er war zu weit hinten, um den ersten Zug noch zu schaffen, und mußte auf den zweiten warten, der erst sechs Minuten später einlief. Eigentlich sollten die Züge in Abständen von drei Minuten fahren, aber das war nie der Fall; wahrscheinlich sahnte irgendein hoher Beamter vom Verkehrsfonds ab, so daß nicht genug Geld für Reparaturen und Neubeschaffung übrigblieb. Das hatten die Fahrgäste auszubaden, indem sie längere Wartezeiten in Kauf nehmen mußten. Wenn es noch so einen Engpaß gab, würde er zu spät zur Arbeit kommen und mußte mit einer Lohnkürzung rechnen.

Endlich kam der Zug. Quaid zwängte sich hinein und kam sich vor wie eine Sardine in einer riesigen Dose. Was für ein Gegensatz zum Mars!

Überall waren Videoschirme angebracht, und auf allen liefen Werbespots. Es ließ sich mit den Vielfachschirmen ihres eigenen Geräts vergleichen, nur daß hier unablässig und aggressiv verkauft wurde. Die Fahrgäste waren gezwungen, die Werbung über sich ergehen zu lassen, und die Sponsoren kannten keine Gnade. Er versuchte, den Schirm in der Nähe auszublenden, aber die Alternative war, das angestrengte Atmen der anderen Passagiere zu hören und ihre Körperausdünstungen zu riechen. Auf dem Schirm drehte sich ein Taxifahrer um, als sehe er den Passagier auf dem Rücksitz an. Seine altmodische karierte Mütze saß auf dem Kopf einer Puppe. Mit einem mechanischen

Lächeln sagte sie: »Danke, daß Sie ein JohnnyCab genommen haben! Ich hoffe, Sie hatten eine angenehme Fahrt.« Dann begann ein anderer Spot. Sein Blick bewegte sich aus eigenem Antrieb dorthin.

Auf einem runden Bett lag neben einer tollen Biene ein gutgelaunter Mann. Die beiden hatten einander offensichtlich gerade geliebt oder waren im Begriff, es zu tun. Sie befanden sich unter einer Glaskuppel auf dem Boden des Ozeans, und draußen schwammen farbenprächtige Fische herum. Quaid wußte, daß die meisten dieser hübschen Fische in der Nähe der Oberfläche lebten und nicht in drei Meilen unter Wasser und daß sie Besseres zu tun hatten, als für Touristen zu posieren, von denen sie doch nicht beachtet wurden, besonders nicht, wenn es so aufregende Mädchen zu sehen gab. Aber schließlich handelte es sich um Werbung, und in der Werbung kann man keinen Realismus erwarten.

»Träumen Sie von einem Urlaub auf dem Grund des Ozeans...« sagte der Sprecher mit jener ohrenbetäubend lauten Stimme, mit der die Werber ihre Opfer ständig quälen. Quaid zuckte zusammen und versuchte, vom Schirm wegzurücken, aber die anderen Fahrgäste machten ihm nicht Platz. Auch sie wollten nicht taub werden.

Jetzt erschien auf dem Schirm eine ärmliche Wohnung, die viel schäbiger war als Quaids, und in ihr saß der Bursche aus der Unterwasserkuppel, umgeben von einem wachsenden Haufen Rechnungen. Er machte einen sehr unglücklichen Eindruck.

»... können ihn sich aber nicht leisten?« fuhr die Stimme des unsichtbaren Sprechers fort.

Das traf den Nagel auf den Kopf! Wenn Quaid nur das Geld hätte, zum Mars zu ziehen! Das war der eigentliche Grund, warum Lori dagegen war; sie wußte, daß sie es sich nicht leisten konnten. Gewiß, neue Kolonisten bekamen einen Bonus, aber diese Mittel wurden schon durch die Kosten für den Umzug aufgezehrt. Man mußte schon ein gewisses Polster haben, um nicht als Minenarbeiter seinen Lebensunterhalt verdienen zu müssen. Lori versuchte, aus ihrer jetzigen Situation das Beste zu machen, und er mußte zugeben, daß ihr das recht gut gelang und er allen Grund hatte, dankbar zu sein. Aber er war wie der arme Hund in dem Werbespot: Er sehnte sich nach einem fernen Planeten und nicht nach dem eingeengten Leben auf dieser Welt, das er sich leisten konnte. Im Gegensatz zu ihm konnte sich der Kerl in dem Spot allerdings nicht einmal eine anständige Wohnung leisten.

Wieder gab es einen Schnitt. Eine elegante Frau sauste in Schußfahrt einen Hang herab und kam neben einer Gruppe von Pinguinen zum Stehen. Sie sah attraktiv aus in ihrem Skidreß und schien sich sehr wohl zu fühlen.

Würden Sie gern in der Antarktis Ski laufen . . .«

Dann saß dieselbe Frau in einem Büro, umgeben von zehn Angestellten, die alle von ihr Entscheidungen verlangten. Sie sah entsprechend gequält aus. Ihr Haar war unordentlich, und sie wirkte gar nicht mehr attraktiv, nur müde. Quaid kannte Frauen in leitender Stellung, die so aussahen.

». . . sind aber mit Arbeit zugeschneit?«

Ganz gegen seinen Willen reagierte Quaid auf diese Werbung. Die Antarktis war weit weg, eine unwirtliche und öde Region, auf ihre Weise dem Mars ähnlich . . .

»Wollten Sie schon immer die Berge des Mars besteigen . . .«

Quaid fuhr zusammen. Wie gebannt starrte er auf den Schirm. Dort erkletterte ein sportlicher Mann die schroffe Wand eines pyramidenförmigen Bergs, der dem Berg aus Quaids Traum erstaunlich ähnelte. Bildete er sich das nur ein? Übernahm sein Traum die wirkliche Welt und die Wahrnehmung, die er von ihr hatte? Nein, es war wirklich der Werbespot. Der Mann auf dem Bildschirm war nicht er, Douglas Quaid, sondern ein kleinerer Mann in einem Touristenraumanzug.

Dann verwandelte sich der sportliche Mann in einen Greis, der eine Treppe hinaufschlich. *». . . sind jetzt aber über dem Berg?«* Die Kamera zeigte nun das würdevolle Gesicht eines gebildet wirkenden Mannes, des Werbespotsprechers. *»Dann kommen Sie zu Recall Incorporated, wo wir Ihnen die Erinne-*

rung an Ihren idealen Urlaub anbieten, billiger, sicherer und besser als die Wirklichkeit.« Die Szene zeigte nun einen Strand bei Sonnenuntergang. Der Sprecher saß bequem in einem seltsamen Stuhl, der über dem Wasser schwebte. *»Denken Sie also daran, wenn Sie eine Erinnerung kaufen wollen, die Sie nie vergessen werden, rufen Sie Recall an.«* Der Spot schloß mit einem Schild, auf dem die Telefonnummer zu lesen war. *»Wir erinnern uns für Sie am laufenden Band!«*

Quaid war fasziniert. Er stand im Bann eines dummen Traums. Dieser Laden verkaufte offenbar Träume in Form von Erinnerungen. Würde das ausreichen? Er wußte, daß er irgend etwas brauchte, das ihn mit dem täglichen Trott versöhnen könnte. Vielleicht war dies die Lösung.

Die Werbespots lärmten weiter und priesen Artikel für die Intimpflege an, aber Quaid hörte kaum hin. Vielleicht hatte er eine Möglichkeit gefunden, trotz allem den Mars zu besuchen.

Mit nur geringer Verspätung erreichte er seine Arbeitsstelle, und bald war er auf der Straße und tat das, was er am besten konnte. Er war Bauarbeiter, Spezialist für die Vorbereitung von Baustellen: Vorarbeiter von einer Gruppe von Arbeitern, die alte Gebäude abrissen, um Platz für neue zu schaffen, kurzum, er bediente einen Preßlufthammer. Aber er war gut. An seinem Gerät war er ein wahrer Künstler, und er arbeitete doppelt so schnell wie alle anderen. Wenn die Bosse seiner Abbruchfirma irgend etwas schnell und ordentlich abgerissen haben wollten, wurde er eingesetzt. Nie ließ er nach; er betrachtete seine Arbeit als sportliche Übung und trainierte dabei unaufhörlich seine Muskeln. Schließlich fand Lori seine Muskeln aufregend, und vielleicht war das bei seiner Traumfrau vom Mars nicht anders.

Der harte Job lenkte ihn immerhin von törichten Träumen ab; er konzentrierte sich ausschließlich auf die Arbeit, die er vor sich hatte, als sei sie der zentrale Bildschirm eines faszinierenden Videogeräts, bei dem alles andere ausgeblendet war.

Eine Straße aufzubrechen machte ihm Spaß; es war, als hämmerte er auf die Strukturen einer Gesellschaft ein, die ihn auf der langweiligen Erde festhielt, statt ihn zu einem interessanteren Planeten reisen zu lassen. Hier *bewirkte* er etwas.

Aber jetzt stellte sich unerbittlich wieder dieser Traum ein. Er versuchte, ihn zu ignorieren, aber er ließ sich nicht verscheuchen. Recall – ob etwas daran war?

»He, Harry!« rief er über den Lärm der Hämmer. Harry war ein Bauarbeiter mittleren Alters mit einem Bierbauch und einem Ostküstenakzent. Sie arbeiteten schon seit ein paar Jahren zusammen, und Quaid hielt ihn für einen netten, ehrlichen Burschen. »Hast du je von Recall gehört?«

»Recall?« rief Harry zurück. Kleine Felssplitter fielen aus seinem Haar, als er den Kopf schüttelte. Er wußte nichts mit dem Namen anzufangen.

»Sie verkaufen diese falschen Erinnerungen«, erklärte Quaid.

Jetzt erinnerte Harry sich. »Ach, ja«, sagte er und imitierte das Klingeln, das zum Markenzeichen der Firma geworden war. Dann hielt er seinen Hammer an und fragte: »Du willst doch nicht dorthin gehen?«

Quaid machte auch eine Pause und lehnte sich auf seinen Preßlufthammer, der im Leerlauf dahinzischte. »Ich weiß nicht«, sagte er und wischte sich den Staub von den Handschuhen. »Vielleicht.«

»Tu's lieber nicht«, sagte Harry fest.

Diese offene Antwort überraschte Quaid. Harry wußte offensichtlich etwas über Recall Incorporated, was die Werbespots nicht erwähnten. »Warum nicht?« fragte er. Wenn mit dem Laden etwas nicht in Ordnung war, wollte er es wissen.

Harry beugte sich näher zu ihm und senkte die Stimme. »Ein Freund von mir hat eins ihrer ›Sonderangebote‹ ausprobiert. Die haben ihm fast 'ne Lobotomie verpaßt.«

Quaid lief es kalt über den Rücken. »Kein Scheiß?« sagte er und rieb sich die Stirn.

Harry schlug ihm auf die Schulter und warf sein Gerät wieder an. »Laß dir nicht an deinem Gehirn rumspielen, alter

Junge. Das lohnt sich nicht.« Der Preßlufthammer erwachte zum Leben, und Quaid ging wieder an die Arbeit. Er konzentrierte sich wieder auf seine Arbeit, während er über Harrys Worte nachdachte. Das war sicher ein guter Rat. Nur ein Narr würde ihn ignorieren.

Aber nach Feierabend ging er in eine Telefonzelle und suchte im Verzeichnis die Nummer von Recall Incorporated. Er war noch nicht sicher, ob er es tun würde, aber er wollte Näheres wissen. Vielleicht war es töricht, doch es mochte für ihn die einzige Möglichkeit sein, mit seinem Traum fertig zu werden.

Kapitel 5 *Recall*

Quaid blieb vor der Computerkonsole mit dem Verzeichnis der im Gebäude ansässigen Firmen stehen und wählte dann Recall Inc. aus der Namensliste aus. Auf dem Bildschirm war zu sehen, wo sich das Büro befand, doch er zögerte noch. War dies die Lösung? Harry hatte ihm abgeraten, aber Harry war kein Opfer dieser chronischen Träume vom Mars. Der Mars war ein Alp, den er loswerden mußte, so oder so. Er mußte entweder jeden Gedanken daran verbannen, was unmöglich war, oder hinreisen, was vielleicht ebenfalls unmöglich war. Oder er mußte einen Kompromiß finden. Hier lag vielleicht dieser Kompromiß.

Er wußte, daß eine Illusion, wie überzeugend sie auch sein mochte, eben nur eine Illusion war. Wenigstens objektiv. Subjektiv könnte das Gegenteil der Fall sein.

Jedenfalls hatte er einen Termin verabredet. Er mußte sich auf der Stelle entscheiden; entweder er ging hinein und setzte sich dem Verkaufsgespräch aus, oder er schlich sich feige davon. Er hätte jeden verprügelt, der es gewagt hätte, ihn einen Feigling zu nennen – glücklicherweise hatte das, seit er erwachsen war, niemand getan. Er empfand die verrückten Lockungen des Mars, aber auch das Entsetzen davor, in diesen mysteriösen

Abgrund zu stürzen. Wollte er denn wirklich, daß sein Traum den Anschein der Wirklichkeit gewann?

Es gab nur eine Möglichkeit, das festzustellen. Er atmete tief ein und betrat den Fahrstuhl. Ein paar Momente später stand er vor einer Empfangsdame.

Die Frau war eine wohlgeformte Blondine, die sich gerade die Fingernägel lackierte, indem sie sie mit einem weißen Q-Tip bearbeitete. Sofort waren die einzelnen Nägel mit rotem Pigment bedeckt. Für einen Augenblick hatte es den Anschein, als lägen ihre Brüste frei und seien blau gefärbt, aber als sich das Licht veränderte, merkte er, daß es sich um eine dieser changierenden durchsichtigen Blusen handeln mußte, unter denen man mal etwas sieht, mal wieder nicht. Von einem Winkel aus in einem bestimmten Licht gesehen, wirkte sie angezogen, von einem anderen Winkel aus in einem anderen Licht war sie nackt. Meistens war sie weder ganz nackt noch ganz angezogen, und wenn sie ihre Körperhaltung veränderte, ergaben sich faszinierende Effekte. Das mußte er unbedingt Lori erzählen; wahrscheinlich würde sie sich dann ebenfalls eine solche Bluse kaufen.

Ohne die geringste Verlegenheit versteckte sie das ganze Drum und Dran wieder und lächelte ihn strahlend an. »Guten Tag. Willkommen bei Recall.«

Ob er wohl das Richtige tat? Er kam sich wie ein Schuljunge vor, der einen Spielsalon für Erwachsene betritt. »Ich hatte um einen Termin gebeten. Douglas Quaid.«

Sie schaute auf einer Liste nach. Er war sicher, daß sie das nur zum Schein tat, denn er hatte einen Termin ausgemacht, und er war der einzige Kunde im Vorzimmer. Sie blickte auf. »Einen Augenblick, Mr. Quaid.« Sie sagte leise etwas in die Gegensprechanlage, während sie Quaid abschätzend musterte, der ruhelos die Videoreiseposter an den Wänden betrachtete. »Mr. McClane kommt sofort.«

Kaum hatte sie den Satz beendet, trat ein Verkäufer aus einem Büro.

»Danke, Tiffany«, sagte er. Er blinzelte der Vorzimmerdame zu, grinste dann und reichte Quaid die Hand. »Doug . . . Bob McClane. Freut mich, Sie kennenzulernen. Hier entlang bitte.« Quaid folgte ihm aus dem Empfangsraum.

Mr. McClane wirkte freundlich, wenn auch ein wenig aufdringlich. Er war ein Mann in mittleren Jahren und trug einen grauen Anzug aus Froschhaut vom Mars. Die Frösche waren natürlich keine Marsfrösche, denn auf dem Mars gab es kein Leben. Es waren von der Erde importierte Frösche, die auf dem Mars in eigens eingerichteten Froschfarmen gezogen wurden und die bei der geringeren Schwerkraft und der erhöhten Strahlung ungewöhnliche Eigenschaften entwickelt hatten, so daß ihre Häute mittlerweile sehr gefragt waren.

McClane führte ihn in sein nobel eingerichtetes Büro. »Nehmen Sie Platz, setzen Sie sich und machen Sie es sich bequem.«

Quaid ließ sich auf einen glatten futuristischen Stuhl sinken, der sich fast unmerklich auf sein Gewicht und seine Körperform einstellte. Diese Leute waren wirklich auf der Höhe der Zeit.

McClane saß hinter einem Schreibtisch aus imitiertem Nußbaumholz. »Sie wollten also eine Erinnerung an . . .?«

»An den Mars«, sagte Quaid und sah, daß er die Grenze zwischen Zweifel und Entscheidung schon überschritten hatte.

Aber die Reaktion des Mannes verblüffte ihn. »Richtig, Mars«, sagte McClane ohne jede Begeisterung.

»Stimmt daran etwas nicht?«

McClane runzelte die Stirn. »Äh, ehrlich gesagt, Doug, wenn Sie an den Weltraum gedacht haben, wären Sie mit einer unserer Saturnreisen besser bedient. Die Leute sind davon begeistert, und der Preis ist fast der gleiche.«

Aha. Er sollte also geködert werden, ein teureres Angebot zu akzeptieren. »Ich bin am Saturn nicht interessiert«, sagte Quaid entschlossen. »Ich bin am Mars interessiert.«

McClane machte gute Miene, als er merkte, daß sein Vorschlag bei Quaid auf Ablehnung stieß. »Okay, dann ist es eben der Mars. Warten Sie eine Sekunde, während ich . . .« Er griff in die Tastatur seines Computers, und auf dem Bildschirm erschienen Zahlen. »In Ordnung . . . unser Grundpreis für den Mars beträgt nur achthundertvierundneunzig Krediteinheiten. Das ist für die Erinnerung an zwei volle Wochen, komplett bis in alle Einzelheiten.« Er schaute auf. »Eine längere Reise würde ein wenig mehr kosten, denn dann brauchen Sie ein aufwendigeres Implantat.«

Wieder sollte er geködert werden. »Ich will nur die Standardreise.« Eigentlich wollte er mehr, aber der ausgedehntere Erinnerungs-Trip würde seine finanziellen Möglichkeiten übersteigen.

McClane machte ein Gesicht, als sei er ein höchst vernünftiger Mann und habe es mit einem unvernünftigen und ziemlich ignoranten Kunden zu tun. »Wir haben keine Standardreise, Doug. Jede Reise ist individuell auf Ihren persönlichen Geschmack zugeschnitten.«

Der Mann war aalglatt. So oder so wollte er den Preis in die Höhe treiben. »Was ist im Standardpaket enthalten?«

Jetzt kam er zur Sache. »Erst einmal, Doug, wenn Sie sich an Recall wenden, reisen Sie Erster Klasse. Privatkabine an Bord einer Raumfähre. Erstklassige Unterbringung im Hilton. Zusätzlich alle wichtigen Sehenswürdigkeiten: Olympus Mons, die Kanäle, Venusville . . .« Er lächelte genauso strahlend wie vorher die Empfangsdame. »Nennen Sie es, und Sie werden sich daran erinnern.«

»Und wie kommt es einem wirklich vor?« fragte Quaid. Er hatte schon von Venusville gehört, einer der verrufensten Spelunken im ganzen Sonnensystem, und er bezweifelte, ob er dort seine Traumfrau finden würde.

»So real wie jede andere Erinnerung, die Sie im Kopf haben.«

Quaid versuchte gar nicht erst, seine Skepsis zu verbergen. »Tja . . .«

»Ich sage Ihnen, Doug, Ihr Gehirn wird den Unterschied nicht merken – Sie kriegen Ihr Geld zurück. Sie bekommen sogar handfeste Beweise. Eintrittskarten. Postkarten. Filme, die Sie mit einer geliehenen Kamera aufgenommen haben. Souvenirs. Und vieles mehr. Für Ihre Erinnerungen bekommen Sie jede Unterstützung, die Sie brauchen. Wir garantieren . . .«

»Was ist mit dem Mann, dem Sie fast eine Lobotomie verpaßt haben?« unterbrach Quaid. »Hat der sein Geld zurückgekriegt?«

McClane verzog keine Miene. »Das ist eine uralte Geschichte, Doug. Heutzutage reist man mit Recall sicherer als mit einer Rakete. Schauen Sie sich die Statistik an.« Er holte eine Statistik auf Quaids Video-Monitor. Natürlich war das Ganze verwirrend, weil es so plötzlich kam und ziemlich kompliziert schien, aber das war zweifellos beabsichtigt; der Kunde sollte schon durch die Anzahl der Angaben beeindruckt und von ihrer Gültigkeit überzeugt werden. »Was sagen Sie nun?«

Er wollte das Geschäft offensichtlich schnell zum Abschluß bringen, aber Quaid hatte keine Lust, sich von glatten Sprüchen überrumpeln zu lassen. »Aber wenn ich dieses Implantat bekomme, werde ich nie wirklich reisen können.«

McClane beugte sich über seinen Schreibtisch. »Doug, wollen wir ehrlich miteinander reden?«

Heißt das, daß du bisher nur gelogen hast? Aber Quaid ließ sich nichts anmerken.

»Sie sind doch Bauarbeiter, nicht wahr?« fuhr McClane fort.

Der Typ machte jetzt einen Fehler. »Na und?«

»Wie anders wollen Sie dann zum Mars kommen? Sich verpflichten lassen?« McClane verzog angewidert das Gesicht. »Werden Sie sich darüber klar, alter Junge: Recall ist Ihre einzige Chance. Es sei denn, Sie bleiben lieber zu Hause und sehen fern.«

Das war ein wenig unfreundlich formuliert, aber leider hatte der Mann recht. Dies *war* für einen Bauarbeiter die einzige Möglichkeit, es zu schaffen. Für einen Spezialisten für die Vorbereitung von Baustellen, oder kürzer: für einen Mann, der einen Preßlufthammer bedient.

Bevor er völlig entmutigt war, stand McClane auf, beugte sich wieder über den Tisch und legte ihm die Hand auf die Schulter. »Außerdem sollten Sie bedenken, daß ein richtiger Urlaub wirklich Mist ist: verlorenes Gepäck, scheußliches Wetter, schäbige Hotelzimmer. Bei Recall ist alles perfekt.«

Der Mann hatte wieder Pluspunkte gesammelt. Quaid hatte genau das schon erlebt, und dafür mußte er wirklich nicht unbedingt zum Mars reisen! »Okay. Ich hatte mein Leben lang diesen Ehrgeiz, und ich sehe nicht ein, daß ich darauf verzichten soll. Ich denke, ich werde mich mit Ihrem Angebot zufriedengeben müssen.«

»So sollten Sie nicht darüber denken«, sagte McClane streng. »Sie bekommen bei uns wirklich nicht das Zweitbeste, Doug. Die wirkliche Erinnerung in ihrer Verschwommenheit, mit dem, was man vergißt, ganz zu schweigen von den Verzerrungen – *das* wäre das Zweitbeste.«

Wieder sammelte der Mann Pluspunkte. Machte es denn einen Unterschied, ob er von einer wirklichen Reise zurückgekommen war oder nur Erinnerungen an eine fiktive hatte? Auch dann hätte er nur Erinnerungen, aber zusätzlich noch ein geplündertes Bankkonto. Die Erinnerungen, die man bei Recall kaufen konnte, waren garantiert besser. Dennoch blieben Zweifel. »Aber wenn ich weiß, daß ich hier gewesen bin, hier in Ihrem Büro, weiß ich doch auch, daß es keine Wirklichkeit gewesen sein kann. Ich meine . . .«

»Doug. Sie werden sich zu keiner Sekunde daran erinnern, daß Sie hier waren und mit mir gesprochen haben. Sie werden nicht einmal mehr wissen, daß es uns überhaupt gibt. Das ist Teil unseres Angebots. Es wird nicht den geringsten Hinweis darauf geben. Alles wird dafür sprechen, daß Sie die Dinge, an die Sie sich erinnern, wirklich erlebt haben.«

Quaid war überzeugt. »Ich nehme den Zwei-Wochen-Trip.«

»Sie werden es nicht bereuen«, sagte McClane eifrig. Er drückte auf einen Knopf und aktivierte Quaids Tastatur. »Während Sie unseren Fragebogen ausfüllen, werde ich Sie mit unseren Auswahlmöglichkeiten vertraut machen.«

Quaid, auf seinem Video-Schirm die Multiple-Choice-Fragen zu beantworten: Einzelheiten über seine besonderen Wünsche, Farbe der Kleidung, die er tragen wollte, und die Maße der Frauen, denen er sich möglicherweise nähern würde. »Vergessen Sie die Auswahlmöglichkeiten«, sagte er. Allmählich ging ihm das alles auf die Nerven.

»Beantworten Sie mir bitte noch eine Frage«, sagte McClane ernst. »Was war denn bei jedem Urlaub, den Sie je erlebt haben, immer dasselbe?«

Quaid war das Ratespiel leid. »Ich gebe auf.«

»Sie. Sie sind immer derselbe geblieben.« Er ließ eine Pause eintreten, um seine Worte wirken zu lassen. »Ganz gleich, wohin Sie gehen, Sie sind es selbst. Sie bleiben immer der alte.« Er setzte ein rätselhaftes Grinsen auf. »Ich will Ihnen also vorschlagen, Doug, einmal Urlaub *von sich selbst* zu machen. Wir nennen das einen ›Ego-Trip‹.«

Das klang verdächtig. »Daran bin ich wirklich nicht interessiert.«

Aber McClane wollte unbedingt das Geschäft machen. »Es wird Ihnen bestimmt gefallen.« Er richtete sich auf, als wollte er etwas ganz Besonderes mitteilen. »Wir können Ihnen für die Dauer Ihrer Reise verschiedene Identitäten anbieten.«

Auch das klang verdächtig. Was für einen Sinn hatte es, eine Reise zu unternehmen – oder sich an sie zu erinnern –, wenn ein anderer diese Reise machte?

McClane ergänzte Quaids Fragebogen auf dem Monitor mit einer Liste:

A-14 MILLIONÄR UND PLAYBOY
A-15 SPORT-AS
A-16 INDUSTRIEMAGNAT
A-17 GEHEIMAGENT

»Kommen Sie, Doug, warum wollen Sie als Tourist zum Mars reisen, wo Sie auch ein Playboy sein können, oder ein Athlet oder ein . . .«

Trotz seiner Zweifel war Quaid neugierig geworden. »Geheimagent – wie teuer ist das?«

»Ich möchte Sie noch ein bißchen zappeln lassen, Doug. Es ist wie in einem Film, in dem Sie der Star sind. Spannung, Gefahren, doppelte Identitäten, Verfolgungsjagden! Sie sind ein Spitzenagent in geheimer Mission, der wichtigsten Mission Ihres Lebens . . .« Er schwieg.

»Erzählen Sie doch weiter«, sagte Quaid, der sich nicht hinhalten lassen wollte.

McClane lehnte sich zurück. »Ich will Ihnen nicht zu viel erzählen, Doug. Aber Sie können sicher sein: Wenn alles vorbei ist, werden Sie das Mädchen bekommen. Sie werden die Schurken getötet und den Planeten gerettet haben.« Er lächelte siegessicher. »Meinen Sie nicht auch, daß das dreihundert Krediteinheiten wert ist?«

Quaid lächelte, wenn ihm auch nicht danach zumute war. Er hatte endgültig angebissen.

Kapitel 6 *41A*

Es gab eine Reihe weiterer Routine-Einzelheiten, die Quaid so ausblendete wie die unwichtigen Fenster eines Vielfachbildschirms. Es stellte sich heraus, daß kein weiterer Aufschub nötig war, nachdem er seine Entscheidung einmal getroffen hatte, denn dies war eine rein interne Prozedur. Sie fand im Kopf statt. In ein paar Stunden würde er vom Mars zurück sein: Soweit es seine Rolle bei der Angelegenheit betraf, war es sehr einfach. McClane hatte versprochen, daß Quaid für den Mangel an fehlender Zeit eine gute Erklärung haben würde; wie hätte er heute zur Arbeit gehen können, wo er doch von einem zweiwöchigen Aufenthalt auf einem anderen Planeten zurückkam? Keine Sorge; es würde keine scheinbaren Unvereinbarkeiten geben. Er würde seine Erinnerungen für sich behalten, um seine Arbeitskollegen nicht neidisch zu machen, und sie würden seine Abwesenheit nicht erwähnen, weil sie annahmen, daß es sich um eine peinliche Krankheit gehandelt habe. Nie würde er die Neigung verspüren, die tatsächlichen Daten seiner Reise mit den Daten seiner Beschäftigung zu vergleichen, da sein Gedächtnis sie eindeutig gespeichert haben würde. Ein direkter Vergleich, unter Vorlage gesammelter Beweise, würde natürlich Ungereimtheiten zu Tage fördern, aber wer würde das tun wollen? Seine Arbeitskollegen nicht, und Lori auch nicht, die erleichtert sein würde, wenn sie sah, daß die Vorstellung, zum Mars zu reisen, aus seinen Gedanken verschwunden war.

Sie würde natürlich über das, was er getan hatte, informiert werden, denn sie war seine engste Vertraute, und außerdem mußte sie erfahren, wo das Geld geblieben war, aber sie würde einverstanden sein. Für sie war sogar eine Zugabe vorgesehen: die Erinnerung daran, daß sie ihren Mann zum Raumflughafen gebracht und sich nach seiner Abreise einsam gefühlt hatte. Auf diese Weise würde sie die Bedeutung seiner Erlebnisse zu würdigen wissen. Also garantiert keine Probleme.

Wenn er sich später an seinen Besuch in diesem Büro erinnerte, würde er sein Geld zurückverlangen können. Es *durfte* keine Probleme geben, oder Recall würde den Verlust tragen. Das System korrigierte sich selbst.

Es war Abend geworden, und sie waren bereit. McClane führte ihn in ein zweites Büro, wo ein Gerät stand, das einem altmodischen Zahnarztstuhl ähnelte. Der Raum sah aus wie eine Kreuzung aus einem Operationssaal und einer Klangmischanlage. Eine Schwester zog einen grünen Chirurgenkittel über ihre Straßenkleidung. »Machen Sie sich keine Sorgen, Mr. Quaid«, sagte sie, als McClane gegangen war. »Das ist nur, damit die Injektionslösung nicht an meine Kleidung kommt. Hier findet keine Chirurgie statt!«

»Injektionslösung?« fragte er erschrocken.

»Wir müssen Sie ein wenig unter Narkose setzen, Mr. Quaid, damit Ihr Gehirn für das Erinnerungsimplantat empfänglich ist. Wenn Sie bei vollem Bewußtsein wären, würde es wirklich nicht funktionieren.« Sie lächelte. Sie war nicht so hübsch wie das Mädchen am Empfang, und ihre Bluse war völlig undurchsichtig, aber ihr Lächeln war angenehm und beruhigend.

»O ja, natürlich«, sagte er und setzte sich auf den Stuhl. Es war angenehm, wenn eine Frau sich so intensiv um ihn kümmerte. Das durfte jede Frau jederzeit. Lori war besonders gut darin. Aber die Frau auf dem Mars . . .

Die Schwester achtete darauf, daß er bequem saß, rückte seine Arme auf den Seitenlehnen zurecht und stellte die Kopflehne richtig ein. Dann rollte sie seinen linken Ärmel auf und betupfte seinen Unterarm mit kühlem Alkohol. »Oh, Sie müssen aber stark sein, Mr. Quaid«, sagte sie, als sie seine Armmuskulatur sah. Die meisten Frauen behaupteten, sie seien mehr am Charakter als am Äußeren interessiert, und das tun auch die meisten Männer, aber mit einem guten Aussehen sammelt man immer gleich am Anfang Pluspunkte.

»Ich bin Bauarbeiter. Ich arbeite mit einem Preßlufthammer.«

»Aha. Das erklärt alles. Darin sind Sie bestimmt sehr gut.«

Er wußte, daß sie das nur sagte, um ihn von ihren Vorbereitungen abzulenken, aber was sie sagte, gefiel ihm trotzdem. Er konnte sich leicht vorstellen, mit einer solchen Frau im Bett zu liegen, als er sich in dem äußerst bequemen Stuhl zurücklehnte und ihre sanften Berührungen auf seiner Haut spürte. Er fühlte nicht einmal den Einstich der Nadel, als sie den Tropf anbrachte. Er fühlte sich nur zunehmend entspannt, als die Infusion begann. Daß die Schwester inzwischen den Raum verlassen hatte, merkte er gar nicht, und es war ihm auch gleichgültig; völlig entspannt hatte er fast das Gefühl, als schwebte er.

Ein junger Mann betrat den Raum. Er bewegte sich so fahrig, als litte er an Hyperkinese. Er war mager und hatte braunes undefinierbares Haar, und ständig ließ er seine Blicke hin und her schießen. Ein wenig erinnerte er Quaid an eine Maus auf Futtersuche. »Hallo, Mr. Quaid«, sagte er. »Ich bin Ernie, Ihr technischer Assistent. Doktor Lull wird jeden Augenblick kommen. Sitzen Sie bequem?«

»Ja.« Allerdings! Noch ein wenig bequemer, und er wäre eingeschlafen.

»Ich will Ihnen nur den Raumfahrerhelm aufsetzen«, sagte Ernie mit einem nervösen Lächeln und nahm das Gerät aus einer Metallhalterung. »Das war natürlich ein Scherz; wissen Sie, das Ding sieht aus wie . . .«

»Ich habe den Witz schon verstanden«, sagte Quaid. Sie behandelten ihn wie ein Kind. Es machte Spaß, wenn eine Frau das tat, aber nicht, wenn ihm das von einem einfältigen Jüngling geboten wurde.

Er stülpte Quaid den polierten Helm über den Kopf. »Ist das Ihr erster Trip?«

»Hmm.« Das Ding erinnerte tatsächlich an einen Raumfahrerhelm, und er konnte sich leicht vorstellen, daß er mit einem solchen Gerät auf dem Kopf in die öde Marslandschaft hinaustrat. In Wirklichkeit war es ein Hirnwellen-Scanner, wie er wußte, mit dem der Teil seiner Hirnfunktion, der für das Gedächtnis zuständig war, gemessen und modifiziert wurde. Der Helm kostete wahrscheinlich Tausende von Krediteinheiten.

Sorgfältig stellte Ernie das komplizierte wissenschaftliche Gerät ein und schnallte es fest. Quaid runzelte leicht die Stirn, als ein zu fest angezogener Riemen ihn am Kopf scheuerte.

»Keine Angst«, sagte Ernie und lockerte den Riemen. »Es geht selten einmal etwas schief.«

Mach nur so weiter, du Dummkopf, dachte Quaid. Er war bereit für den Mars.

Die Tür ging auf, und eine vogelgesichtige Frau mittleren Alters betrat den Raum. Sie trug einen eleganten Hosenanzug, der ihr Aussehen aber kaum verbesserte. Sie war zu hager und hatte zu rote Haare. Sie war eine künstliche Frau im schlimmsten Sinne: sie versuchte, kompetent und erfolgreich zu wirken, und schaffte es nur, unattraktiv auszusehen.

»Guten Abend, Mister . . .« Sie hielt inne, um auf den Monitor zu sehen; offensichtlich kannte sie seinen Namen nicht. Sie fand ihn. »Mr. Quaid, ich bin Dr. Lull.« Sie sprach mit schwedischem Akzent und behandelte ihn mit einer unpersönlichen Fröhlichkeit, die angemessen gewesen wäre, stünde er nicht unter Beruhigungsmittel.

»Freut mich, Sie kennenzulernen«, sagte er unaufrichtig.

Nachdem der Höflichkeit Genüge getan war, zog Dr. Lull einen Arztkittel an und warf dann einen Blick auf Quaids Computerkartei. »Ernie, stellen Sie die Matrizes 62b, 37 und . . .« Sie sah Quaid an. »Sollen wir auch ein bißchen außerirdisches Zeug einarbeiten?«

»Doppelköpfige Ungeheuer?« fragte er zweifelnd.

Ihr Lachen kam fast einem echten Gefühl nah. »Sehen Sie denn keine Nachrichten? Wir machen heutzutage in außerirdischen Artefakten.«

Oh. »Klar. Warum nicht?« Die Vorstellung faszinierte ihn. Vielleicht war das einer der Gründe, weshalb er sich so für den Mars interessierte. Er hoffte, als Forscher die Überreste einer großen, verlorenen außerirdischen Stadt zu erkunden, eine Superzivilisation, die Welt mit der Entdeckung zu verblüffen und im Ruhm seiner Taten zu schwelgen ...

Dr. Lull warf Ernie die Matrix zu. Das deutete darauf hin, was sie von solchen Vorstellungen hielt: nur eine kleine Spinnerei auf einem Band.

»Schon erledigt«, sagte Ernie.

Während der Techniker die richtigen Bänder einlegte, befestigte Dr. Lull Riemen über Quaids Arme, Beine und Oberkörper, um den Rest seines Körpers sicher an Ort und Stelle zu halten. Das beunruhigte ihn etwas; befürchteten sie, daß er Krämpfe bekam?

»Sind Sie schon lange verheiratet, Mr. Quaid?« fragte Dr. Lull; sie schien sich wirklich dafür zu interessieren. Vielleicht hatte die Vorstellung, verheiratet zu sein, für eine Frau von ihrer Erscheinung, die Schwierigkeiten hatte, unter die Haube zu kommen, einen gewissen Reiz.

»Seit acht Jahren.« Er war selbst überrascht, als er seine Antwort hörte. Sicher, es stimmte – doch er begriff, daß Lori keinen Tag älter als fünfundzwanzig aussah. Sie war kaum gealtert; das Bild, das er von ihr an ihrem Hochzeitstag in Erinnerung hatte, unterschied sich kein bißchen von dem, das er von ihr heute morgen hatte. Seltsam, daß ihm das noch nie aufgefallen war. Nicht, daß es ihn störte; er wäre vollauf glücklich, wenn sie auch die nächsten vierzig Jahre so aussehen würde.

Trotz alledem ... diese Frau aus seinem Marstraum, wie alt war sie? Ganz bestimmt noch keine dreißig.

»Schwindeln Sie mich auch nicht an?« fragte Dr. Lull und fuhr sich mit der Zunge über die Lippen. Sie interessierte sich eindeutig für das Thema; ihr Tonfall war eher freundlich als tadelnd.

Quaid begriff, daß selbst unattraktive Frauen in mittlerem Alter Träume hatten. Sie gab ihrem nach, indem sie einen stummen Flirt mit ihm einging; vielleicht stellte sie sich mit ihm im Bett vor, genau, wie er sich vorstellte, wie es mit jeder jungen und attraktiven Frau, der er begegnete, im Bett sein würde. Zum erstenmal begriff er, daß so ein Benehmen eine Zumutung für die andere Partei sein konnte, selbst wenn man seine Vorstellungen nicht in Worte kleidete. Manchmal hatte er eine junge Frau herausgefordert, nur damit sie sich dann wie beleidigt abwendete, wo er doch eigentlich nichts Ernsthaftes mit ihr im Sinn gehabt hatte. Nun, da er sich selbst als das Objekt von Dr. Lulls Lust vorstellte – wie er auf diesen Stuhl gefesselt war, wie sie ihn langsam auszog und dann mit ihm anstellte, was auch immer sie reizen mochte –, verstand er die weibliche Seite der Sache. Ihm lag nichts daran, von ihren Vorstellungen belästigt zu werden. »Wohl kaum«, entgegnete er kurz angebunden.

»Alle Systeme in Bereitschaft«, sagte Ernie.

Dr. Lull war wieder ganz Wissenschaftlerin. »Gut. Dann können wir ja anfangen.« Sie trat auf einen Hebel, und die Lehne von Quaids Stuhl senkte sich in die Horizontale. »Bereit fürs Traumland?«

Quaid nickte. Plötzlich kam ihm in den Sinn, daß der Helm die ganze Zeit über vielleicht seine Gedanken gelesen hatte. Wußte sie, was er über sie gedacht hatte? Hoffentlich nicht!

Sie griff nach dem Tropf und öffnete die Sperre der Injektionslösung. Quaid fuhr wieder zusammen; er hatte gedacht, das sei schon längst geschehen! Hatte er sich die angenehme Entspannung, die er empfand, nur eingebildet?

»Ich stelle Ihnen jetzt ein paar Fragen, Mr. Quaid«, fuhr Dr. Lull fort, »damit wir die Feineinstellung des Wunscherfüllungs-Programms vornehmen können. Bitte seien Sie völlig ehrlich.«

Ganz bestimmt nicht! Aber er war überzeugt, mit ihren Fragen fertig zu werden, ohne seine geheimen Gedanken zu offenbaren.

Jetzt fühlte er die Wirkung des Betäubungsmittels wirklich. Er trieb nicht dahin, er versank. Seine geistigen Schutzwälle wurden niedergerissen; es interessierte ihn nicht mehr, ob sie wußte, was er von ihr hielt.

Dr. Lull stellte die erste Frage nicht sofort. Statt dessen überprüfte sie seine medizinischen Daten. Sie ging sehr vorsichtig mit seiner Gesundheit um; das wußte er immerhin zu schätzen. Diese Sache mit dem armen Hund, an dem sie beinahe eine Lobotomie vorgenommen hätten, machte ihm zu schaffen; er wollte keinen solchen Unfall erleiden.

Jetzt war sie fertig. »Ihre sexuelle Orientierung?«

Das war einfach! »Heterosexuell.« Sie bereitete ihn nur vor, vergewisserte sich, daß seine Reaktionen mit ihren Daten übereinstimmten.

Sie nickte. »Jetzt werfen Sie einen Blick auf diesen Bildschirm.«

Er erblickte benommen einen groben weiblichen Umriß auf einem Computermonitor, den er zuvor nicht bemerkt hatte.

»Was für Frauen bevorzugen Sie?« fragte sie. »Blondinen, Brünette, Rothaarige, Negerinnen, Orientalinnen?«

»Brünette.« Doch Lori war blond. Die Marsfrau war brünett. Doch es war die Wahrheit – und er hoffte, daß die Wissenschaftlerin nicht hinter ihre Eindeutigkeit kommen würde. Es bestand kein Zweifel, daß Lori alles war, was ein Mann verlangen konnte. Lag seinen Vorbehalten ihr gegenüber lediglich ihre Haarfarbe zugrunde? Er würde darüber nachdenken müssen, sobald er eine Gelegenheit hatte, nachzudenken, ohne daß man seine Gedanken ausspionierte.

Neben ihm erklang das leise Klacken einer Tastatur. Das mußte Ernie sein, der die Details in den Computer gab. Die schematische Darstellung paßte sich Quaids Geschmack an: Die Frau bekam dunkle Haare, dunkle Augen und eine hellbraune Haut. Nicht ganz wie die Frau in seinem Traum, doch er legte keinen Wert auf eine vollständige Übereinstimmung. Warum, wußte er nicht genau. Vielleicht lag es daran, daß manche Dinge einfach zu privat waren, um programmiert zu werden. Vielleicht wollte er auch nicht, daß seine wahre Traumfrau von einer künstlichen Erinnerung verzerrt wurde. Das konnte ruhig eine andere Frau sein, ihr zwar ähnlich, aber nicht so sehr, daß er sie verwechselte. Die Erinnerung würde vielleicht nicht ganz so schön werden, doch er hielt Vorsicht für angebracht.

»Schlank, kurvenreich, sinnlich?« fragte Dr. Lull scharf.

Er wurde jetzt wirklich schläfrig! Dieses Zeug im Tropf war harter Tobak. »Schinnlich.«

»Spröde, aggressiv, lüstern? Seien Sie ehrlich.«

Warum sollte er nicht ehrlich sein? Nun ja, es gab einen Grund dafür, doch er konnte sich im Augenblick nicht daran erinnern. »Lüschtern . . . und schpröde.« Sollten sie sich doch über diesen Gegensatz den Kopf zerbrechen!

»41A, Ernie.«

Soviel zum Gegensatz! Wenn er nicht so schläfrig gewesen wäre, hätte er sie vielleicht etwas mehr durcheinander bringen können. Aber er hatte die Wahrheit gesagt, eine bestimmte Frau im Sinn gehabt, wenngleich er versucht hatte, sie ein wenig zurückzustellen.

Er nahm verschwommen wahr, daß Ernie die Kassette 41A in das Gerät schob. Das Computerbild wurde zu einer schematischen Darstellung der Frau in Quaids Traum. Die Ähnlichkeit war so groß, daß es fast schon unheimlich war.

O nein! Wußten sie es? Das konnten sie nicht! Und doch . . .

»Junge, der wird aber was erleben!« frohlockte Ernie. »Wird gar nicht zurückkommen wollen. Diese 41A ist eine Schnecke, die einen einfach nicht losläßt . . .«

Quaid wurde ohnmächtig. Er war auf dem Weg, wohin er auch führte.

Kapitel 7 *Probleme*

McClane führte ein Verkaufsgespräch mit einer anderen potentiellen Kundin, einer einsamen Frau mittleren Alters. Solche Kundinnen hatte er ziemlich häufig; Frauen schienen mehr unterdrückte Träume zu haben als Männer und auch depressiver zu sein. Sie waren auch nicht unbedingt arm, einfach nur überdrüssig, zu Hause zu sitzen, während ihre Ehemänner immer etwas Neues erlebten. Er hatte das ideale Angebot für sie.

»Sie sehen also, Mrs. Killdeer, wir haben wirklich Erinnerungen am laufenden Band für Sie. Das wird das beste Erlebnis sein, das Sie je hatten!«

»Aber ich habe dann keine Souvenirs«, beschwerte sie sich.

»Das stimmt nicht«, sagte McClane ernst. »Für nur ein paar Krediteinheiten mehr liefern wir Postkarten, Fotos von Ihnen an den Orten, die Sie besucht haben, *Briefe* von den stattlichen Männern, die Sie kennengelernt haben . . .«

Das Videofon klingelte und unterbrach ihn. Verdammt! Er hatte ihnen doch untersagt, ihn zu stören, wenn er kurz vor einem Abschluß stand. Er schaltete das Gerät ein, und Dr. Lull erschien auf dem Bildschirm.

»Bob?« sagte sie. Ihre Stimme klang verkrampft. »Kommen Sie bitte schnell her.«

McClane verdrehte vor Mrs. Killdeer die Augen, als habe er sich mit dem Kunden gegen die Firma verbündet. Diese Geste war kaum eine Übertreibung; er kam gar nicht so häufig zu guten Abschlüssen und haßte es geradezu, einen Kunden vom Haken zu lassen. »Ich spreche gerade mit einer sehr wichtigen Kundin«, sagte er.

»Sieht nach einem weiteren schizoiden Embolismus aus«, entgegnete Dr. Lull.

McClane war schockiert. Und schlimmer noch, Mrs. Killdeer ebenfalls! *Sie hatte den Begriff verstanden!* Das würde ihn mit größter Wahrscheinlichkeit zwei Kunden kosten: Quaid und die Killdeer. Was für eine schreckliche Unterbrechung!

Er erhob sich und gab sich alle Mühe, ein zuversichtliches Lächeln aufzusetzen. »Ich bin sofort wieder zurück.«

Doch er befürchtete, daß sie nicht mehr da sein würde, wenn er zurückkam. Verdammt!

Er schritt aus dem Verkaufsbüro den Gang zum Erinnerungsstudio hinunter. Diese Narren, ihn mit so einer Ankündigung zu stören, wenn er gerade ein Verkaufsgespräch führte! Er würde sie in den Hintern treten! Wenn Renata Lull glaubte, damit durchzukommen ... Doch als er das Studio betrat, prallte er zurück und hatte seinen Zorn vergessen. Entsetzt beobachtete er das Geschehen.

Der Kunde, Douglas Quaid, war verrückt geworden. Er schrie, warf sich auf dem Stuhl hin und her und versuchte, die Riemen zu zerreißen, mit denen er festgeschnallt war. Er war ein starker Mann – wie stark, hatte McClane zuvor gar nicht richtig begriffen –, und die Kanüle zum Tropf drohte zu zerreißen. Mehr noch, der ganze Stuhl bebte. Was war da los? Eine allergische Reaktion auf das Beruhigungsmittel?

Quaid war wie ein anderer Mensch. Er benahm sich weniger verrückt als wütend. Sein Blick war hart, und seine Stimme kalt und drohend. »Ihr alle seid so gut wie tot!« rief er mit völlig deutlicher Stimme. »Ihr habt meine Tarnung auffliegen lassen!«

Dr. Lull und Ernie drückten sich gegen die gegenüberliegende Wand und versuchten, einen sicheren Abstand zu dem Tobenden zu halten. Doch McClane hatte mehr Erfahrung mit Fällen, bei denen etwas schiefgegangen war; sie traten häufiger auf, als es seine Statistiken aufwiesen. Kein Kunde ähnelte dem anderen; sie hatten unterschiedliche Synapsen und zeigten unterschiedliche Reaktionen; es mußte einfach ein paar Fehlgriffe geben.

»Was zum Teufel ist hier los?« fragte McClane aufgebracht. »Könnt ihr nicht mal ein verdammt einfaches Doppelimplantat installieren?« Höflichkeit war für mögliche Kunden reserviert, nicht für Angestellte, die einen Fehler begangen hatten.

»Es ist nicht meine Schuld!« protestierte Dr. Lull. »Wir haben eine Erinnerungskapsel getroffen.«

»Bindet mich los, ihr Arschlöcher!« brüllte Quaid. »Sie sind jeden Augenblick hier! Sie werden euch alle umbringen!«

»Wie bitte? Wovon spricht er?« schnappte McClane.

»Hören Sie *sofort* mit der Operation auf!« schrie Quaid.

Wie konnte der Bursche nur so deutlich sprechen? Ein aufgrund einer allergischen Reaktion Tobender würde vielleicht schreien und hätte auch Schaum vor dem Mund, doch seine Worte würden zum größten Teil aus Flüchen und heillosem Unsinn bestehen. Quaid redete beunruhigend zusammenhängend. »Mr. Quaid, beruhigen Sie sich bitte«, sagte McClane und versuchte, tröstend zu klingen. Vielleicht konnten sie die Zusammensetzung des Medikaments verändern, ihn doch noch in den Tiefschlaf versetzen und dann dem Problem auf den Grund gehen. Eine Erinnerungskapsel? Wer hätte damit rechnen können!

»Ich bin nicht Quaid!«

Eine multiple Persönlichkeit? Das könnte den Zwischenfall erklären und würde die gleichen Reaktionen hervorrufen wie eine Erinnerungskapsel, weil jede Persönlichkeit andere Erinnerungen hatte. Aber Lull hätte das bemerken müssen! McClane trat nervös näher, um sich Quaids Augen anzusehen.

»Sie haben eine allergische Reaktion auf das Implantat«, sagte er, obwohl er keineswegs davon überzeugt war. Aber er mußte alles versuchen, diese Reaktion zu unterdrücken, damit sie eine Lösung des Problems finden konnten. »Aber in ein paar Minuten . . .«

Quaid zerrte erneut an seinen Fesseln. Plötzlich riß der Riemen, der seinen rechten Arm hielt. Der Arm schoß hinauf und packte McClane an der Kehle. Was für eine verheerende Kraft dieser Mann hatte!

»Binden Sie mich los.« Quaid sprach jetzt leise, doch die stille Drohung war nur allzu deutlich.

McClane versuchte würgend, Quaids Hand von seinem Hals zu lösen. Doch nicht einmal mit beiden Händen konnte er den Griff brechen. Bauarbeiter hatten starke Arme; das hatte er gewußt. Warum hatte er ihnen nicht aufgetragen, die Riemen zu verdoppeln? Er würde ohnmächtig werden, bevor er etwas sagen konnte!

Ernie schüttelte seine Erstarrung ab. Er kam hinübergelaufen und versuchte unter Einsatz seines vollen Körpergewichts, Quaids Arm hinabzudrücken. Er hätte genausogut gegen den Stamm einer alten Eiche drücken können. McClane fühlte, wie er das Bewußtsein verlor, während er erfolglos um Atem rang.

Dr. Lull bereitete schnell eine Injektionsspritze vor und stieß sie heftig in Quaids Schenkel. Sie drückte ihm eine Dosis Narkidrin nach der anderen hinein, bis der Mann schließlich losließ und ohnmächtig wurde.

McClane stürzte keuchend zu Boden. Das Studio und die gesamte Welt drehten sich um ihn. Ernie hielt ihn fest, und es gelang ihm, seinen Sturz aufzufangen.

Dr. Lull kam zu ihm, um zu helfen. »Sind Sie in Ordnung?« fragte sie ängstlich und legte eine Hand auf seine Stirn.

McClane stieß ihre Hand fort und rang nach Luft.

»Hören Sie mir zu«, sagte Dr. Lull drängend. »Er hat immer wieder vom Mars gesprochen.« Jetzt war offensichtlich, daß sie wirklich Angst verspürte. »Er war *tatsächlich* dort!«

Die Welt verlangsamte ihre Drehungen allmählich und fiel wieder an ihren richtigen Platz zurück, doch McClane fühlte noch immer den Druck dieser schrecklichen Finger an seiner Kehle. Er hatte sich mit Sicherheit einige Prellungen zugezogen, aber glücklicherweise keine schwereren Verletzungen. Was für ein Ungetüm! »Benutzen Sie doch Ihren verdammten Kopf, Sie blöde Ziege!« schnarrte er. »Er spielt die Geheimagentenrolle von seinem Ego-Trip! Sie hätten ihn so anbinden müssen, daß er sich nicht befreien konnte, als er dachte . . .«

»Das ist nicht möglich«, sagte Lull kalt. Sie schätzte Flüche und Beschimpfungen nicht besonders, doch diesmal hatte ihre Achtlosigkeit zur Katastrophe geführt.

»Wieso nicht?« fragte er herablassend. Sie würde sich mit keinem pseudomedizininischen Gewäsch aus der Verantwortung ziehen können.

»Wir haben den Trip noch nicht implantiert.«

McClane starrte sie an, und seine Erwiderung blieb ihm im Hals stecken. »Oh, Scheiße . . .« Plötzlich hatte er Angst. Kein Implantat? Und der Mann hatte von einem tatsächlichen Erlebnis auf dem Mars gesprochen? Das war nicht nur seltsam, das war gefährlich!

»Ich habe ja versucht, es Ihnen zu erklären«, entgegnete Dr. Lull vielsagend. »Jemand hat seine Erinnerung gelöscht! *Der Mann war wirklich auf dem Mars!* Und das ist nicht alles . . .«

»Jemand?« rief Ernie hysterisch. »Wir sprechen von der verdammten Agency!«

»Halten Sie die Klappe!« fuhr Dr. Lull ihn an.

McClane versuchte nachzudenken. Doch wie konnte er über das Undenkbare nachdenken? Gegenüber dem Schlamassel, in den sie hineingeraten waren, war ein schizoider Embolismus so ungefährlich wie eine Migräne. Denn es sah ganz danach aus, daß Ernie recht hatte: Die Erinnerungskapsel mußte von der Agency implantiert worden sein. Niemand sonst hatte die Technik dafür. Und jeder, von den Köpfen des Staates bis zu den niedrigsten Felsratten in den Marsminen, wußte, daß es gefährlich, wenn nicht sogar verhängnisvoll war, der Agency in die Quere zu kommen. Er mußte kein Einstein sein, um zu wissen, daß die Enttarnung eines ihrer Agenten, selbst eine zufällige, als größerer Zwischenfall angesehen werden würde.

Die Agency war eine geheime Regierungseinrichtung. Ihr Netzwerk verzweigte sich über die ganze Erde und die Marskolonie und unterlag keinerlei zivilrechtlichen Bestimmungen. Sie setzte alle nötigen Mittel ein, um ihre Ziele zu erreichen, wenngleich auch niemand genau wußte, was das für Ziele waren und wer sie bestimmte. Sie hatte in der Tat Agenten wie Quaid: brutale Killer, die nur von anderen ihrer Branche aufgehalten werden konnten. Die Tatsache, daß sie die Enttarnung einer ihrer Agenten unabsichtlich vorgenommen hatten, spielte keine Rolle. Sie drei waren vielleicht tatsächlich schon so gut wie tot, genau wie Quaid es ihnen angedroht hatte. Warum zum Teufel war er nur zu Recall gekommen?

McClane war kein Mörder. Doch nun stand sein Leben auf

dem Spiel. Sie konnten Quaid einfach töten, indem sie so viel Beruhigungsmittel in ihn hineinpumpten, daß es zum Herzstillstand kam. Auf der Stelle. Doch würden sie damit auch durchkommen? Was sollten sie mit der Leiche machen? Sie konnten sie kaum bewegen, geschweige denn unbeobachtet hier hinausschaffen. Wurde Quaid elektronisch überwacht? Er befürchtete es – was bedeuten würde, daß sich die Agency hierher in Bewegung setzte, sobald Quaids Lebenszeichen von einem nahegelegenen Bildschirm verschwand. Konnten sie ihn so weit unter Beruhigungsmittel setzen, daß er so gut wie tot war, bis sie ihn irgendwohin geschafft hatten, wo man ihn nicht finden würde? Aber es gab *keinen Ort*, wo man ihn nicht finden würde, wenn er eine Wanze bei sich trug! Sie würden seinen Weg nachvollziehen und Recall dem Erdboden gleichmachen, ohne Fragen zu stellen. Das war nicht die Antwort.

Dann kam ihm die Lösung. Sie mußten ihn gar nicht töten oder verstecken! Sie mußten nur sich selbst verstecken, die Recall Inc., vor Quaid und der Agency. Ihn von dem Studio ablenken, alle Erinnerungen an seinen Besuch hier löschen, genau wie sie es bei der normalen Behandlung getan hätten. Aber mit einem Unterschied . . .

»Na schön«, sagte er.

»Renata, löschen Sie alle Erinnerungen, die er an uns oder an Recall hat.«

»Ich werde tun, was ich kann«, sagte sie nervös. »In seinem Kopf herrscht ein ziemliches Durcheinander.«

McClane wandte sich an den Jungen. »Ernie, du setzt ihn dann in ein Taxi – um die Ecke. Tiffany soll dir helfen.«

Ernie nickte. Er konnte Quaid zum Taxi bringen und dem Fahrer Quaids Adresse geben. Es würde nicht leicht sein, den Ort des eigentlichen Beginns der Fahrt zurückzuverfolgen, und wenn Dr. Lull gute Arbeit leistete, würde das niemand je versuchen. Die Agency hatte Quaid bestimmt nicht hierher geschickt; er war aus eigenem Antrieb gekommen, wegen irgendeines Lecks in seinem Konditionierungsschild. Er hatte den Mars im Sinn gehabt – kein Wunder! Wenn sie ihn hier herausbrachten, mußten sie keine Vergeltungsmaßnahmen befürchten. Falls alles glattging.

Falls alles glattging. Das war der Schlüssel. Doch Lull wußte, daß auch ihr Leben auf dem Spiel stand; sie würde es schon schaffen. Sie verstand ihr Handwerk, wie er das seine.

»Ich werde seine Akte vernichten und das Geld rücküberweisen«, sagte McClane, während die Einzelheiten noch durch seinen Kopf rasten. Er erhob sich wieder und schritt in dem kleinen Raum auf und ab. »Und falls jemand Fragen stellt ... wir haben nie von Douglas Quaid gehört.«

Sie alle sahen Quaid an, der bewußtlos auf dem Stuhl lag. McClane hoffte aufrichtig, daß er den Mann nie wiedersehen würde.

Er kehrte in sein Büro zurück. Mrs. Killdeer war natürlich verschwunden; er bedauerte den ihm entgangenen Abschluß nicht mehr, war sogar erleichtert, daß sie gegangen war. Im Augenblick mußte er sich um wichtigere Dinge kümmern. Er mußte die Unterlagen bereinigen und alle, die Quaid gesehen hatten, darauf hinweisen, daß sie ihn nicht gesehen hatten, angefangen bei der Vorzimmerdame. Er konnte sie sogar ganz gut gebrauchen, denn sie konnten Quaid nicht richtig behandeln, wenn er völlig das Bewußtsein verloren hatte, und während sie die komplizierten Justierungen vornahmen, würde er vielleicht ein wenig zu sehr zu sich kommen. Tiffany verstand es ausgezeichnet, Menschen zu beruhigen, besonders Männer; sie konnte ihnen helfen, Quaid ruhigzustellen. Und die Gutschrift – vielleicht konnte er die Gebühr stornieren, bevor sie auf Dauer im Hauptcomputersystem gespeichert war, so daß es niemals eine Bezahlung *gegeben* hatte. Das wäre viel besser. Keine Bezahlung, keine Gutschrift – es war überhaupt nichts passiert.

Wenn es funktionierte, konnten sie weitermachen wie zuvor. Wenn nicht, waren sie vielleicht tot, bevor sie es überhaupt mitbekamen. McClane wußte, daß er diese Nacht nicht gut schlafen würde – und auch keine andere in dieser Woche.

Kapitel 8 *Harry*

Quaid fand sich verwirrt auf dem Rücksitz eines Fahrzeugs wieder. Regen schlug gegen die Fenster neben seinem Kopf. Er versuchte, sich zu orientieren, doch sein Gehirn arbeitete kaum. Wie war er hierher gekommen? Ja, eigentlich . . .

»Wo bin ich?« fragte er jeden, der in Hörweite sein mochte.

»Sie sind in einem JohnnyCab!« erwiderte eine fröhliche Stimme.

Ein Taxi. Ein Wagen. Soviel hatte er sich auch schon gedacht! »Ich meine, was tue ich hier?«

»Entschuldigung. Würden Sie die Frage bitte umformulieren?«

Quaid blinzelte, schaute und richtete seinen benommenen Blick von dem nassen Fenster auf den Fahrer vorn im Taxi. Es war kein Mensch, sondern eine unentwegt lächelnde Schaufensterpuppe in einer altmodischen Chauffeursuniform. Nun erinnerte Quaid sich: Dieses Taxiunternehmen legte Wert auf den pseudo-menschlichen Touch und ging davon aus, daß ein falscher Mensch besser war als gar keiner. Quaid benutzte normalerweise die verbal programmierbaren, vollautomatischen Taxen und nicht diese halbautomatischen Modelle mit Interface-Puppen. Diese nachgemachten Fahrer gingen ihm auf die Nerven, nicht zuletzt, weil sie als relativ primitive Maschinen oft dazu neigten, die Richtungsanweisungen falsch zu verstehen.

Ungeduldig sagte er deutlich: *»Wie bin ich in dieses Taxi hineingekommen?«*

»Die Tür hat sich geöffnet. Sie haben Platz genommen.«

Das war der zweite Grund! Sie nahmen die Dinge ständig mit einer Wortwörtlichkeit, die einem den Blutdruck in die Höhe treiben konnte. Verärgert lehnte er sich zurück, während Johnny aufs Gas drückte, um noch eine Ampel bei Grün zu schaffen. Würde es Zweck haben, die verrückte Maschine zu fragen, wohin er fuhr? Wahrscheinlich nicht. Er würde lieber abwarten, bis er sein Ziel erreicht hatte. Mittlerweile würde sich sein Brummschädel vielleicht klären. Worauf hatte er sich nur eingelassen? Er erinnerte sich noch, daß er Feierabend gemacht hatte, und dann . . . nichts mehr.

Nach einer Weile hielt das Taxi vor einem Gebäude an, das er kannte: ein Wohnhaus. Also war er nach Hause gefahren! Aber warum so spät? Es war jetzt Nacht. Er hatte ein paar Stunden verloren!

Die Taxitür öffnete sich, und die Puppe drehte den Kopf und plärrte: »Danke, daß Sie ein JohnnyCab genommen haben. Hoffentlich hatten Sie eine angenehme Fahrt.« Quaid verspürte den starken Drang, der Puppe das verrückte Grinsen aus dem Gesicht zu prügeln, fühlte sich dazu jedoch zu benommen. Er hieß den kalten Regen, der ihn durchnäßte, als er das Taxi verließ, fast willkommen. Er drang zwar bis auf die Haut vor, half ihm aber auch, wieder etwas zu Verstand zu kommen. Als er auf das Gebäude zuwankte, hörte er eine vertraute Stimme.

»He, Quaid!« Der Ostküstenakzent war unverkennbar. Es war sein Kollege Harry. Quaid war erfreut, aber auch etwas verwirrt. »Harry! Was machst du denn hier?«

Harry schlug ihm auf die Schulter und grinste. »Wie war deine Reise zum Mars?« fragte er.

»Was für eine Reise?« Quaid strich sich das nasse Haar aus der Stirn und reagierte auf Harrys Grinsen mit einem nichtssagenden Ausdruck.

»Was meinst du, was für eine Reise? Du bist zu Recall gegangen, weißt du nicht mehr?«

Quaid versuchte benommen, sich zu erinnern. »Ach ja?«

»Ja, allerdings«, sagte Harry. Quaid fiel in den Gleichschritt mit ihm, und sie näherten sich gemeinsam dem Hauseingang.

Quaid war noch immer unsicher. Vielleicht war er wirklich dorthin gegangen. Sie hatten auf der Arbeit kurz darüber gesprochen, und Harry hatte ihm von dem Zwischenfall mit der Lobotomie erzählt. Dann war er also dorthin gegangen – oder doch nicht? Irgendwo mußte er ja auf jeden Fall gewesen sein!

»Komm schon«, sagte Harry. »Ich geb' dir einen aus. Du kannst mir dann davon erzählen.« Er wollte nach Quaids Arm greifen, doch Quaid wich zurück. Ein Drink würde das Durcheinander in seinem Kopf nicht klären können. Er wollte nur nach Hause, damit Lori sich um ihn kümmern konnte. Vielleicht würde er dann herausfinden, was . . .

»Danke, Harry, aber ich bin spät dran«, sagte er mit einem Anflug von Ungeduld in der Stimme.

»Schöne Scheiße«, schnappte Harry. Sein Gesicht war grimmig, seine Stimme barsch geworden. Bevor Quaid wußte, was geschah, standen drei große Männer in dunklen Straßenanzügen hinter und neben ihm und drängten ihn grob ins Haus.

»He!« rief Quaid. Er wußte nicht genau, was vor sich ging, bekam es aber mit der Angst zu tun und wollte sich losreißen. Dann fühlte er etwas. Er blickte hinab. Harry drückte ihm eine Pistole in die Rippen.

»Ganz ruhig«, sagte Harry gelassen.

Quaid gab seinen Widerstand auf, obwohl sein Herz noch immer raste. Die vier Männer drängten ihn durch die Halle zur Feuertreppe, die zu der unterirdischen Tiefgarage führte.

Er mußte mit ihnen gehen. Er wußte, ohne zu wissen, wieso, daß sie ihn sonst bewußtlos schlagen und die Treppe hinabzerren oder noch Schlimmeres mit ihm anstellen würden. Wenn er aus dieser Sache lebendig herauskommen wollte, mußte er seinen Körper wieder in den Griff kriegen. Wenn er zuschlug, dann überraschend, schnell und wirksam. Also sprach er und bewegte er sich langsamer, als es ihm eigentlich möglich war. Sollen sie doch glauben, er wäre noch benommen. Es würde auf lange Sicht zu seinem Vorteil sein.

»Was geht hier vor, Harry?«

Keine Antwort. Dank des Adrenalinausstoßes klärte sich Quaids Kopf allmählich. Seine Erinnerungen kehrten langsam zurück. Er *war* bei Recall gewesen, und . . . und dann? Er hatte eine Erinnerung an den Mars gewollt. Er hatte mit einem Mann gesprochen – doch die Erinnerung verblich.

Quaid versuchte es erneut. »Bist du ein Polizist?« Wieder

keine Antwort. Der Überfall bedeutete, daß es etwas mit seinem Besuch bei Recall zu tun haben mußte. Vielleicht wollte jemand nicht, daß er sich an etwas erinnerte. Aber er war nur wegen seines Traums vom Mars dorthin gegangen . . .

»Harry, was habe ich getan?« fragte er, zugleich verängstigt und wütend. Diesmal bekam er eine Antwort.

»Du hast gequatscht, Quaid!« sagte Harry wütend. »Gequatscht!«

»*Gequatscht?* Worüber?« Bevor er Zeit hatte, das Rätsel zu lösen, drückten die Schläger ihn gegen eine Wand und drehten ihm grob den Arm auf den Rücken.

»Du hättest auf mich hören sollen, Quaid.« Harrys Stimme war jetzt ganz leise, aber das machte sie nur um so drohender. »Ich war in deiner Nähe, um Ärger von dir fernzuhalten.«

Welchen Ärger fernzuhalten? Hatte das etwas mit seinen Erinnerungen zu tun? Wie konnten Erinnerungen jemandem schaden? Oder vielleicht hatte es mit seinem Traum zu tun. Nein, das war noch lächerlicher. Quaid hatte keine Antworten, konnte sich nicht einmal an genug erinnern, um auch nur etwas zu vermuten. Aber es war mittlerweile offensichtlich, daß es keine Rolle spielte, woran er sich erinnerte: Sie würden ihn sowieso umbringen. Er hatte Harry für seinen Freund gehalten. Nun wußte er, daß er hereingelegt worden war. Die Sache war geplant gewesen; sie kam nicht aus heiterem Himmel, und Harry hatte offensichtlich das Kommando. Was bedeutete, daß er Harry zuerst ausschalten mußte, wenn er seinen Befreiungsversuch unternahm.

»Harry, du machst einen Fehler«, sagte er. Er wußte, wenn er jetzt nicht etwas unternahm, würde er nie wieder die Gelegenheit dazu bekommen. »Du mußt mich mit jemandem verwechseln!«

Harry schüttelte ohne den geringsten Anflug eines Lächelns den Kopf. »Nein, mein Freund. Du hast dich mit den falschen Leuten eingelassen.« Einer der Schläger zerrte an Quaids Arm, und er verlor den Halt. Einen Augenblick lang dachte er, er würde stürzen.

Seine Traumvision kehrte zurück, und plötzlich war er ganz sicher. Der Mars *hatte* etwas damit zu tun! Dieser Traum war zu echt gewesen. Vielleicht war er wirklich dort gewesen – nein, das konnte nicht sein, er hatte nur dorthin fliegen wollen. Er hatte sein gesamtes Leben als Erwachsener mit Lori auf der Erde verbracht; seine Erinnerungen daran waren so klar, wie seine Vorstellungen vom Mars verschwommen waren. Dennoch ...

Da war diese Empfangsdame gewesen, mit einer durchsichtigen Bluse und blau besprühten Brüsten darunter. »Mr. Quaid, Sie sind ein gutaussehender Mann, und wenn Sie wütend sind, haben Sie ein ganz häßliches Gesicht«, hatte sie gesagt. »Wenn Sie sich dann besser fühlen, könnte ich ja ... ahem ... vielleicht könnten wir beide mal ...« Nein, das war es nicht gewesen; er war nicht wütend auf sie gewesen, und sie hatte sich nicht mit ihm verabredet. Das mußte ein Tagtraum gewesen sein oder eine implantierte Erinnerung. Das war ja der richtige Ort für implantierte Erinnerungen, für Träume, die in der Vergangenheit wahr geworden zu sein schienen. Er hatte eine Erinnerung vom Mars gewollt. Er hatte mit einem Mann gesprochen – doch die Erinnerung verblich schon wieder.

Harry hob die Pistole an Quaids Schläfe. Sein Finger legte sich langsam auf den Abzug. Er machte den Eindruck, als bedauerte er wirklich, ihn erschießen zu müssen.

Quaids Gesicht verhärtete sich. Er war sich, auf einer anderen Ebene, bewußt geworden, daß die Männer um ihn herum eine perfekte Position eingenommen hatten. Es war an der Zeit, die Dominosteine umzustoßen.

Harry hatte den klassischen Fehler begangen, die Waffe zu nah an das Opfer zu halten. Quaids Faust hob sich so schnell, daß die Bewegung nur verschwommen auszumachen war, und schlug Harrys Arm zur Seite. Der Schuß aus der Pistole fuhr in die Treppe.

Quaids Arm schlug über Harrys Hals und zertrümmerte seine Luftröhre. Harry blieb kaum noch Zeit, um nach Luft zu ringen, bevor Quaid herumwirbelte und dem Schläger, der ihm am nächsten stand, wie mit einem Schmiedehammer einen Schlag aufs Herz verpaßte. Der Mann stand noch, obwohl er schon tot war, als Quaid den nächsten ansprang. Er nahm den Kopf des Mannes zwischen die Hände und riß so heftig daran, daß es laut vernehmlich knackte und das Gesicht ihn von der falschen Seite des Körpers ansah; in den weit aufgerissenen Augen stand völlige Überraschung. Dem letzten Schläger blieben drei Sekunden, um zu reagieren; er sprang vor und riß seine Waffe hoch. Quaids Knie hob sich zu seinem Kopf und trieb dem Mann die Nase ins Gehirn. Er stürzte bäuchlings zu Boden.

Seit sich Harrys Finger auf den Abzug gelegt hatte, waren insgesamt fünf Sekunden vergangen. Vier Männer waren tot.

Du wirst langsam, Kumpel!

Was? Quaid schüttelte den Kopf. Es war niemand da. Nur er und die Toten, die scheußlich anzusehen neben der Treppe lagen. Einer von ihnen war vielleicht einmal sein Freund gewesen.

Er starrte voller Erstaunen die Leichen an. Wie . . . was . . .?

Er betrachtete seine blutigen Hände. Waren das wirklich seine Hände? Hatten sie dieses Gemetzel begangen? Er hatte den Eindruck, als gehörten sie einem anderen.

Er erinnerte sich, wie er an Gruppierungen und Dominosteine gedacht hatte. Und dann . . . das!

Er riß sich zusammen. Was immer hier geschehen war, bliebe er hier, würde man ihm die Schuld dafür geben. Er mußte von diesem Alptraum fort und nach Hause.

Kapitel 9 *›Ehefrau‹*

Quaid stürmte die Treppe hinauf und in die Halle, ohne auf die anderen Hausbewohner zu achten, die ihn verwundert anstarrten. Sie überließen ihm einen Fahrstuhl für sich allein.

In seiner Etage angelangt, platzte er atemlos in sein Apartment. Was für eine Erleichterung, hier zu sein! Doch er konnte sich noch keine Ruhe gönnen; wenn ein Schlägertrupp hinter ihm hergewesen war, konnte es auch noch einen zweiten geben, und sie wußten, wo er wohnte.

Lori war in der Holo-Konsole und schwang ihren Tennisschläger in perfekter Synchronisation mit dem Hologramm einer Tennisspielerin. Das Hologramm leuchtete hellrot, um ihr anzuzeigen, daß sie den Schlag richtig ausgeführt hatte. Sie lächelte, als Quaid hereinkam, zufrieden mit ihrer Übungsstunde.

»Hallo, Schatz«, sagte sie.

Quaid lief in der Wohnung hin und her. Er schaltete alle Lampen aus und zog dann Lori aus der Konsole. Sie betrachtete ihn beunruhigt.

»Ein paar Männer wollten mich gerade umbringen!« rief er.

Sie erstarrte. »Du bist überfallen worden?«

»Nein! Spione oder so was. Und Harry von der Arbeit.«

Lori erhob sich verwirrt und ging an einem Fenster vorbei auf ihn zu. Sie öffnete den Mund . . .

»Runter!« rief er, ergriff sie und zerrte sie zu Boden. Er warf sich über sie, damit etwaige Kugeln sie nicht erreichen konnten.

Verstört befreite sich Lori von ihm und nestelte hilflos an ihrem zerknitterten Tennisrock. Sie schien zu versuchen, der Sache auf den Grund zu gehen. »Was ist passiert? Warum sollten Spione dich denn umbringen wollen?«

Eine ausgezeichnete Frage! Er spähte über eine Fensterkante. »Keine Ahnung«, flüsterte er. »Vielleicht hat es etwas mit dem Mars zu tun.«

Das Zauberwort! Lori runzelte die Stirn. Sie stellte seine geistige Gesundheit in Frage. In diesem Augenblick konnte er es ihr kaum verdenken. »Mit dem Mars? Aber du warst noch nie auf dem Mars!«

»Ich weiß. Es ist verrückt. Ich fuhr nach der Arbeit zu Recall, und auf dem Nachhauseweg . . .«

Sie konnte es nicht glauben. »Du bist zu diesen Gehirnpfuschern gegangen?«

»Laß mich zu Ende erzählen!« Doch nach allem, was geschehen war, konnte er nicht abstreiten, daß es zu irgendeiner Pfuscherei gekommen war. Vor Recall war sein Leben normal, ja sogar langweilig gewesen, abgesehen von diesem Traum vom Mars. Nach Recall war sein Leben völlig durcheinander und aus den Fugen geraten. Doch wie konnte selbst das realistischste Erinnerungsimplantat den Zwischenfall mit Harry und den Schlägern erklären?

»Was hast du bei Recall gewollt?« fragte sie besorgt. »Sag's mir!«

»Ich bekam eine Reise zum Mars verpaßt.« Diese Erinnerung hatte sich irgendwann während der Fahrt nach Hause bei ihm eingestellt: nicht die Erinnerung an den Mars selbst, die gar nicht vorhanden zu sein schien, sondern die, sie implantieren zu lassen. Irgend etwas mußte schiefgegangen sein – aber wieso war das sein Todesurteil?

»O Gott, Doug!« Sie mußte der Auffassung gewesen sein, ihn von seiner Besessenheit vom Mars kuriert zu haben; sie wirkte angeekelt.

»Das ist nicht wichtig. Diese Männer wollten mich erschießen . . .« Er hielt inne und begriff zum erstenmal wirklich, was geschehen war. »Aber *ich* habe *sie* getötet!« Es kam ihm unmöglich vor, und doch war er überzeugt, daß *diese* Erinnerung echt war. Zum einen war da das Blut an seinen Händen – das er nun auch auf Loris Tenniskleid verschmiert hatte.

Doch Lori schien ihr Aussehen im Augenblick völlig gleichgültig zu sein. Sie zwang sich zur Ruhe. »Doug, hör mir zu. Niemand hat versucht, dich zu töten. Du hast Halluzinationen.«

»Das ist echt, verdammt!« explodierte er. Er stürmte zu einem anderen Fenster und sah hinaus.

Lori folgte ihm und legte eine Hand auf seine Schulter. »Hör auf, wie ein Verrückter herumzurennen, und hör mir zu!«

Quaid sah sie schweigend an.

»Diese Pfuscher bei Recall haben deinen Verstand durcheinander gebracht«, sagte sie eindringlich. »Und du hast paranoide Wahnvorstellungen.«

Er hob seine blutverschmierten Hände. »Nennst du das eine paranoide Wahnvorstellung?«

Sie wich vor ihm zurück, anscheinend nicht sicher, ob sie Angst *um* ihn oder Angst *vor* ihm haben sollte.

Es war sinnlos, mit ihr streiten zu wollen. Er war selbst kaum von der Eindeutigkeit seiner Lage überzeugt! Sich unter den Fenstern hinwegduckend, lief er ins Badezimmer. Ihr Apartment lag ziemlich hoch, doch das stellte für einen guten Scharfschützen kein Problem dar, besonders, wenn er in einem anderen Gebäude auf gleicher Höhe postiert war.

Lori wartete, bis er die Badezimmertür geschlossen hatte, und ging dann schnell zum Videofon. »Doug«, rief sie über ihre Schulter, »ich rufe einen Arzt!«

»Nein!« erklang seine gedämpfte Stimme. »Rufe niemanden an!«

Ein leichtes Lächeln legte sich auf Loris Lippen, als auf dem Schirm das Gesicht eines Mannes erschien. »Richter«, flüsterte sie. Es lag etwas Hartes und Grausames im Gesicht des Mannes, doch es wurde weicher, als er hörte, wie sie seinen Namen flüsterte. »Hallo«, sagte er. Sie warf ihm einen stummen Kuß zu.

Im Badezimmer wusch sich Quaid das Blut von den Händen. Es stammte wahrscheinlich von dem Schläger, dessen Nase er zertrümmert hatte – doch er war sich noch immer nicht sicher, *wie* er das überhaupt angestellt hatte. Klar, er hatte schon ein paar Schlägereien mit Kollegen gehabt: Man hob beide Fäuste vors Gesicht und versuchte, an der Deckung des anderen vorbeizukommen und ihm einen Schlag auf die Schulter oder ins

Gesicht zu verpassen. Aber er hatte noch nie sein *Knie* eingesetzt. Und die anderen – einem hatte er fast den Kopf abgerissen, einem anderen die Luftröhre zertrümmert. Wenn es um das nackte Leben ging, durfte man auf sportliches Verhalten keine Rücksicht nehmen. Doch wo hatte er gelernt, so zu kämpfen? Die phänomenale Geschwindigkeit, mit der er gehandelt hatte – anstatt die anderen unbeholfen herumzustoßen, hatte er viermal zugeschlagen, jedesmal so brutal und effizient, daß es ihn im nachhinein abstieß. Sicher, er hatte Angst gehabt, doch er hatte sich eher wie eine Mordmaschine verhalten.

Er dachte darüber nach, bis er das Blut von seinen Händen abgewaschen hatte. Er spritzte kaltes Wasser auf sein Gesicht und sah sich dann im Spiegel an. Er hatte nicht einmal einen Kratzer abbekommen! Jetzt kam ihm der Zwischenfall bald selbst wie eine Halluzination vor.

Doch er wußte, daß es sich um keine Einbildung handelte. Er trocknete Gesicht und Hände ab, schaltete das Licht aus und öffnete die Badezimmertür. Aus irgendeinem Grund, der ihm nicht völlig klar war, blieb er an der Seite der Tür stehen, anstatt sofort hinauszugehen, als wolle er zuerst jemanden eintreten lassen.

Tracer-Kugeln pfiffen in das dunkle Badezimmer, zerschlugen den Spiegel, die Wände und das Mobiliar. Glasscherben prasselten um ihn nieder. Quaid warf sich zu Boden und kroch ins Wohnzimmer.

Die Killer waren zurück, ein anderes Kommando! Irgendwie hatte er es geahnt, und seine Vorsicht hatte ihm das Leben gerettet. Sie versuchten nicht mehr, kein Aufsehen zu erregen, indem sie ihn zuerst entführten; sie waren klug geworden und schossen auf ihn, kaum daß sie ihn zu Gesicht bekamen.

»Lori!« rief er vom Boden aus, während er sich hinter das Sofa rollte. »Lauf!«

Das Wohnzimmer lag, abgesehen von den bleichen Vierecken der Fenster, hinter denen die Lichter der Stadt flackerten, in völliger Dunkelheit. Quaid bewegte sich, wobei seine Knie ein Geräusch erzeugten, als scharrten sie über den Boden – und

Kugeln gruben sich ein paar Zentimeter von seinem Kopf entfernt in die Polster.

Er sprang auf, warf sich unter den Tisch und rollte sich auf eine Art ab, von der er gar nicht gewußt hatte, daß er sie beherrschte. Dann erstarrte er und lauschte. Er hörte, wie sich der Attentäter leise durch das Zimmer bewegte. Der Schütze befand sich in unmittelbarer Nähe und benutzte die Dunkelheit als Deckung.

Er hatte keine Antwort von Lori bekommen. Sie mußte leise aus der Wohnung gebracht worden sein, als sich Quaid im Badezimmer aufgehalten hatte. Wenn sie ihr etwas getan hatten, würde er es sie büßen lassen. Doch zuerst mußte er sein eigenes Leben retten.

Er fühlte, wie sich seine Gesichtszüge in der Dunkelheit auf eine Art verhärteten, die ihm vertraut war. Sein Gedächtnis mochte leer sein, doch er begriff, daß man nicht zum erstenmal auf ihn schoß. Er wußte, wie man damit umzugehen hatte.

Er nahm lautlos ein Kissen von der Couch und warf es durch den Raum.

Tracer-Feuer zerriß es.

Quaid setzte sich in Bewegung. Er sprang über einen Stuhl auf das Mündungsfeuer des Tracers zu und bewegte sich erneut mit einer Schnelligkeit und Sicherheit, die ihn selbst erstaunte.

Er bekam eine Hand zu fassen. Kugeln schlugen ungezielt in Wand und Decke. Dann hatte er die Pistole dem Griff entwunden, der sie hielt, und sie schlitterte über den Boden.

Und schon befaßte er sich mit dem Angreifer. Er schlug auf eine Schulter, auf ein Bein, und versuchte, die kämpfende Gestalt in der Dunkelheit niederzuringen. Dann bekam er ihren Oberkörper zu fassen und hörte das schmerzhafte Stöhnen, mit dem er dem anderen die Luft aus den Lungen drückte. Der Schütze war klein und hatte sich eher auf seine Schnelligkeit als auf seine Kraft verlassen. Er setzte mit einem Arm schnell zu einem Würgegriff an, der gerade eng genug war, um den anderen festzuhalten, und griff nach dem Lichtschalter an der Wand.

Das Licht ging an. Quaid blinzelte, um sich an die Helligkeit zu gewöhnen. Er sah die Person an, die er festhielt.

Es war eine Frau, deren schöne Locken in Unordnung geraten waren: Es war Lori.

Er war verblüfft – und wie am Boden zerstört. Seine *Frau* hatte auf ihn geschossen? Wie war das möglich?

»Lori . . .« setzte er an.

Sie trat mit ihrem spitzen Absatz auf seinen Fuß. Selbst durch den Schuh eine wirksame Gegenwehr; Schmerz brandete auf.

Einen Augenblick lang löste er seinen Griff.

Sie stieß einen spitzen Ellbogen in sein Gesicht und zwang ihn, zurückzuweichen, doch er ließ sie nicht vollends los. Sie fuhr herum, riß an seinem Arm und deckte ihn mit einer schnellen Abfolge von Schlägen und Hieben auf Brust, Hals und Gesicht ein. Sie wußte genau, was sie tat; das waren gut gezielte und überraschend starke Schläge. Einen schwächer gebauten Mann hätten sie in die Knie gezwungen. Nur sein Körpergewicht schützte ihn: Er spannte automatisch die Muskeln an und wandte den Kopf ab, leistete den Schlägen damit Widerstand und ließ sie an sich abprallen, ohne daß sie ihre volle Wirkung erzielten.

Eher von der Identität der Angreiferin als von den Hieben selbst benommen, leistete Quaid keine Gegenwehr. Wie konnte seine schöne, geliebte Frau so etwas tun? Erst heute morgen war sie so zärtlich gewesen, ihre Hände so sanft und gewandt! Wäre es ein fremder Mann gewesen, hätte er noch vor dem ersten Schlag etwas unternommen. Doch gegen Lori . . .

Doch das war nur der Anfang gewesen. Sie holte zum Gnadenstoß aus. Diesem Schlag konnte er nicht einfach ausweichen, und er durfte ihn auch nicht hinnehmen.

Er schlug sie in den Magen. Es war ein eher kräftiger als schneller Hieb. Er hatte sich jedoch etwas zurückgehalten und verabscheute es immer noch, sie wirklich zu verletzen. Außerdem hatte ihr heftiger Angriff ihn einen Augenblick lang geschwächt. Die Nachwirkungen des Medikaments waren noch immer nicht ganz abgeklungen, was alles noch schlimmer machte. Dennoch trieb der Schlag sie fast bis zur Küche.

Sie blieb jedoch auf den Beinen und war keineswegs schon erledigt. Sie war in besserer körperlicher Kondition, als er es je vermutet hätte. In der Tat schien es eine Menge zu geben, was er nicht von ihr gewußt hatte. Doch wie konnte *sie* Teil dieser Verschwörung sein, ihn zu töten? Sie interessierte sich nicht einmal für den Mars!

Er taumelte auf sie zu. Er wußte, daß er sie niederzwingen und befragen mußte. Es war ihm nie in den Sinn gekommen, daß sie etwas über diese erstaunliche Situation wußte, aber da dies offensichtlich der Fall war, mußte er erfahren, was sie vor ihm verbarg.

Lori nahm ein Küchenmesser aus der Halterung an der Wand. Nun kam sie auf ihn zu; sie bewegte sich mit größerem Selbstvertrauen als er. Er erkannte, daß er es mit keinem Amateur zu tun hatte, und trat zurück.

Er sah sich nach ihrer Pistole um und entdeckte sie auf dem Boden auf der anderen Seite des Zimmers. Er ging darauf zu, doch sie trat ihm in den Weg und schnitt den Arm auf, mit dem er nach der Waffe griff. Er versuchte, ihr auszuweichen und erneut nach der Pistole zu greifen, doch sie zog das Messer über seine Brust; aus einer schmalen Wunde tropfte Blut. Sie hielt ihn in Schach und griff ihn an, wann immer er sich auf das Messer und nicht auf sie konzentrierte, konnte ihm jedoch keine tödliche Wunde versetzen. Aber er begann aus zahlreichen kleineren Verletzungen zu bluten.

Er tat so, als wolle er mit der linken Hand wieder nach der Waffe greifen. Sie stach auf den Arm ein und versetzte ihm eine weitere Wunde – doch er erwischte sie mit der rechten Faust. Es war ein kräftiger Schlag gegen ihr Kinn.

Lori fiel benommen zu Boden. Quaid hob schnell die Waffe auf und richtete sie auf sie. *»Rede!«*

Sie blieb starrköpfig still. Er schob den Pistolenlauf in ihr Ohr. Er meinte es ernst, und das merkte sie auch. Die andere, harte Persönlichkeit hatte ihn wieder übernommen. »Warum versucht meine eigene Frau, mich zu töten?«

»Ich bin nicht deine Frau«, sagte sie.

»Lüg mich nicht an!« schnappte er wütend.

Er spannte die Pistole. Lori geriet in Panik.

»Ich schwöre es bei Gott! Ich habe dich vor sechs Wochen zum erstenmal gesehen. Unsere Ehe ist nur ein Gedächtnisimplantat ... *aahh*!« Quaid packte eine Handvoll Haare und riß ihren Kopf zurück. Wie konnte sie behaupten, daß ihre acht Ehejahre niemals existiert hatten? Er *erinnerte* sich doch daran!

Und doch hatte sie versucht, ihn zu töten, und es war kein Versehen gewesen. Sie wußte, wer er war, und wollte ihn töten. Das wies darauf hin, daß an ihren Worten etwas Wahres sein konnte.

»Hältst du mich für einen Idioten?« sagte Quaid verbittert.

Loris Gesten und Blicke deuteten an, daß sie ihn genau dafür hielt. Sie schien zu einem eiskalten Aas geworden zu sein, das mit der liebenden Frau so wenig gemeinsam hatte wie Quaid mit der Mordmaschine, die seinen Körper zu übernehmen schien. Ihr Tenniskleid war zerrissen, und auf ihrem Gesicht würde sich ein blauer Fleck bilden, und doch wirkte sie eher hochmütig als erniedrigt.

»Ich erinnere mich an unsere Hochzeit!« sagte er.

»Die hat die Agency implantiert«, sagte sie kalt.

»Und daran, wie ich mich in dich verliebt habe.« Obwohl er nun feststellte, daß er sie nicht wirklich liebte. Er *erinnerte* sich daran, sie zu lieben, doch irgendwie brachte er der Frau auf dem Mars tiefere Gefühle entgegen. Oh, Lori war im Bett ausgezeichnet, aber das war nicht dasselbe. Die absurden Vorstellungen ergaben langsam Sinn!

»Implantiert.«

»Unsere Freunde, mein Beruf, acht gemeinsame Jahre – ich nehme an, das ist auch alles implantiert?« fragte er sarkastisch.

»Dein Beruf nicht«, entgegnete sie gleichmütig. »Aber die Agency hat ihn dir besorgt.«

»Quatsch.« Quaid stieß Lori zurück, hielt jedoch die Pistole auf sie gerichtet. Er versuchte, seine Skepsis zu bewahren, doch es sprach mehr dafür als dagegen. Es gab zu viele kleine – und große – Geheimnisse, die dadurch geklärt wurden. Ihre ständigen Herabwürdigungen seiner Träume vom Mars – weil er vom Mars ferngehalten – weil er sich gar nicht an den Mars erinnern sollte, ob diese Erinnerungen nun echt oder falsch waren? Er verstand so einiges noch nicht, doch zumindest bot diese Erklärung ihm eine Grundlage, die Sinn ergab. Er hatte sich vielleicht von dem Leben, das zu führen er geglaubt hatte – eine Frau wie Lori, ein Freund wie Harry –, ablenken lassen und war deshalb vielleicht nicht in der Lage gewesen, das Leben zu ergründen, das er vielleicht in Wirklichkeit geführt hatte. Es war, als wären alte Mauern niedergerissen worden, damit neue und festere hochgezogen werden konnten. Lori fuhr fort und bestätigte seinen Argwohn.

»Sie haben deine Identität gelöscht und eine neue implantiert. Ich wurde in dein Leben geschrieben, damit ich auf dich aufpassen, darauf achten konnte, daß die Auslöschung auch greift. Tut mir leid, Quaid«, sagte sie, doch in ihrer Stimme schwang nicht das geringste Bedauern mit. »Es ist alles eine Fälschung. Dein ganzes Leben.«

Er taumelte gegen die Wand. Die Tatsache, daß es allmählich Sinn ergab, machte es nicht unbedingt einfacher. Zuvor hatte ihn nur ein Traum gestört; jetzt hatte sich sein ganzes Leben als Traum erwiesen. »Wenn ich nicht Douglas Quaid bin, wer dann?«

Sie zuckte die Achseln. »Keine Ahnung. Ich arbeite nur hier.«

Wie gefühllos war sie nur? Doch ihre Einstellung unterstützte ihre Behauptungen. Die Liebe zu ihm war nur gespielt gewesen; das hier war die Wirklichkeit.

Quaid erhob sich vom Boden und setzte sich auf einen Stuhl. Er rieb seine Stirn und überlegte, was er nun tun sollte. Die Erkenntnis, daß sein Erinnerungs-Leben gefälscht war, stellte sein wirkliches Leben nicht wieder her; in dieser Hinsicht blieb alles leer. Er hatte keine Ahnung, wohin er sich wenden oder was er nun anfangen sollte. Man hatte ihm das Fundament unter den Füßen weggerissen, und er fiel noch immer.

Lori gab sich plötzlich viel freundlicher. Ihr Gesicht wurde weicher, und ihre Körperhaltung verlor die Gleichgültigkeit. Sie ähnelte wieder etwas mehr der Frau, die er gekannt hatte.

»Ich werde dich vermissen, Quaid«, sagte sie. »Du warst der beste Auftrag, den ich je hatte. Ehrlich.«

»Ich fühle mich geehrt«, sagte er mißtrauisch. Sie hatte ihm überzeugend genug gezeigt, wie wenig er ihr in Wirklichkeit bedeutete; was hatte sie jetzt vor?

Er nahm sie am Ellbogen, zog sie, die Waffe noch auf ihren Kopf gerichtet, mit sich und schaute zum Fenster hinaus. Er achtete sorgsam auf jede falsche Bewegung ihrerseits; sie würde die Waffe nicht zur Seite schlagen, wie er Harrys Pistole zur Seite geschlagen hatte. Er mußte sie nicht einmal direkt beobachten; er konnte ihre Bewegungen spüren. Wo waren die anderen? Er war überzeugt, daß sie irgendwo dort draußen warteten. Obwohl er sich an keine Einzelheiten erinnern konnte, wußte er, wie man im allgemeinen vorging: Agenten arbeiteten nicht allein. Sie verfügten immer über ein Netzwerk von Mitarbeitern, das ihnen den Rücken freihielt. Er hatte sie im Augenblick vielleicht zurückgeschlagen, indem er vier von ihnen getötet und Lori ausgeschaltet hatte, doch das war kein Sieg, sondern nur ein Durchkreuzen ihrer Pläne.

»Bist du sicher, daß du nicht . . .?« fragte sie und griff zärtlich nach ihm. »Um der alten Zeiten willen?«

Quaid schob das Kinn vor. Einmal konnte man ihn vielleicht täuschen, doch er würde nicht zweimal auf den gleichen Trick hereinfallen.

Sie zog die Hand zurück. »Weißt du, es ist nicht gerade so, als wären wir einander fremd.«

Er sah aus einem zweiten Fenster, eher, um sich zu konzentrieren als in der Hoffnung, etwas zu entdecken. Er wußte, daß die Killer dort draußen in Deckung gegangen waren. Wenn sie wirklich auf ihn lauerten, würden sie ihn bald mit einem Zielfernrohr erwischen. Er mußte schnell handeln. Aber wie?

»Wenn du mir nicht vertraust, kannst du mich ja fesseln«, sagte Lori und nestelte an ihrem Dekolleté, um mehr Brust zu zeigen.

»Ich habe gar nicht gewußt, daß du so geil bist.«

»Dann wird es Zeit, daß du es herausfindest.«

Was hatte sie vor? Er wußte, daß sie nicht an Sex mit ihm interessiert war. Er drehte sich wieder zu ihr um – und sah, wie sie auf den Videobildschirm schaute.

Hmm.

Ein Segment des Schirms diente als Überwachungsmonitor und zeigte die Eingangshalle des Apartmentgebäudes. Vier Agenten betraten gerade einen Fahrstuhl. Der Mann, der anscheinend das Kommando innehatte, war groß, kräftig gebaut und wirkte gemein, wie ein Wachhund, den man durch wiederholtes Schlagen scharf gemacht hatte.

Quaid warf einen Blick auf Lori und drückte die Pistole gegen ihren Kopf. »Schlaues Mädchen«, sagte er verkniffen.

»Du wirst mich doch nicht erschießen, Doug, oder?« fragte sie und bewahrte ihre freundliche und etwas hilflose Pose. »Nicht nach allem, was wir erlebt haben.«

Er gestand es sich nicht gern ein, doch da hatte sie einen wunden Punkt berührt. Er wollte ihr nicht weh tun, obwohl sie versucht hatte, ihn zu töten. »Du hast recht, Lori. Ein Teil davon war ja ganz schön.«

Sie lächelte. »Ja, das war es, Doug. Wenn du willst, können wir . . .« Aber so ein Narr war er nun auch wieder nicht. Er wußte, daß ihm kaum noch Zeit blieb. »Wer sind sie?«

»Wer?«

»Zwinge mich nicht, etwas zu tun, was ich nicht will.«

Sie gab die Heuchelei auf. »Der Große ist Richter. Ein gemeiner Kerl. Sein Partner ist Helm, und der ist auch nicht viel besser. Schau, Doug, ich gestehe ja ein, daß ich dich ablenken wollte. Das ist mein Job. Aber ich kann dir helfen, ihnen zu entwischen, wenn du . . .«

Er senkte die Pistole und berührte ihre Brust. Sie lächelte ermutigend und atmete tief durch. Dann hob er die Waffe schnell wieder und versetzte ihr damit einen Schlag auf den Kopf, der sie bewußtlos zusammenbrechen ließ.

»War schön, dich ›gekannt‹ zu haben«, sagte er, von seinem

Vorgehen selbst überrascht. Sein anderes Ich hatte wieder übernommen und getan, was nötig war. Na ja, er konnte nur hoffen, daß dieses andere Ich wußte, was es tat, denn er wußte es bestimmt nicht!

Kapitel 10 *U-Bahn*

Quaid lief den Korridor entlang, vorbei an den anderen Apartments und auch am Fahrstuhl. Er hörte, wie er langsam höher kam; das war das Killerkommando! Wenn sie ihn sahen, war er tot. Einen Augenblick, bevor sich der Fahrstuhl öffnete, schlüpfte er durch eine Tür mit der Aufschrift AUSGANG.

Er hielt den Atem an, drückte sich flach gegen die Wand und lauschte. Er hörte, wie sie hinausstürmten und zu seinem Apartment liefen; einer, zwei, drei, vier. Wie er sie allein anhand ihrer Schritte mit solcher Genauigkeit zählen konnte, wußte er nicht; er mußte irgendwo, irgendwann eine Spezialausbildung erhalten haben, die gemeinsam mit den anderen Teilen seines Gedächtnisses gelöscht worden war. Er kam sich vor wie der Mann, der auf einen einzigen Blick die genaue Größe einer Kuhherde angeben konnte: Er zählte die Beine und teilte die Summe durch vier. In diesem Fall war das jedoch kein Scherz: er konnte nur eine Vielzahl von Schritten hören und daraus auf die Zahl der Männer schließen.

Vier – genauso viele, wie er auf dem Bildschirm gesehen hatte. Das bedeutete, daß sie keinen Mann unten zurückgelassen hatten, der ihm den Fluchtweg versperren sollte. Ein weiterer taktischer Fehler. Doch was konnte man von solchen Schlägern schon erwarten? Das waren keine echten Profis, lediglich angeheuerte Hilfskräfte mit Spatzenhirnen.

Na schön. Nachdem er nur ein paar Sekunden innegehalten hatte, atmete er weiter und setzte sich wieder in Bewegung. Er polterte die Treppe hinab, nahm immer mehrere Stufen gleichzeitig, durch das schier endlose, viereckige Treppenhaus der Straße entgegen. Es war leichter, eine Treppe hinaufzusteigen, indem man zwei oder drei Stufen auf einmal nahm, als hinab, doch anscheinend war er auch dafür ausgebildet worden. Er segelte praktisch hinab, nahm manchmal vier, fünf oder sechs Stufen auf einmal, sprang wie ein Ballettänzer und hielt sich dabei am Geländer fest. Auch dafür hatte er die Technik, und das war nur gut so, denn er hatte einen langen Weg vor sich.

Er hatte sich die Zeit genommen, Lori zu befragen, obwohl er wußte, daß die Schläger schon auf dem Weg nach oben waren, weil ihm bekannt war, wie lange sie brauchen würden, um seine Etage zu erreichen. Selbst der schnellste Fahrstuhl konnte keine zweihundert Stockwerke in ein paar Sekunden zurücklegen. Der Fahrstuhl *war* schnell, praktisch eine Rakete, doch seine Geschwindigkeit wurde von der Beschleunigung begrenzt, die ein normaler Bewohner ertragen konnte. Also war ihm noch etwas Zeit geblieben.

Doch nun mußte er diese zweihundert Etagen ebenfalls so schnell wie möglich hinabsteigen. Seine Technik half ihm dabei. Geradewegs nach unten wäre es ein Fall von etwa sechshundert Metern gewesen; so hatte er etwa anderthalb Kilometer Treppen zurückzulegen. Konnte er anderthalb Kilometer in fünf Minuten schaffen? Hoffentlich, denn die Schläger würden vielleicht eine Minute brauchen, um sich zu vergewissern, daß er geflohen war, vielleicht zwei weitere, um einen Fahrstuhl nach unten zu erwischen, und drei für die Fahrt hinab. Höchstens sechs Minuten – weniger, wenn sie den Fahrstuhl auf seiner Etage festgehalten hatten. Mit Glück hatte er vielleicht eine Minute Vorsprung vor ihnen, ohne Glück keine einzige. Also stürzte er das Treppenhaus mit einer selbstmörderischen Geschwindigkeit hinab. Es wäre jedoch Selbstmord gewesen, sich *nicht* zu beeilen!

Sobald er die erste Etage erreicht hatte, konnte er das Gebäude über das Schrägdach über dem Liefereingang verlassen. Das würde seinen Weg zur U-Bahn ein weiteres Stück abkürzen. Also mußte er bis ganz nach unten durch das Treppenhaus fliehen, nicht vor einem Feuer oder einem anderen gewöhnlichen Notfall, sondern vor Meuchelmördern. Fünf Stockwerke, zehn, fünfzehn – er hatte nicht mitgezählt, und es spielte auch keine Rolle; es kam nur darauf an, das Erdgeschoß zu erreichen.

Eine Minute! dachte er. *Wenn ich eine Minute Vorsprung bekomme, werden sie mich nie finden!* Was bedeutete, daß sie mindestens sechs Minuten benötigen mußten. Waren sie dumm genug, sich länger in seinem Apartment aufzuhalten? Er betete darum!

Richter betrat das Apartment als erster. Sein Gesicht verzerrte sich vor Wut, als er Lori bewußtlos auf dem Boden liegen sah. Er hatte nicht gewollt, daß sie diesen Auftrag annahm, so wichtig er für ihren Aufstieg in der Agency auch sein mochte. Er hatte Lori gewarnt, daß der Mann, der Quaid genannt wurde, gefährlich war, doch sie hatte seine Einwände einfach mit der Bemerkung abgetan, er sei zu sehr um sie besorgt. Na ja, jetzt wußte sie es besser. Er kniete neben ihr nieder und versuchte sanft, sie zu sich zu bringen.

»Lori!« rief er leise. »Lori!« Ihre Lider flatterten, und sie stöhnte auf, als er die Prellung an ihrer Schläfe berührte. »Bist du in Ordnung?«

Sie nickte behutsam. »Tut mir leid«, sagte sie schwach. »Ich habe es wohl verpatzt.«

»Woran erinnert er sich?«

»Bis jetzt an nichts.«

Mittlerweile hatte Helm ein kleines Ortungsgerät hervorgezogen und aktivierte es, indem er auf einen Knopf drückte. Er hielt es hoch und drehte sich langsam. Als er es auf ein Fenster richtete, blinkte plötzlich ein rotes Licht auf. Er hielt es weiterhin in diese Richtung und drückte auf einen anderen Knopf.

Nun erhellte sich der kleine Bildschirm des Ortungsgeräts und zeigte einen dreidimensionalen Grundriß des Gebäudes, von ihrem Standort aus gesehen. Es erweckte den Anschein eines Modells aus durchsichtigem Glas. In der Nähe des Erdbodens bewegte sich der blinkende rote Punkt in einer wahnwitzigen Spirale, wie eine Fliege, der man mit Insektenspray zu Leibe gerückt war. Er lief die Treppe hinab und hatte ein verdammt hohes Tempo drauf.

Plötzlich verließ der Punkt das Gebäude. Richter lief zum Fenster, dicht gefolgt von Helm. Sie erblickten Quaid, wie er ein Schrägdach über dem Lieferanteneingang hinablief. »Scheiße!« rief Richter. »Die U-Bahn! Na los! Worauf wartet ihr!«

Helm und die beiden anderen Agenten polterten zur Tür, doch Richter blieb zurück. Schweigend zog er Lori hoch und umarmte sie. Es war schon lange her, daß er sie in den Armen gehalten hatte, und Gott allein wußte, wann sich die nächste Gelegenheit dazu ergeben würde.

»Pack deine Sachen und zieh aus«, sagte er und löste sich von ihr.

»Und wenn sie ihn zurückbringen?« fragte Lori, als er zur Tür ging.

Richter blieb auf der Schwelle stehen. Er drehte sich um, und Lori bekam es mit der Angst zu tun, als sie den Blick in seinen Augen sah. »Das werden sie nicht«, sagte er. Er machte abrupt kehrt und ging.

Als Quaid den U-Bahnhof unbeschadet erreicht hatte, stieß er einen leisen Seufzer der Erleichterung aus. Er hatte seinen Vorsprung von einer Minute, vielleicht sogar mehr. Was hatten die Narren da oben getrieben, sich mit Lori vergnügt? Wenn, dann war er ihr ironischerweise zu Dank verpflichtet, obwohl er überzeugt war, daß sie ihrerseits nicht freiwillig mitgemacht hatte. Es tat ihm leid, daß er sie hatte bewußtlos schlagen müssen, doch das war die einzige Möglichkeit gewesen, zu verhindern, daß sie Alarm schlug, noch bevor das Killerkommando eingetroffen war. Er hatte sie zwar nicht geliebt, aber gemocht, und er hätte ihr um nichts in der Welt weh getan – bevor diese

Sache losging. Sie war ihm zu gut vorgekommen, um wahr zu sein, und nun wußte er, daß das wirklich der Fall gewesen war. Sie hatte nur einen Auftrag auszuführen. Sechs Wochen – kein Wunder, daß sie ihm noch so vorgekommen war wie vor zehn Jahren. In Wirklichkeit kannte er sie erst seit sechs Wochen.

Er hatte sein Leben für langweilig gehalten. Das war es jetzt ganz bestimmt nicht mehr! Doch im Augenblick hätte er sein neues Dasein gern gegen sein altes eingetauscht. Dann wäre er wenigstens in Sicherheit, anstatt um sein Leben laufen zu müssen, ohne die geringste Ahnung, wohin er sich wenden konnte oder wer er war. Wenn er noch mal von vorn anfangen könnte, würde er sich verdammt noch mal von Recall fernhalten und insgeheim Nachforschungen über seine Situation anstellen, bis er genug wußte, um handeln zu können, ohne daß die Schläger ihm wieder auf die Pelle rückten.

Passanten starrten ihn an. Quaid wurde langsamer und warf von Zeit zu Zeit einen Blick über die Schulter zurück. Wenn ihm die Schläger nicht hart auf den Fersen waren, täte er besser daran, in der Menge unterzutauchen. Wie dicht waren sie ihm auf der Spur? Er hatte auf einen Vorsprung von einer Minute gehofft und ihn auch bekommen, wußte jedoch, daß sie ihn nicht einfach entkommen lassen würden. Er mußte einen Zug ins Nichts erwischen und sie endgültig abschütteln.

Natürlich dauerte es eine Weile, bevor ein Zug kam. Er wartete hinter der Sicherheitszone, um sich nicht früher zu zeigen, als es unbedingt sein mußte. Drei, vier Minuten . . . wie lange blieb ihm noch? Er stand hier wie auf dem Präsentierteller! Mit der Flucht aus dem Apartmentgebäude hatte er einen Vorteil erlangt, doch nun wendete sich das Glück gegen ihn.

Dann hörte er den Zug. Er würde es schaffen! Er näherte sich der Sicherheitszone.

Die Pistole mußte er loswerden; man konnte sie entdecken, und vielleicht war ein Sender in sie eingebaut, der seine Häscher zu ihm führen würde. Er würde sie sowieso nicht durch die Sicherheitszone bekommen, konnte sie also auch nicht mit in den Zug nehmen.

Er warf noch einen Blick zurück – und sah, wie Richter und seine Kumpane in den Bahnhof liefen. Verdammt! Noch eine halbe Minute, und er wäre ihnen entkommen!

Augenblicklich änderte er seinen Plan. Er blieb in der Schlange, behielt die Pistole jedoch. Was spielte ein Alarm schon für eine Rolle, wenn die Killer ihn sowieso entdeckt hatten? Er trat durch den Detektor.

Er warf einen Blick auf den kleinen Bildschirm vor der Schlange der Passagiere. Er war ein wandelndes Skelett, und die Pistole in seiner Knochenhand leuchtete hellrot. Alarmsirenen jaulten auf, und rote Lampen blinkten. Wachen sprangen vor, um ihn abzufangen. Der Sicherheitsbereich war nicht zum Spaß eingerichtet worden!

Wegen der Menschen in dem schmalen Gang vor ihm konnte er noch nicht loslaufen. Er hatte gedacht, daß sie in Deckung gehen würden, wenn der Alarm erklang, doch sie waren verwirrt und blieben wie erstarrt stehen. Mittlerweile hatten die Wachen den Detektor erreicht, und auch ihre Waffen leuchteten hellrot.

Konnte er sich in die andere Richtung schlagen? Auf dem Monitor blieb sein Skelett als Ausdruck seiner Unentschlossenheit stehen und drehte sich um. Er sah Richter und Helm näher kommen. Das war die schlechtere Lösung.

Es gab keinen Ausweg, weder vor noch zurück. Er wandte sich zur Seite, sprang über das Geländer und lief auf den Detektor zu. Auf dem Monitor wurde sein Skelett plötzlich größer; dann brach er durch sein eigenes Skelettbild und zertrümmerte den Schirm. Einige Frauen im Bahnhof schrien auf.

Er war jetzt erst einmal aus der Schußlinie – aber nicht im Zug. Er war den Killern noch nicht entkommen. Wohin nun?

Sein verborgenes Ich übernahm. Er spurtete los, rannte um die gaffende Menge herum und eine Rolltreppe hinab. Sie würde ihn zu den Zügen bringen, die im rechten Winkel zu denen hier unten abfuhren. Doch er wußte noch immer nicht, was er nun tun sollte. Sicher, er konnte einen Zug erwischen – aber wohin?

Richter und seine Killer erreichten das Ende der Rolltreppe. Er sah auf das Überwachungsgerät. Der aufblitzende rote Punkt, der das Zielobjekt darstellte, bewegte sich gleichmäßig nach unten. Richter drehte das Gerät und überprüfte die Umgebung. In der Nähe des Fahrstuhls befanden sich mehrere nach oben führende Rolltreppen.

Das Zielobjekt würde eine davon nehmen und versuchen, sich wieder auf die Straße zu schleichen und sich dort unter die Menge zu mischen. Es würde keinen Zug nehmen wollen, weil es kein Ziel hatte. Anstatt ihm hinterherzujagen und immer wieder einen Augenblick zu spät zu kommen, konnten sie es oben abfangen. *Dann* hatte es wirklich kein Ziel mehr. Es war ein beschissener Job; es war immer verdammt unangenehm, ein Objekt auf offener Straße zu beseitigen. Doch sobald sie es erledigt hatten, konnten sie verschwinden.

Er winkte allen außer Helm zu, auf dieser Ebene weiter zu suchen. »Los, los, los«, bellte er, und zu Helm sagte er: »Sie kommen mit mir.« Sie stürmten die Rolltreppe hinab.

Quaid erreichte den Fuß der Treppe und sah sich vorsichtig um. Keine Killer. Er lief los, sah eine nach oben führende Rolltreppe und hielt darauf zu. Immer noch keine Killer. Aber er traute dem Braten nicht. Sie konnten jeden Augenblick um die Ecke kommen und das Feuer eröffnen. Sie waren entschlossen, ihn auszuschalten – weil er vom Mars geträumt hatte? Nein, weil er nicht der war, für den er sich gehalten hatte.

Nichts davon schien viel Sinn zu ergeben. Er brauchte Zeit, um dahinterzukommen, um den letzten Winkel seiner fragmentarischen Erinnerungen zu erforschen und alles hervorzuziehen, was er dort fand. Vielleicht würde sich herausstellen, daß er ein Verbrecher war, der ... aber nein, man würde einem Verbrecher kein schönes Apartment geben, keinen vernünftigen Job und keine Frau wie Lori. Außer, sie wollten ihn auf Eis legen, bis es an der Zeit war, bei einem großen Prozeß auszusagen. Ja, das würde vielleicht Sinn ergeben. Sie wollten nicht, daß er sich vorzeitig erinnerte, weil er dann vielleicht zu seinen Kumpels zurückgehen würde, anstatt gegen sie auszusagen. Das würde erklären, warum Lori, die, wie sich herausgestellt hatte, überhaupt nichts um ihn gab, so entgegenkommend und freundlich gewesen war. Es war ihre Aufgabe gewesen, seine Gedanken zu beschäftigen. Oder seinen Schwanz. Das war ein und dasselbe, hatten sie wohl gedacht. Vielleicht hätten sie recht behalten, wäre seine Traumfrau vom Mars nicht gewesen.

Er war jetzt auf der Rolltreppe und fuhr hinauf. Er schaute über die Schulter zurück, sah aber nur ganz normale Reisende. Wo waren die Killer? Sie mußten doch schon längst hier sein!

Er sah nach oben – und da waren sie! Vier Agenten, die am Kopf der Rolltreppe hinabschauten. Er versuchte, sich klein zu machen, sich in der Menge zu verstecken, war jedoch einfach zu groß dafür. Seine einzige Hoffnung war, daß sie ihn erst bemerkten, wenn er nahe genug an sie herangekommen war, um . . .

Sie sahen hinab, suchten die ganze Gegend nach ihm ab. SIE HATTEN IHN GESEHEN!

Sie zögerten nicht, warteten nicht, ob er sich vielleicht ergeben würde. Sie schossen einfach.

Quaid warf sich zur Seite. Ein unglücklicher Pendler bekam eine Kugel in den Kopf, die auch eine Tür durchbohrt hätte. Er fiel rückwärts gegen Quaid. Sein Gesicht war verschwunden.

Als die anderen Reisenden begriffen, was passiert war, fingen sie zu schreien an. Alle Pendler kauerten sich auf den Stufen zusammen, um aus der Schußlinie zu kommen. Damit war Quaid bloßgestellt; er stand noch als einziger.

Er konnte sich nicht ducken wie die anderen; nun, da sie ihn entdeckt hatten, würden sie ihn in ein paar Sekunden beseitigt haben. Und sein anderes Ich hatte nicht die Absicht, das zuzulassen. Er hatte sich schon in Bewegung gesetzt, lief die Rolltreppe hinauf und benutzte dabei die gesichtslose Leiche als Schild. Auf einmal lag die Pistole in seinen Händen, und er schoß auf seine Feinde. Einer, zwei, drei, vier Schüsse – und die vier Killer wurden von den Füßen gerissen.

Quaid wußte nicht, wer sein anderes Ich war, doch er begann es zu mögen. Dieser Bursche verstand sich aufs Überleben!

Für den Augenblick war er in Sicherheit. Er konnte den U-Bahnhof nun verlassen und . . .

Eine Kugel pfiff an seinem Ohr vorbei. Von hinten! Er wirbelte herum. Richter und Helm rannten zur Rolltreppe und schossen. Nun hatten sie sie erreicht und stiegen, noch immer schießend, über die auf dem Boden liegenden Pendler hinweg. Wenn sie stehen geblieben wären, um anständig zu zielen, wäre Quaid tot gewesen, bevor er sie überhaupt bemerkt hätte.

Quaid hob die Leiche hoch, die er als Schild benutzt hatte, drehte sich um und warf sie auf die beiden Agenten. Dann stürmte er die Rolltreppe hinauf. Dann lief er den Gang entlang.

Wenn nur diese beiden ihm auf den Fersen waren, hatte er vielleicht einen Vorsprung von zehn Sekunden. Wohin konnte er sich wenden? Weiter nach oben und auf die Straße? Vielleicht waren weitere Killer am Ausgang postiert. Und falls er es schaffen sollte, war ihnen noch immer in etwa bekannt, wo er sich aufhielt. Sie würden mit Wagen und vielleicht auch Schwebern nach ihm suchen. Er konnte nicht in sein Apartment zurückkehren; Lori würde ihn sofort verraten, wenn sie ihn nicht gleich erschoß.

Damit blieben ihm nur die U-Bahn-Züge. Sie fuhren in alle Stadtteile und die Vororte, und man konnte an zahlreichen Bahnhöfen umsteigen. Die Agenten konnten nicht jeden Ausgang des gesamten U-Bahn-Systems überwachen! Wenn er also einen Zug erreichte, ohne daß sie ihm folgten, würde sein Vorsprung von zehn Sekunden zu einem von zehn Minuten werden, und er konnte die Stadt verlassen, bevor sie es überhaupt merkten.

Sein Körper wußte das schon. Er polterte den Gang entlang, einem anderen Zug entgegen. Er steckte die Pistole wieder ein; er befand sich jetzt innerhalb des Sicherheitsbereichs, so daß sie keinen Alarm mehr auslösen würde.

Er gelangte zu einem Bahnsteig, wo schon ein Zug wartete.

Die letzten Reisenden drängten sich gerade hinein. Er sprintete über die Plattform, die im Augenblick zum Glück verlassen war.

Der letzte Pendler stieg ein. Das Abfahrtssignal erklang. Die Türen schlossen sich.

Quaid machte einen gewaltigen Satz und drängte sich, nur um ein Haar schneller als die sich schließende Tür, in letzter Sekunde in einen Wagen. Er hatte es geschafft! Er stolperte und versuchte, den anderen Passagieren auszuweichen. Er bückte sich, blieb aber auf den Füßen.

Kugeln zerschlugen das Glas der Tür direkt über ihm und fuhren in die gegenüberliegende Wand. Richter und Helm waren da! Hätte er aufrecht gestanden . . .

»Runter!« schrie er den anderen Passagieren zu; er wußte, was nun kommen würde.

Der Zug setzte sich in Bewegung. Mehrere Fensterscheiben zersplitterten. Die Passagiere entschlossen sich, seinen Rat zu befolgen. Sie duckten sich, so gut sie konnten.

Die U-Bahn gewann an Geschwindigkeit. Quaid schaute aus einem Fenster. Richter und Helm sahen dem Zug wütend nach. Er hatte sie geschlagen – für den Augenblick.

Als er sich umdrehte, starrten die anderen Passagiere ihn an. Er bemerkte, daß er vom Blut der Leiche verschmiert war, die er als Schild benutzt hatte. Er würde ihnen keine Erklärung anbieten. Je weniger sie über ihn wußten, desto besser für ihn – und für sie. Richter schien, was seine Methoden betraf, keine Skrupel zu haben; wenn er zur Auffassung gelangte, eine andere Person würde wissen, wo Quaid sich versteckt hielt, würde er sie mit vorgehaltener Waffe zwingen, es ihm zu verraten – und sie dann vielleicht trotzdem erschießen.

Er wich ihren Blicken aus und konzentrierte sich statt dessen auf den Werbespot auf dem nächsten Bildschirm. Ein aufdringlicher Verkäufer stand vor einem Raumschiff. »Geben Sie sich nicht mit schwachen Erinnerungen zufrieden! Begnügen Sie sich nicht mit falschen Implantaten! Erleben Sie die Weltraumfahrt auf die altmodische Art, bei einer echten Ferienreise, die Sie sich leisten können!«

Die Antwort der Reisebüros auf Recall! Quaid schüttelte den Kopf und seufzte. Er wünschte, er könnte sie beim Wort nehmen. Denn eins hatte sich bei dieser fast vollständigen Zerstörung seines alten Lebens nicht geändert – die Faszination, die der Mars auf ihn ausübte. Er wollte noch immer dorthin und die Brünette finden, falls es sie gab.

Gab es sie? Er konnte es nur hoffen. Sein Leben mit Lori war zu einer Illusion geworden; vielleicht konnte sein Traum von der anderen Frau Wirklichkeit werden.

Kapitel 11 *Hilfe*

Richter und Helm verließen wütend den Bahnhof und gingen durch den Regen zu ihrem Wagen. Richter kochte geradezu vor Wut. Sie hatten ihr Zielobjekt verloren und waren dann auch noch von den Sicherheitskräften der U-Bahn festgehalten worden, weil ihre Pistolen erneut Alarm ausgelöst hatten. Sie hatten ihre Ausweise zeigen müssen, um gehen zu können. Das würde sich in den Personalakten nicht gerade gut machen. Ganz zu schweigen von den vier Agenten, die sie verloren hatten. Damit waren es insgesamt acht, zuzüglich eines oder zwei Zivilisten. Das würde für die Beteiligten gewaltigen Ärger geben! Der erste Versuch war von Harry verpatzt worden, offensichtlich einem Stümper, dem man diese Sache von vornherein gar nicht hätte übergeben dürfen. Doch diesmal war es Richter selbst, und er würde nicht belobigt werden, weil er beinahe Erfolg gehabt hätte. ›Beinahe‹ war schon ein Grund für eine Degradierung!

Er haßte den Mann, der sich für Douglas Quaid hielt. Er hatte ihn noch nie gemocht. Man konnte dem Mann einfach nicht vertrauen, doch Cohaagen hatte es nicht einsehen wollen. Er hatte den Mistkerl sogar noch befördert, verdammte Scheiße! Richter schnaubte vor Abscheu.

Doch er hatte den Bastard erst richtig zu hassen gelernt, als Lori den Auftrag bekam, die Rolle seiner ›Frau‹ zu spielen. Nach all den Scherzen über die Schöne und das Biest hatte er es kaum noch ertragen können. Und nachdem dieser Mann ihn nun hereingelegt und erniedrigt hatte, war dieser Haß weißglühend und kaum noch beherrschbar geworden. Er würde dafür sorgen, daß das Gehirn des Mannes über den Boden spritzte, und selbst damit wären sie noch nicht quitt. Wenn er Glück hatte, konnte er den Mann vielleicht zum Schwitzen bringen, bevor er starb.

Sie stiegen in den Wagen. Helm rutschte hinter das Lenkrad, und Richter nahm auf dem Beifahrersitz Platz, von wo aus er ihre Geräte bedienen konnte. Der Regen auf ihrer Kleidung erfüllte das Wageninnere schnell mit seinen Schadstoffen, was zusätzlich zu seiner schlechten Laune beitrug.

Das Armaturenbrett war mit den modernsten Ortungsgeräten, elektronischen Karten und Kommunikationsgeräten gefüllt. Richter drehte wütend an Schaltern und drückte auf Knöpfe, um das Zielobjekt auf den Bildschirm zu bekommen. Verdammt, die Ortung sollte doch eine hohe Reichweite haben; was war los mit ihr? War das Gerät defekt? Wem würde man wohl die Verantwortung zugeschieben, wenn ihn ein beschädigter Spürhund im Stich ließ! Er wußte, daß Cohaagen über ihr Vorgehen nicht der gleichen Meinung war wie er, und wenn der Mann einen Vorwand bekam, ihm den Fall zu entziehen ...

Das Funkgerät erwachte zum Leben. »Sechs Beta Neun, wir haben eine Gespräch mit Mr. Cohaagen für Sie.«

Richter sah Helm an und stöhnte. Wenn man vom Teufel spricht!

Aber er kam nicht um das Gespräch herum. »Hier Richter. Stellen Sie durch.« Er wischte Regen von seinem Gesicht und fuhr sich über das Haar, doch es half nicht viel. Die moderne Wissenschaft war wunderbar, doch im Augenblick wünschte er, man hätte nie ein Gerät erfunden, das die Beschränkung der Lichtgeschwindigkeit aufhob und praktisch eine direkte Kommunikation zwischen zwei Planeten ermöglichte. Dann würde

Cohaagen ihm keine Rückfragen über seinen Auftrag stellen können, während eine Hetzjagd im vollen Gange war.

Der Bildschirm erhellte sich und zeigte dann ein grobkörniges Bild von Cohaagens Gesicht. Der Mann war weder so stattlich noch so beredsam, wie es in Fernsehinterviews den Anschein hatte. Er musterte Richter stirnrunzelnd. »Was zum Teufel stellen Sie da an, Richter?«

Richter setzte ein einnehmendes Lächeln auf, von dem er wußte, daß er damit niemanden täuschen konnte; das war allerdings auch gar nicht beabsichtigt. »Ich versuche, einen Verräter zu neutralisieren, Sir.« *Und das ist genau der richtige Ausdruck. Beißen Sie sich nur nicht die Zähne daran aus, Sir!*

Cohaagens Stirnrunzeln wuchs zu offensichtlicher Verärgerung. »Wenn ich ihn tot sehen wollte, hätte ich ihn nicht auf der Erde abgesetzt!«

Richter machte ein freundliches Gesicht und spielte den gehorsamen Untergebenen; erneut war es ihm völlig gleichgültig, ob ihm das jemand abkaufte. »Wir können ihn nicht frei herumlaufen lassen, Mr. Cohaagen. Er weiß zuviel.«

»Lori sagt, daß er sich an einen Scheiß erinnern kann.«

»Für den Augenblick«, sagte Richter. »In einer Stunde verfügt er wieder über sein vollständiges Erinnerungsvermögen.«

»Hören Sie, Richter.« Statisches Rauschen störte den Empfang, aber nicht laut genug, daß er Cohaagen nicht mehr verstehen konnte. »Ich will, daß Sie mir Quaid *lebendig* zur Re-Implantation bringen. Haben Sie das verstanden? Ich will, daß Lori wieder auf ihn aufpaßt.«

Nur über meine Leiche, dachte Richter. Mit Mühe konnte er sich davon abhalten, den Monitor aus dem Armaturenbrett zu reißen und aus dem Wagen zu werfen.

»Haben Sie mich verstanden?« fragte Cohaagen. Richter drehte an einem Knopf, um die Verbindung zu unterbrechen. Vom anderen Ende aus konnte man unmöglich sagen, was die Störung herbeigeführt hatte.

»Wie war das, Sir? Ich kann Sie nicht verstehen?«

Cohaagen sah ihn durchdringend an. »Ich habe gesagt, xtrfb ... lsw ... rojwf ...«

Richter verstärkte die Interferenz, um Cohaagens Befehle nicht hören zu müssen. Helm sah durch die Windschutzscheibe in den Regen hinaus und tat so, als würde er nichts davon bemerken. Ihm gefiel es genauso wenig wie Richter, daß das Zielobjekt ihnen vor der Nase entwischen sollte.

»Hallo?« sagte Richter. »Wir haben Sonnenflecke ... Ich schalte auf eine andere Frequenz um.« Wie schön, daß solche Verbindungen unzuverlässig waren, wenn die Sonne ein wenig verrückt spielte!

Ein blinkender roter Punkt tauchte auf der Konsole des Ortungsgeräts auf. Helm stieß Richter an, der zufrieden nickte. Sie hatten ihren Mann wieder aufgetrieben.

»... und deshalb sagte ich Ihnen ...« fuhr Cohaagen fort.

»Mr. Cohaagen, hören Sie mich?« fuhr Richter fort. »Hallo? Hallo?« So höflich, mit einem Unterton der Verwirrung; die Aufzeichnung würde ergeben, daß er nicht wissen konnte, daß seine Befehle geändert worden waren.

Mit einem verächtlichen Drehen des Schalters unterbrach Richter die Verbindung. Cohaagen würde nichts beweisen können: es war bekannt, daß interplanetarische Verbindungen häufig Interferenzen unterlegen waren, besonders, wenn die Planeten nicht günstig zueinander standen. Das war der Preis, den man für die Überwindung der Lichtgeschwindigkeit zu zahlen hatte. Es waren gerade genug echte Interferenzen aufgetreten, daß er damit durchkommen würde.

Richter gestattete sich ein leises, grimmiges Lächeln. Er wandte sich Helm zu, schnippte mit den Fingern und deutete nach vorn. »Er hätte ihn töten sollen, als er die Möglichkeit dazu hatte«, sagte er. Jetzt würde er, Richter, es statt dessen tun, und zwar mit Vergnügen. Sie hatten das Zielobjekt im Visier, und keine Sonnenflecken, ob nun echt oder falsch, würden ihn daran hindern.

Helm fädelte den Wagen in den Verkehr ein und bespritzte die Pendler, die aus dem U-Bahnhof kamen, mit Wasser. Ihre im Fahrzeug nur schwach wahrnehmbaren Proteste waren Musik in Richters Ohren. Er hob eine Hand über die Schulter und machte eine obszöne Geste, obwohl er wußte, daß sie nicht in den Wagen hineinsehen konnten. Sie verschaffte ihm trotzdem Befriedigung. Zu schade, daß er Cohaagen nicht auf dieselbe Art zeigen konnte, was er von ihm hielt.

Quaid hatte sich entschlossen, nicht zu weit zu fahren. Sie würden damit rechnen, daß er aus der Stadt floh, und alle Endstationen überwachen lassen. Also blieb er in der Nähe – aber nicht zu sehr. Sein anderes Ich hatte ihn verlassen; es manifestierte sich nur, wenn augenblickliches, effektives Handeln nötig war, zum Beispiel, in ein paar Sekunden mehrere Menschen zu töten. Er war wieder auf sich gestellt, doch das genügte ihm für den Augenblick.

Ein paar Haltestellen später stieg er aus und suchte einen Waschraum auf. Er sah wirklich fürchterlich aus! Er wusch sich Gesicht und Hände und versuchte, die schlimmsten Flecken auf seinem Hemd abzutupfen, hatte jedoch nicht viel Erfolg damit. Dann kam ihm ein Einfall. Er bückte sich, fuhr mit den Fingern über den Boden an der Wand und scharrte eine Handvoll Staub zusammen, den er in das Hemd rieb, um die restlichen Blutflecken zu überdecken. Jetzt wirkte er eher schmutzig wie ein Penner und nicht mehr wie ein Flüchtling aus dem Schlachthaus. Er kämmte sein Haar zurück und setzte einen abgestumpften Gesichtsausdruck auf, als sei er nur ein müder Malocher, der von einem harten Tag in der Kanalisation nach Hause zurückkehrte.

Er bestieg einen anderen Zug, um es den Killern zu erschweren, seinen Weg zu verfolgen. Aber er konnte nicht ewig so weitermachen; er mußte schleunigst von hier fort. Und dafür brauchte er Geld.

Er blieb an einem Geldautomaten stehen und hob soviel Bargeld ab, wie er wagen konnte: aber genug, um damit einen Flug zu einem anderen Kontinent zu bezahlen. Man würde die

Transaktion feststellen, und in ein paar Minuten würden die Killer wieder auf seiner Spur sein; aus diesem Grund hatte man seine ID-Karte nicht schon längst gelöscht. Doch obwohl es ihm an der tödlichen Erfahrung seines verborgenen Ichs mangelte, verfügte er über eine gewisse angeborene Gerissenheit. Anstatt zum Flugplatz zu fahren, nahm er den nächsten Zug zurück zur Innenstadt, fast genau dorthin, wo die Hetzjagd begonnen hatte. Das würde sie überraschen, so hoffte er. Vielleicht zählten sie darauf, daß er nicht daran dachte, daß man die Abbuchung über seine ID-Karte feststellen konnte, und er in aller Ruhe seines Weges gehen und nichts Unvorhergesehenes tun würde.

Er stieg aus und nahm eine Rolltreppe nach oben. Durch einen Bogengang mit der Aufschrift SUBWAY gelangte er ins Untergeschoß eines uralten Einkaufszentrums aus den achtziger Jahren des vergangenen Jahrhunderts, das zu einem billigen Vergnügungsviertel mit Bars, Stundenhotels, Billardhallen, Pfandleihen und Massagesalons heruntergekommen war. Auf den Straßen drängten sich Kinder mit Skateboards und Fahrrädern, und in einigen Hauseingängen schliefen sogar Penner. Er hatte den Eindruck, in die Vergangenheit getreten zu sein, und verspürte fast so etwas wie Nostalgie. Vor der Kolonialisierung der Planeten mußte das Leben viel einfacher gewesen sein!

Das war der ideale Ort, um sich zu verstecken. Auf der anderen Straßenseite erspähte er eine heruntergekommene Pension. Dort würde man Bargeld akzeptieren, ohne Fragen zu stellen, und er mußte nicht seine ID-Karte zeigen. Er konnte sich ausruhen und sein Hemd waschen oder sich in einem Second-Hand-Laden vielleicht neue Kleidung besorgen. Er klammerte sich wie ein anonymer Flüchtling an das Leben.

Die Luft war rein. Er setzte seinen Weg fort und betrat das Hotel.

Helm steuerte den Wagen mit hoher Geschwindigkeit über die regennassen Straßen.

»He, Mann«, sagte er. »Sie sind bestimmt froh, daß Lori von *diesem* Auftrag entbunden wurde.« Richter schob das Kinn vor, hielt den Blick jedoch auf das Ortungsgerät gerichtet.

»Es ist nur ein Job«, sagte er kurzangebunden.

»Na ja, ich wollte nicht, daß Quaid *mein* Mädchen bumst.«

Richter schnaubte. Seine Hand schoß vor, und er griff nach Helms Ohr und zog heftig daran. Der Wagen machte einen Satz. »Behauptest du, daß es ihr *gefallen* hat? Willst du *das* damit sagen?«

Helm bemühte sich, die Gewalt über den Wagen nicht zu verlieren und sein Ohr zu behalten. »Nein, nein, natürlich nicht!« sagte er knirschend. »Sie hat bestimmt jeden Augenblick gehaßt!«

Richter drehte Helms Ohr noch einmal heftig und ließ es dann los. Rot vor Wut richtete er seine Aufmerksamkeit wieder auf das Ortungsgerät, das einen Kartenabschnitt heranzog und vergrößerte und dann auf einen weiteren Abschnitt einer Karte mit noch größerem Maßstab umschaltete. »Sektor Achtundzwanzig, obere Ebene«, sagte er ausdruckslos. Und dann lächelte er. Die alte Galleria . . . Natürlich. Quaid glaubte, er könnte ihnen entwischen, indem er sich in einem Slum versteckte.

»Weißt du was?« sagte er zu Helm. »Ich glaube, er hat noch gar nicht gemerkt, daß er eine Wanze mit sich herumschleppt.« In der Tat war es diese Wanze gewesen, die sie ursprünglich auf Quaids Besuch bei Recall aufmerksam gemacht hatte; der Alarm war losgegangen, als der Mann von seinem üblichen Nachhauseweg abgewichen war. Sie waren sofort zu Recall gefahren und hatten das Personal verhört und beseitigt.

Helm lenkte den Wagen lächelnd um eine Ecke. Er hielt die Augen auf die Straße gerichtet und rieb sein Ohr.

Quaid ging auf sein Hotelzimmer. Es war in etwa so, wie er es sich vorgestellt hatte, also sehr bescheiden. Die Wände schienen aus Gipsplatten zu bestehen. Wenn er sich bemühte, konnte er hören, was in den benachbarten Zimmern vor sich ging: das Klirren von Gläsern, ein schriller Streit, eine Pokerrunde, die sich über die ganze Nacht hinziehen würde, die dumpfen Geräusche von heftigem Sex und zahlreiche Videofilme. Das Hotel war das perfekte Versteck für ihn.

Doch er hatte kaum die schmutzigen Vorhänge vor dem Fenster zugezogen, als das Telefon klingelte. Er hob nicht ab. Doch es störte ihn: Warum sollte jemand hier anrufen? Galt das Gespräch seinem Vormieter? In diesem Fall sollte er lieber doch rangehen und vorzugeben versuchen, er sei dieser Mann, um seine Anwesenheit noch besser zu verschleiern. Dennoch...

Beim vierten Klingeln trat er neben den Bildschirm, um nicht gesehen werden zu können, und drückte auf den Knopf, mit dem er die Verbindung herstellen konnte. Er sagte nichts. Wenn jemand nach einem bestimmten Mann fragen sollte, würde er diesen Namen benutzen. Er spähte schräg an dem Schirm vorbei, blieb aber außerhalb des Aufnahmebereichs.

Der Bildschirm zeigte lediglich die Hand eines Mannes, die die Linse verdeckte. Na ja, so konnte man es auch machen!

»Leg nicht auf, wenn du am Leben bleiben willst!« sagte eine schroffe männliche Stimme.

Das klang nicht nach einer falschen Verbindung! Quaid blieb stehen, legte nicht auf, sagte aber auch nichts.

»Du trägst eine Wanze«, sagte der Anrufer. »Und wenn du nicht genau tust, was ich sage, werden deine Verfolger in etwa drei Minuten die Tür eintreten.«

Quaid durchsuchte, noch immer außerhalb des Aufnahmebereichs, seine Kleidung. Er war ein verdammter Narr, nicht daran gedacht zu haben!

»Gib dir keine Mühe. Sie ist in deinem Schädel.«

Quaid sah sich entgeistert um. »Wer sind Sie?« Seine Identität war dem Anrufer offensichtlich kein Geheimnis.

»Das spielt keine Rolle. Mach ein Handtuch naß und schling es um deinen Kopf. Das wird das Signal dämpfen. Es ist nicht besonders stark.«

»Wie haben Sie mich gefunden?« Er mußte davon ausgehen,

daß es sich um einen Freund und keinen Feind handelte. Warum hätte ein Feind ihn warnen sollen?

»Ich rate dir, dich zu beeilen.«

Quaid sah auf der anderen Seite des Zimmers ein Waschbecken. Er ging vor dem Videofon hinüber. Es hatte keinen Sinn mehr, sich verbergen zu wollen.

»Das wird dir etwas Zeit verschaffen«, fuhr der Anrufer beifällig fort. »Sie werden dich jetzt nicht mehr als Punktziel ausmachen können.«

Quaid kam sich wie ein Narr vor, doch er machte ein großes Handtuch naß und schlang es um seinen Kopf. Es gelang ihm, es zu einem unbeholfenen Turban zu formen, wenngleich die Feuchtigkeit ihm in den Nacken tropfte.

Helm orientierte sich beim Fahren an dem Signal, das Quaids Wanze erzeugte. Der Spürhund schaltete von einer detaillierten Karte auf eine allgemeine Karte des Viertels um. Das Blinklicht wurde schwächer.

Richter starrte auf das Gerät. »Was zum Teufel ...«

»Was ist los?« fragte Helm.

Richter fummelte an dem Ortungsgerät herum und schlug ein paar Mal darauf. »Interferenzen!«

»In solch geringer Entfernung? Wie zum Teufel ...«

»Vielleicht duscht er gerade. Wasser kann das Signal abschwächen. Fahren wir zu dem Ort, der zuletzt angegeben wurde.«

Helm fuhr weiter.

Quaid schlang sich das nasse Handtuch erneut um den Kopf, um einen besseren Turban zu bilden, doch es tropfte noch immer.

»Das reicht«, sagte der Anrufer. »Jetzt sieh aus dem Fenster.«

Quaid ging hinüber und zog vorsichtig den Vorhang zurück. Er sah hinaus.

»Siehst du die Videofonzelle vor der Bar?« fragte der Anrufer.

Quaid sah sich auf der schmalen Straße um, fand die Bar und dann die Zelle. Ein schnurrbärtiger Glücksritter erwiderte seinen Blick und hielt eine Arzttasche hoch.

»Das ist die Tasche, die du mir gegeben hast«, sagte der Mann.

»Die *ich* Ihnen gegeben habe?«

»Ich lasse sie in der Zelle stehen«, fuhr der Glücksritter fort. »Hol sie dir und bleibe auf der Hut.«

Quaid sah, daß der Mann auflegen wollte. »Warten Sie!«

Sein unbekannter Freund hielt inne. »Was ist?« fragte er ungeduldig. Es war offensichtlich, daß er verschwinden wollte. »Was ist?« fragte er ungeduldig.

»Wer sind Sie?« Er mußte den Namen dieses geheimnisvollen Verbündeten wissen. Jeder, dem er vertraut hatte, hatte sich gegen ihn gestellt. Dieser Mann war vielleicht der einzige Freund, den er noch hatte. Quaid mußte wissen, wer er war.

Der Mann zögerte und sprach dann abrupt. »Wir waren Kumpel in der Agency. Du hast mich gebeten, dich zu suchen, wenn die Dinge auf dem Mars schiefgehen. Hier bin ich also. Leb wohl.«

»Warten Sie!« sagte Quaid verzweifelt. »Was habe ich auf dem Mars getan?« Doch die Verbindung war schon unterbrochen, und der Mann hatte die Videofonzelle verlassen. Quaid schlug frustriert auf den Fensterrahmen, als er sah, wie er schnell davonging. Und doch war das, was er Quaid verraten hatte, von unschätzbarem Wert. Wenn er der Agency angehört und sie verlassen hatte . . .

Doch er hatte jetzt keine Zeit für Mutmaßungen. Er stürmte aus dem Hotelzimmer, wobei er den unförmigen Turban auf seinem Kopf festhielt.

Richter und Helm umkreisten mit dem Wagen das Einkaufszentrum. Der Regen fiel unvermindert und stank schlimmer denn je. Richter schlug auf den Spürhund, doch es half nichts.

»Er ist hier, verdammt noch mal. Irgendwo.«

Helm sagte nichts. Er fuhr einfach weiter.

Quaid lief aus dem Hotel. Er sah sich nach dem Glücksritter um, doch der Mann war verschwunden. Verdammt! Vielleicht hatte der Fremde ihm das Leben gerettet – vielleicht auch nicht. Konnte er ihm vertrauen? Angenommen, er wäre im Hotelzimmer sicherer gewesen, und das war nur ein Trick von Richter gewesen, um ihn auf die Straße zu locken, wo man ihn leichter erschießen konnte? Das schien keinen großen Sinn zu ergeben, aber was hatte am vergangenen Tag schon viel Sinn ergeben?

Doch er vergaß die Arzttasche. Vielleicht würde die einige seiner Fragen beantworten. Er ging zur Videofonzelle und stellte verdrossen fest, daß eine alte Frau sie vor ihm betreten hatte. Sie hielt die Tasche in der Hand.

»Entschuldigen Sie, Ma'am«, sagte er. »Die gehört mir.«

Die alte Frau betrachtete ihn säuerlich. »Steht etwa Ihr Name darauf?« schnappte sie.

Quaid ergriff die Tasche und zog sanft daran. »Jemand hat sie für mich hinterlegt.«

Die kleine alte Frau weigerte sich, die Tasche loszulassen. »Die gehört mir!« keifte sie.

Quaid zog etwas fester. »Bitte, Ma'am. Ich brauche sie.«

»Ich hab' sie gefunden!« erwiderte sie und drückte die Tasche mit aller Kraft an ihre Brust. »Sie sollten sich was schämen, Sie grober Kerl!« Ein paar Zuschauer hatten sich eingefunden und beobachteten den kleinen Zwischenfall.

Quaid steckte in der Klemme. Er wollte die Frau nicht verletzen, brauchte die Tasche jedoch. Er riß sie mit Gewalt an sich und hätte dabei fast den Turban verloren.

»Entschuldigung, Ma'am«, sagte er. »Es tut mir leid.« Er fuhr herum und lief los. Die Stimme der kleinen alten Dame hallte ihm hinterher.

»Du verdammtes Arschloch!«

Aus einem Versteck sah der Glücksritter zu. Er hielt den Atem an, als Quaid mit der älteren Frau rang, und seufzte erleichtert, als Quaid die Tasche bekam und davonlief. Sie hatten eine Menge durchgemacht, sowohl auf dem Mars wie auch auf der Erde, und der Mann, der nun als Quaid bekannt war, hatte ihm mehr als einmal das Leben gerettet. In der Tat war es dieser Mann gewesen, der ihn überhaupt zur Agency gebracht hatte. Im Augenblick war der Glücksritter nicht sicher, ob das ein Segen oder ein Fluch gewesen war.

Wie auch immer, er hatte einem Freund ein Versprechen gegeben und es unter großem persönlichem Risiko erfüllt. Nun konnte er verschwinden. Er ging in eine Seitenstraße und versuchte, sich wie ein normaler Spaziergänger zu benehmen. Doch er war nervös. Er wußte, daß die Agency hinter seinem ehemaligen Freund her war und alles daransetzen würde, ihn festzunageln. Er hatte einem Freund geholfen, doch falls es je herauskommen sollte, stand *er* deshalb auf der Abschlußliste der Agency. Deshalb hatte er seine Identität geheimgehalten; je weniger man über ihn wußte, desto besser.

Während sie um die Galerie fuhren, bemerkte Helm eine bekannte Gestalt. Er stieß Richter an und zeigte sie ihm. Auch Richter erkannte den Mann. Er kniff die Augen zusammen. Was zum Teufel hatte Stevens hier zu suchen? Waren er und das Zielobjekt auf dem Mars nicht Freunde gewesen? Steckten sie jetzt gemeinsam in dieser Sache? Richter würde es herausfinden.

Helm steuerte den Wagen in eine Parklücke. Schnell und leise stiegen sie aus und verfolgten den Mann.

Stevens verließ das Einkaufszentrum; seine Augen suchten nervös die Dunkelheit vor ihm ab. Er drehte kurz den Kopf, um festzustellen, ob er vielleicht verfolgt wurde – und lief Richter und Helm direkt in die Arme. Helm ergriff ihn, schlug seinen

Kopf gegen eine Mauer und versetzte ihm ein paar kräftige Schläge in Rippen und Nieren. Stevens brach auf dem Bürgersteig zusammen.

»Was hast du hier zu suchen, Stevens?« fragte Richter. Hast du deinen alten Kumpel Quaid besucht?«

»Wovon sprechen Sie?« Obwohl er benommen war, erkannte Stevens Richter, den Vollstrecker der Agency, jene Art von Schläger, die der Agency ihren schlechten Ruf einbrachten. Stevens stützte sich mit einer Hand ab und richtete sich auf, soweit es ihm möglich war, wußte jedoch, daß er verloren war.

»Muß ich es dir wirklich erklären?« Richter hob den Fuß und senkte ihn auf Stevens Hand. Stevens schrie auf, als die Knochen seine Finger brachen. Helm erstickte seinen Schrei mit einem weiteren gut gezielten Tritt.

»Wo ist er?«

»Kann ich nicht sagen«, murmelte Stevens durch Blut und gebrochene Zähne. »Geheime Information.« Anscheinend hatte der Trick mit dem Handtuch Erfolg gezeigt, und sie hatten ihr Zielobjekt verloren. Sollte es ruhig so bleiben. Stevens hatte nicht vor, seinen Freund mit in den Untergang zu reißen.

Richter drückte seinen Absatz in Stevens Hand. Der Schmerz schoß bis in seinen Unterarm hinauf. »Du kannst es uns sagen, Stevens«, meinte Richter beiläufig. »Wir spielen in derselben Mannschaft.« Er trat beiläufig auf Stevens Hand.

»Schon gut, schon gut«, pfiff Stevens. »Ruft Cohaagen an und laßt euch grünes Licht geben.«

Wütend trat Richter gegen Stevens' Kinn und drückte es gegen den Bordstein. »Haben wir uns noch immer nicht verstanden?« sagte er spöttisch.

Stevens wälzte sich vor Schmerz. Er wußte, daß er nicht mehr viel ertragen konnte. Doch plötzlich verspürte er einen leisen Hoffnungsschimmer. Helms Aufmerksamkeit war von etwas abgelenkt worden; er stieß Richter an.

»Da ist er!«

Richter kniff die Augen zusammen und sah, wie Quaid auf der anderen Seite des Einkaufszentrums zu einem JohnnyCab-

Stand ging. Er hatte etwas Weißes um den Kopf geschlungen und trug eine Art Tasche. Richter lächelte boshaft. Diesmal würden sie Quaid erwischen.

Mit der Pistole in der Hand nahm Helm die Verfolgung auf, doch Richter zögerte und sah zu Stevens gekrümmter Gestalt hinab. Der Mann sah auf, in den Lauf von Richters Waffe. Ein Schuß erklang.

Kapitel 12 *Johnny*

Quaid hatte die Tasche, wußte aber immer noch nicht, wie es weitergehen sollte. Er ging die Straße entlang, ohne den Regen zu bemerken, und hoffte, daß die Tasche das enthalten würde, was er brauchte, was immer es sein mochte. Er hatte den Eindruck, sein Leben hinge an einem sehr dünnen Faden.

Plötzlich hörte er ein Geräusch, das in letzter Zeit nur allzu vertraut geworden war: Jemand hatte mit einer Pistole geschossen. Er nahm an, daß dieses Geräusch in *dieser* Gegend gar nicht so ungewöhnlich war, doch er hatte schon zuviel durchgemacht, um sich darauf zu verlassen. Als er sich nach dem Ursprung des Geräuschs umsah, machte er zwei Männer aus, die auf ihn zugelaufen kamen. Sie waren noch zu weit entfernt, um sie erkennen zu können, doch er wollte nicht warten, bis sie sich vorgestellt hatten. Er fuhr herum, sprang in ein wartendes JohnnyCab, duckte sich und versuchte, seinen Kopf zu verbergen.

Johnny drehte sich zum Rücksitz um und lächelte mechanisch. »Willkommen im JohnnyCab«, sagte die Puppe. »Wohin darf ich Sie heute abend fahren?«

»Fahr einfach zu!« schnappte Quaid. »Schnell!«

Die Puppe hielt inne und fuhr dann mit demselben freundlichen Tonfall fort. »Würden Sie bitte das Fahrtziel wiederholen?«

Quaid warf einen schnellen Blick durch das Heckfenster. Die beiden Männer waren nun nahe genug, daß er ihre Gesichter erkennen konnte. Es handelte sich um die beiden Killer, die ihn im U-Bahnhof verfolgt hatten. Sie mußten ihn trotz des Handtuchs aufgespürt haben!

»Irgendwohin!« rief er, noch immer nach hinten blickend. »Nun fahr schon!« Er sah, wie Richter eine schwere Waffe zog und zielte. »Scheiße!«

Johnny bewegte sich nicht, und das Taxi auch nicht. »Mir ist diese Adresse nicht geläufig.«

Jetzt hatte auch Helm seine Waffe gezogen und zielte auf ihn. Sie waren noch einen halben Häuserblock entfernt, doch ihre Waffen sahen aus wie kleine Kanonen.

»McDonald's!« rief Quaid verzweifelt. »Bring mich zu McDonald's! Sofort!« Richter und Helm fingen zu schießen an. Das Taxi bewegte sich immer noch nicht.

»Es gibt vierzehn McDonald's-Filialen im Innenstadtbereich. Bitte spezifizieren Sie . . .«

Genug war genug. Wenn sich das Taxi nicht umgehend in Bewegung setzte, war er erledigt! Er packte die Puppe, riß sie aus ihrer Verankerung und zerrte das Ding gemeinsam mit dem an den Armen befestigten Steuerrad auf den Rücksitz.

Kugeln zerschmetterten die Heckscheibe. Quaid sehnte sich kurz nach den alten Zeiten zurück, als bei allen Fahrzeugen kugelsicheres Glas oder Plastik vorgeschrieben war. Er beugte sich zum Fahrersitz vor und griff nach dem Joystick, an dem das Lenkrad befestigt gewesen war. Das Taxi machte einen Satz vorwärts.

»Bitte schnallen Sie sich an«, sagte Johnnys Kopf.

Ohne das Lenkrad hatte Quaid kaum Gewalt über sein Fahrzeug. Wie sollte er das schaffen?

So gut es ging, dachte er grimmig, während Kugeln an seinen Ohren vorbeipfiffen. Er drückte aufs Gas und versuchte, mit dem empfindlichen Joystick eine Linkskurve zu vollziehen. Ein weiteres Fenster zersplitterte, und das Taxi wirbelte herum. Er wurde zur Seite gedrückt, während das Fahrzeug einen sauberen Kreis fuhr.

Richter und Helm verstärkten das Feuer. Fenster explodierten um Quaid, als er versuchte, das Taxi wieder in seine Gewalt zu bekommen. Er zog den Joystick in die andere Richtung – und er brach ab!

»Scheiße!« Das Taxi drehte sich nicht mehr im Kreis, fuhr weiter und ließ Richter und Helm zurück. Einen Augenblick lang glaubte Quaid, er sei ihnen entkommen. Dann sah er durch die Windschutzscheibe.

Er raste direkt auf eine Betonmauer zu.

»Bereiten Sie sich auf einen Zusammenstoß vor«, sagte Johnny ruhig. »Bereiten Sie sich auf einen Zusammenstoß vor.«

Quaid fühlte, wie ein hysterisches Gelächter in ihm emporstieg, während er versuchte, an die Halterung des Joysticks zu kommen, doch es wurde schnell von reinem Schrecken ersetzt. Der Wagen war völlig außer Kontrolle, und die Wand kam mit jeder Sekunde näher. Ein Aufprall war unvermeidlich. Er öffnete die Tür, um hinauszuspringen.

Dann erinnerte er sich an die Tasche. Er hielt sich mit einer Hand am Türrahmen fest, griff mit der anderen in den Wagen zurück und zerrte die Tasche an sich, die auf Johnnys lächelndem Gesicht lag.

»Bereiten Sie sich auf einen unmittelbar bevorstehenden Zusammenstoß vor«, sagte Johnny ungerührt.

Quaid sprang. Sein Körper war auch mit diesem Bewegungsablauf vertraut; bei dem Kunststück, bei dem ein Amateur ums Leben gekommen wäre, zog er sich kaum eine Prellung zu. Er rollte sich ab und rutschte eine Böschung hinab, hielt dabei die Tasche fest, als sei sie das Wichtigste auf der Welt. Sekunden später prallte das Taxi gegen die Mauer und brach in Flammen aus.

Quaid war in Sicherheit, für den Augenblick zumindest. Doch wenn Richter herausfand, daß keine Leiche in dem JohnnyCab war, würde er die Verfolgung sofort wieder aufnehmen. Quaid mußte ein gutes Versteck finden.

Er rappelte sich auf und verschwand in der Dunkelheit.

Richter und Helm hatten das Taxi erreicht, als es explodierte. Es regnete immer noch, doch die Tropfen konnten nicht viel gegen die Flammenzungen ausrichten, die aus dem zerstörten Fahrzeug hervorbrachen.

Sie betrachteten ihn einen Augenblick lang und erfreuten sich an dem Anblick. Alle Unfälle waren nett, doch ein Feuer hatte seinen ganz eigenen Reiz. Helm wollte zu dem Wrack treten, doch Richter hielt ihn zurück. »Ich mag mein Fleisch gut durchgebraten.« Er zündete sich eine Zigarette an, und sie beobachteten das Barbecue.

Mittlerweile kletterte Quaid unter ihnen, die Tasche in der Hand, unbeobachtet über ein Geländer. Vor ihm lag das Industriegebiet der Stadt, und er eilte in die Deckung, die ihm zwei alte Backsteingebäude verhießen. Mit etwas Glück würden sich die Killer von dem ausgebrannten Wagen lange genug ablenken lassen und seine Spur endgültig verlieren. Mit neuer Zuversicht lief er weiter. Jetzt mußte er einen Unterschlupf finden, aus dem schrecklichen Regen herauskommen und den Inhalt der Tasche überprüfen. Er hob eine Hand zum Kopf und hielt den unordentlichen Turban fest. Er konnte von Glück sprechen, daß er ihn bei dem Zusammenstoß nicht verloren hatte!

Helm war zu ihrem Wagen zurückgegangen und hatte Verstärkung gerufen. Nun sahen er, Richter und vier andere Agenten zu, wie zwei Feuerwehrmänner das rauchende Wrack löschten und nach der Leiche suchten. Einer der Feuerwehrmänner drehte sich um und ging zu Richter.

»Keiner drin«, sagte er achselzuckend.

Richter und Helm sahen sich erstaunt an.

»Vielleicht ist er verbrannt«, sagte Helm.

Der andere Feuerwehrmann rief von dem Wrack hinüber. »Augenblick mal! Ich hab' was gefunden!«

Richter und Helm traten eifrig näher, als der Feuerwehrmann

eine verkohlte Gestalt aus dem Löschschaum zog. Es war die verkohlte Fahrerpuppe. Sie drehte den scheußlichen Kopf.

»Danke, daß Sie ein JohnnyCab genommen haben«, sagte er fröhlich. »Hoffentlich hatten Sie eine angenehme Fahrt.«

Das Zielobjekt war ihnen wieder vor der Nase entwischt! Wütend schlug Richter mit der Faust gegen den Johnny-Kopf, zerschmetterte ihm den Kiefer und brachte ihn so zum Schweigen. Er schnitt eine Grimasse und zog die Faust schnell zurück. Das verdammte Ding war glühend heiß!

Ein Agent kam hinübergelaufen. »Wir haben eine Ortung im Zementwerk«, sagte er. »Sie ist schwach, aber er ist es.«

»Worauf wartet ihr?« rief Richter.

Kapitel 13 *Hauser*

Quaid lief kreuz und quer durch das Industriegebiet und versuchte, in Deckung zu bleiben, während er nach einem geeigneten Gebäude Ausschau hielt. Ihm schwebte ein Unterschlupf vor, der zwar verlassen war, aber nicht sofort als Versteck ins Auge springen würde.

Schließlich entdeckte er es: ein einstöckiges Gebäude, das früher vielleicht einmal ein Lagerhaus gewesen, im Augenblick jedoch leer war. Es war zum Abriß vorgesehen, um Platz für ein neues Parkhaus zu schaffen, doch die Bauarbeiten würden noch eine Weile auf sich warten lassen. Die Fenster waren noch nicht einmal zugesperrt; es konnte sich nichts mehr darin befinden, was man stehlen konnte.

Endlich kam er aus dem Regen! Er kletterte durch ein Fenster und bückte sich, damit er nicht den Turban verlor. Er fand sich in einer geräumigen Industrieruine wieder. Wasser tropfte durch Löcher im Dach. Ein ideales Versteck!

Er verschwendete keine Zeit, stellte die Tasche auf einem verrotteten Fließband ab und leerte sie. Er hatte keine Ahnung, was er erwarten konnte, nur die Hoffnung, daß es all seine Probleme lösen würde.

Es befanden sich Bündel mit marsianischem Geld in der Tasche.Er pfiff leise vor sich hin, während er die roten Banknoten flüchtig abzählte. Da marsianisches Geld auf der Erde gültig war, genau wie irdische Krediteinheiten auf dem Mars ein gültiges Zahlungsmittel darstellten, würde das Geld seine gesamten finanziellen Probleme lösen. Doch im Augenblick hatte er keine Verwendung dafür. Er brauchte etwas, das ihm das Leben retten würde.

Dann eine Reihe falscher Ausweise mit Fotos. Na ja, die waren ganz nützlich. Doch Richter kannte ihn vom Sehen und hatte das Ortungsgerät auf die Wanze in seinem Kopf justiert, so daß auch die falschen Papiere sein vordringlichstes Problem nicht lösten.

Dann ein sonderbares chirurgisches Instrument, in durchsichtiger Plastikfolie versiegelt. Na ja, die schwarze Tasche sah ja aus wie die eines Arztes; vielleicht sollte dieses Instrument ihr zusätzliche Authentizität verleihen. Nun konnte er behaupten, irgendein Spezialist zu sein.

Dann eine seltsame Gummimasse. Er hob sie hoch und stellte fest, daß es sich um eine moderne, den Kopf bedeckende Maske mit einigen elektronischen Komponenten handelte, die den Mund bewegen und den Gesichtsausdruck leicht verändern konnten. Sie paßte zu einem der Gesichter auf den Ausweisen – dem einer übergewichtigen Frau unbestimmbaren Alters. Eine Verkleidung? Vielleicht. Unter der Maske befanden sich einige Meter einer schleimigen Plastikmasse. Vielleicht gehörte das auch zu der Verkleidung. Er würde mehr als nur eine Maske – selbst eine so ausgeklügelte – brauchen, um sich in die Frau auf dem Ausweis verwandeln zu können.

Er grub tiefer. Es waren nicht mehr viele Gegenstände in der Tasche. Er zog eine Packung Schokoladenriegel hervor.

Überrascht betrachtete er sie. Nein, es waren in Wirklichkeit mit Vitaminen versetzte Vollkornriegel, wie sie auf dem Mars gebräuchlich waren. Jemand mußte einen seltsamen Sinn für

Humor haben. Doch sie erinnerten ihn daran, daß er hungrig war. Ob er sie wohl unbesehen essen konnte?

Dann ein Paar seltsame Schuhe. Huh?

Er griff erneut in die Tasche und zog eine Kombination aus Armbanduhr und Taschenrechner hervor. Er untersuchte das kleine Instrument und berührte einen seiner Knöpfe.

Plötzlich wurde er von der Anwesenheit eines gefährlich dreinschauenden Mannes überrascht, der ihn aus etwa zehn Meter Entfernung aus den Schatten ansah.

Zum Nachdenken blieb keine Zeit. Quaid zog seine Pistole und schoß. Der Mann zielte gleichzeitig und schoß auf Quaid.

Wer hatte getroffen? Quaid spürte keine Verletzung, doch das konnte ein Trugschluß sein. Ein Mensch konnte ernsthaft verletzt worden sein und es gar nicht merken, bis er sich mit dem befaßt hatte, dem er die Verletzung verdankte. Er konnte sich nicht untersuchen, bis er wußte, was der andere tun würde.

Der andere Mann schien dieselbe Idee zu haben. Mit gezogenen Waffen hielten sie einander in Schach.

Quaid trat einen Schritt vor. Der Mann tat es ihm gleich und trat ins Licht. Er trug einen unförmigen Turban um den Kopf.

Quaid war verblüfft. Der Mann war er selbst! Oder besser ein Spiegelbild-Hologramm von extrem hoher Qualität. Er ging auf das Hologramm zu, das es ihm natürlich Schritt für Schritt gleichtat. Quaid hob einen Arm; das Holo hob einen Arm. Quaid machte eine plötzliche Bewegung, als wolle er es überlisten, wie sie es manchmal in den alten Komödien taten. Doch das Holo ließ sich nicht täuschen.

Die Uhr! Er hatte einen Knopf berührt, und sein Abbild war erschienen. Er berührte den Knopf erneut, und das Hologramm verschwand mit einem leisen Zischen.

Dieses Gerät konnte ihm sehr hilfreich sein. Wenn Richter ihn doch noch finden sollte . . . ja. Er schnallte die Uhr um sein Handgelenk, sorgsam darauf bedacht, nicht mehr an den Knopf zu kommen.

Helm fuhr langsam durch das verlassene Industriegebiet. Sie richteten die Scheinwerfer auf dem Dach des Wagens auf die Gebäude. Bislang hatten sie lediglich regennasse Trostlosigkeit entdeckt.

Richter sprach in das Funkgerät.

»Eine Spur von ihm?«

Vier weitere Agenten fuhren in zwei Wagen parallel zu Richters Fahrzeug durch das Industriegebiet. »Ich habe in dem alten Toyota-Werk einen Pistolenschuß gehört«, meldete einer über Funk.

Ha! »Wir treffen uns an der Laderampe«, sagte Richter. Er würde jede Wette darauf eingehen, daß das ihr Zielobjekt war. Vielleicht hatte er sich zum Abendessen eine Ratte geschossen oder auf einen der halb verhungerten Hunde, die die Gegend unsicher machten.

Quaid verscheuchte eine Ratte, die versuchte, an seinen Marsriegel heranzukommen. Das war eigentlich ein gutes Zeichen; Ratten waren klug und würden vergiftete Nahrung nicht anrühren.

Es befand sich noch ein Gegenstand in der Tasche. Er holte ihn heraus: ein Miniatur-Video-CD-Spieler mit Bildschirm. Es befand sich eine Video-CD darin, was bedeutete, daß es sich vielleicht um eine Aufzeichnung für ihn handelte. Das benötigte er am dringendsten: Informationen. Er drehte das Gerät herum, damit er den Bildschirm sehen konnte, und schaltete es ein.

Sein eigenes Gesicht – allerdings ohne Turban – erschien in Großaufnahme. Es war auf die Kamera gerichtet. »Hallo, Fremder. Hier spricht Hauser. Wenn etwas schiefgegangen ist, spreche ich jetzt zu mir selbst – und du hast ein nasses Handtuch um den Kopf geschlungen.«

Quaid sprang auf und berührte den Turban.

Hauser lachte herzhaft. Er verbreitete eine Aura des überlegenen Selbstvertrauens. Na ja, zumindest war einer davon überzeugt, er wisse, was er tue. Ein schönes Gefühl. Quaid riß einen Marsriegel auf und aß ihn, während er zuhörte.

Hauser wurde wieder ernst. »Wie auch immer dein Name lautet, bereite dich auf eine Überraschung vor«, fuhr er fort. »Du bist nicht du. Du bist ich.«

Quaid kaute auf seinem Riegel. »Erzähl keine Scheiße«, sagte er ironisch.

Richters Fahrzeug traf mit den anderen Wagen vor dem Tor einer großen, verlassenen Fabrik zusammen, an dem ein verfallenes Schild mit der Aufschrift ›TOYOTA‹ hing. Richter sah auf das Ortungsgerät, das einen schwachen Glanz von sich gab.

»Volltreffer!« sagte er.

In dem Gebäude betrachtete Quaid den kleinen Bildschirm mit gespannter Aufmerksamkeit. Er bekam endlich ein paar Antworten!

»Mein ganzes Leben lang habe ich für den Mars-Geheimdienst gearbeitet. Mit anderen Worten – ich erledigte Cohaagens schmutzige Arbeit. Vor ein paar Wochen lernte ich dann jemanden kennen – eine Frau. Und dann erfuhr ich so einiges. Zum Beispiel, daß ich für die falsche Mannschaft gespielt habe.« Hauser seufzte und schaute schuldig drein. »Ich kann jetzt nur versuchen, es wieder gutzumachen.«

Quaid warf einer beharrlichen Ratte ein Stück seines Schokoladenriegels zu. Das war töricht, doch er verspürte etwas Mitgefühl für jedes Geschöpf, daß sich, von den Menschen gehaßt und gejagt, an solch einem Ort verstecken mußte. Die Ratte nahm den Brocken in den Mund und huschte davon.

Hauser schlug sich auf den Kopf. »Hier drin steckt genug Scheiße, um Cohaagen fertigzumachen – und das habe ich vor. Wenn du diese Aufzeichnung hörst, hat er mich leider zuerst erwischt. Und nun kommt der schwierige Teil, alter Kumpel: Jetzt hängt alles von dir ab.«

Quaid kaute weiter; er war sich gar nicht so sicher, daß ihm das gefiel. Wenn sein Abbild auf dem Monitor wußte, was er bislang durchgemacht hatte, und das für den leichten Teil hielt . . .

»Tut mir leid, dich da hineinzuziehen«, sagte Hauser bedauernd, »aber du bist der einzige, dem ich vertrauen kann.«

Richter lief eine Treppe hinauf und führte Helm und die vier Agenten aus dem Regen in das Gebäude. Diesmal gab es keine U-Bahnhöfe, keine Fahrstühle oder Züge, die das Zielobjekt zur Flucht benutzen konnte. Diesmal würden sie es festnageln. Richter wollte das Arschloch schreien hören, bevor es starb.

Zwei Ratten kamen zurück und hielten nach Futter Ausschau. In diesem Rattenrennen verbreiteten sich Neuigkeiten schnell! Quaid grinste kurz. Ach, zum Teufel damit! Er warf jeder Ratte einen Brocken Schokolade zu. Wenn er doch nur die menschlichen Ratten, die hinter ihm her waren, so leicht loswerden könnte . . .

»Eins nach dem anderen«, sagte Hauser auf dem Bildschirm. »Zuerst müssen wir diese Wanze in deinem Kopf loswerden.« Er tippte sich mit dem Finger genau zwischen die Augen. »Nimm dieses Ding in dem Plastikbeutel . . .« Er hielt den Beutel hoch, denselben, den Quaid nun hatte. »Und stecke es in deine Nase.«

In die Nase? Wie angenehm! Aber wahrscheinlich besser als eine Kugel im Kopf, und genau dazu würde die Wanze führen.

Er öffnete den Plastikbeutel und nahm das chirurgische Instrument heraus. Es sah aus wie der metallische Tentakel eines Außerirdischen.

Er drückte auf den Kolben. Heraus kam ein kleinerer Tentakel mit einer winzigen Greifklaue. Er dachte unwillkürlich an eine Schlange, die aus einem Loch in der Wand zuschlug, etwas faßte und in die Wand zurückzerrte. Und dieses Ding sollte er in seine Nase stecken?

»Keine Angst, es findet den Weg von allein«, sagte Hauser aufmunternd. »Drücke es nur ganz hoch – bis in deine Stirnhöhle.«

Quaid fiel ein uralter Witz ein: *»Wenn mein Hund mir nicht gehorcht, bekommt er ein Steak.« »Aber er mag Steaks doch sicher!« »Aber nicht, wenn ich es ihm in die Nase stecke.«* Dieser Hund würde auch nicht dieses Folterinstrument in seiner Nase mögen. Doch für Quaid ging es um viel mehr als nur um ein Steak: um sein Leben nämlich.

Er mußte es tun. Vorsichtig steckte er das Instrument in seine Nase und schob es hoch. Er verzog vor Schmerz das Gesicht. Mit normalen Schmerzen – wenn er etwa mit der Faust gegen eine Wand schlug – wurde er fertig, doch es hatte etwas eigentümlich Unangenehmes an sich, sich einen Gegenstand in die Nase zu schieben. Er stellte sich einen dieser rotierenden Abflußreiniger vor, der sich selbsttätig in das Rohr bohrte, um eine Verstopfung zu beseitigen. Doch hier handelte es sich nicht um verklumpten Unrat, sondern um seine Nase.

»Und sei vorsichtig«, sagte Hauser auf dem Bildschirm. »Es ist auch mein Kopf.«

Ehrlich? Quaid setzte sich müde auf den Boden und fuhr mit der Prozedur fort. Die metallene Schlange arbeitete tatsächlich selbständig; sie schien zu wissen, wohin sie sich zu wenden hatte. Sie brauchte nur einen ausreichenden Schub. Verdammt, wie er das haßte!

Richter und seine Männer verteilten sich in der geräumigen Fabrik und setzten die Suche fort. Sie benutzten kleine, aber starke Taschenlampen. Obwohl sie leise vorgingen, flohen Ratten und Tauben vor ihnen. Richter hoffte, daß sie das Zielobjekt nicht warnen würden; er wollte den Mann überraschend angreifen. Zum einen mochte das einige Menschenleben retten. Soviel mußte er ihm zugestehen: acht Agenten an einem Tag ausgeschaltet, von einem Mann, der buchstäblich nicht wußte, wer er war. Das sprach Bände für die Agency-Ausbildung! Zu schade, daß sie es sich nicht leisten konnten, alle Agenten so auszubilden!

Das Gesicht zu einer schrecklichen Grimasse verzerrt, schob Quaid das Instrument höher. Es bewegte sich das letzte schmerzhafte Stück durch seine Nase hinauf. Er drückte auf den Kolben.

Ein Knorpel knirschte, und der Schmerz war vergessen. Er wurde durch aufflammende Qualen ersetzt. Quaid taumelte und wäre beinahe zusammengebrochen. Wäre ein Kugel wirklich schlimmer gewesen? Zumindest hätte sie ihn schneller getötet!

»Wenn du das Knirschen hörst, hast du es geschafft«, sagte Hauser ermutigend.

Herrje, schönen Dank für Ihre aufmunternden Worte, Herr Doktor! Quaid lehnte sich gegen die Mauer und ruhte sich aus; der fremde Tentakel steckte noch immer in seiner Nase. Er fühlte, wie Blut durch die Stirnhöhle sickerte, wie kochendes Salzwasser, das durch kalte Kalksteinhöhlen tropfte. Oh, diese Schmerzen! Seine Nase fühlte sich so geschwollen an, daß sich bei ihm der Eindruck einstellte, sie habe seine Augen nach außen gedrückt, wie bei einem Frosch.

Mittlerweile sprach Hauser weiter. Die Kamera rückte noch näher an sein Gesicht heran. »Das ist unser Plan. Schaff deinen Arsch zum Mars und nimm dir ein Zimmer im Hilton. Zeige den Brubaker-Ausweis vor.« Einer der falschen Ausweise in der Tasche war auf diesen Namen ausgestellt. »Das wäre vorerst alles. Tu einfach, was ich sage, und wir können das Arschloch festnageln, das uns beide reingelegt hat.« Hausers Tonfall wurde persönlicher. »Ich zähle auf dich, Kumpel. Laß mich nicht im Stich.«

Der Monitor schaltete sich selbsttätig aus. Quaid blieb allein in der Dunkelheit zurück, von mehr als nur den Schmerzen überwältigt.

Er hatte seine Informationen bekommen. Er war Hauser, ein

Agent des Mars-Geheimdienstes. Das erklärte seine besonderen Fähigkeiten, was seine Hände und Waffen betraf. Agent war ein beschönigender Ausdruck für Killer, im Namen der Mission. Er hatte auf der falschen Seite gestanden und stand nun auf der richtigen; daher waren seine ehemaligen Kollegen nun seine Feinde.

Doch warum hatten sie ihn nicht einfach umgebracht, wenn sie ihn geschnappt hatten, nachdem er die Seiten gewechselt hatte, wie es ja offensichtlich der Fall war? Warum unternahmen sie so große Anstrengungen, einem Mann, den sie für einen Verräter hielten, auf der Erde eine neue Existenz zu verschaffen, mit einer so tollen Frau wie Lori und einem anständigen, wenn auch langweiligen Job? Er hatte angenommen, dies sei geschehen, um ihn zu schützen, bis er bei irgendeinem Prozeß aussagen sollte, doch nun schien sich herausgestellt zu haben, daß seine Feinde ihm sein neues Leben verschafft hatten. Das ergab nicht den geringsten Sinn. Also mußte es noch eine Menge geben, was er nicht wußte.

Na ja, zumindest wußte er nun, wo er die Antworten finden würde. Er atmete tief ein, ergriff den Tentakel und zog ihn aus seiner Nase. Er kam heraus, verschmiert mit Blut und Schleim, während die Schmerzen erneut aufflammten.

Benommen vor Agonie betrachtete er die funkelnde Silbererbse in der blutbefleckten kleinen Klaue. Das war also die Wanze! Sein erster Gedanke lautete, sie einfach wegzuwerfen, doch dann hatte er eine bessere Idee.

Er wickelte das Handtuch von seinem Kopf und wischte sich damit das Blut von Händen und Gesicht ab. Dann zog er einen Marsriegel hervor. Er hatte zwar keinen Hunger mehr, doch er wollte ihn auch nicht essen.

Er sah Ratten in den Schatten. Die Nachricht war weitergegeben worden: kostenlose Nahrung. Na ja, er war in Geberlaune, wenngleich seine Nase sich anfühlte, als sei sie von einer riesigen Rattenfalle zertrümmert worden. »Stellt euch in einer Reihe auf, Kumpels«, murmelte er den Ratten zu. »Jeder von euch soll dieselbe Chance haben.«

PIEEEP! Ein hellroter Punkt blitzte auf dem Spürhund auf. »Ich habe ihn!« rief Richter und führte die Agenten im Laufschritt durch die Fabrik.

Quaid packte all seine Besitztümer wieder in die Tasche. Er war gerade bei dem Videomonitor angelangt, als das Licht von Taschenlampen die staubige Luft durchschnitt. Er ließ das Gerät fallen und rannte zu einem Schutthaufen hinüber, während ein Kugelhagel durch den Raum pfiff. Wer immer dort schoß, er wollte kein Risiko eingehen. Quaid sprang leise aus dem Fenster und rannte, so schnell ihn seine Beine trugen.

Richter und seine Männer liefen wie Raketen mit Wärmesuchköpfen nach rechts und links. Das Ortungsgerät zeigte die genaue Position des Zielobjekts. Der Narr mußte vergessen haben, das Signal zu dämpfen, falls er überhaupt davon gewußt hatte. Vielleicht hatte er etwas getan, was die Impulse störte, ohne es zu ahnen, und es nun aufgegeben.

»Er bewegt sich«, sagte Richter. »Hier rein!« Er spurtete durch eine Tür in den Raum, auf den er gezeigt hatte.

Etwas bewegte sich. Sie entfesselten einen Feuersturm von Kugeln, der den Raum zerfetzte.

Sie stellten das Feuer ein. Plötzlich war es sehr still. Es war niemand in Sicht. *Was zum Teufel . . .?* Richter überprüfte den Spürhund.

Der rote Punkt war da. Er bewegte sich. Ein Geräusch erklang laut in der Stille.

»Dort!« rief Richter.

Sie feuerten mit den automatischen Gewehren eine weitere Salve ab. Eine Blechdose flog zerfetzt in die Luft.

Er überprüfte erneut das Ortungsgerät. Der rote Punkt entfernte sich. »Nein, dort!« Er deutete unter ein stillgelegtes Fließband.

Sie liefen an dem Band entlang und schossen darunter.

Immer noch keine Leiche – und der Punkt bewegte sich noch immer auf dem Ortungsgerät, genau an der Stelle vorbei, auf die sie zuletzt gefeuert hatten. Hatte der Mann neun Leben?

Ein scharrendes Geräusch bewegte sich in der Dunkelheit über den Boden. Sie feuerten darauf und zerfetzten einen Abfallhaufen.

Richter ließ die Taschenlampe über den Müll gleiten. Quaids Leiche lag nicht in dem Unrat.

Verwirrt sah er noch einmal auf das Ortungsgerät. Der aufblitzende Punkt zeigte eindeutig an, daß sich Quaid direkt vor ihnen befand. Aber da war nur Abfall.

Richter ließ den Lichtstrahl über den Unrat gleiten und erhellte . . .

. . . eine verschreckte Ratte, mit dem Rest eines Marsriegels im Maul. Der Spürhund hatte die Ratte angezeigt.

Nun begriff er. Das Arschloch hatte die Wanze an die Ratte verfüttert. Sie hatten die Ratte gejagt, während das Zielobjekt geflohen war.

Sie waren schon wieder überlistet worden.

Wütend zerfetzte er die Ratte in tausend Stücke.

Während sich langsam ein roter Nebel des Zorns vor seinen Augen hob, merkte Richter, daß Helm neben ihm stand und die Überreste eines Video-CD-Spielers in der Hand hielt. Das Gerät war von einem Querschläger getroffen worden und plärrte nun wie eine zerbrochene Schallplatte. Richter drehte langsam den Kopf und beobachtete auf dem zerbrochenen Bildschirm einen von Rauschen durchdrungenen Teil der aufgezeichneten Nachricht.

Nur ein kleiner Splitter der CD war erhalten geblieben, doch immerhin noch genug, um Hausers Stimme erkennen zu können: »Schaff deinen Arsch zum Mars *squrtrk* schaff deinen Arsch zum Mars . . .«

Kapitel 14 · *Schiff*

Helm saß wieder hinter dem Steuer. Richter bereitete sich kochend vor Wut auf einen Lagebericht vor. Er schaltete das Videofon auf AUFNAHME und sah zu, wie sein eigenes Gesicht auf dem Bildschirm erschien, als sei es ein Spiegelbild.

»Es sieht nicht gut aus«, sagte er. »Er erinnert sich an all seine Einsatztechniken, und er bekommt Hilfe von diesem – stellen Sie sich das vor! – Stevens, und wer weiß von wem noch.« Er zog eine Grimasse, wie ein guter Mann, der sich mit unfähigen Kollegen herumschlagen mußte; sollte Cohaagen daraus schließen, was er wollte. »Ich habe alle Raumhäfen in höchste Alarmbereitschaft versetzt, doch wenn er beim Start der nächsten Rakete nicht aufgetaucht ist, nehme ich das nächste Shuttle und warte auf dem Mars auf ihn.«

Er drückte einen Knopf. Die CD lief zurück und wiederholte dann: ». . . warte auf dem Mars auf ihn.«

Das reichte. Er ließ die CD auswerfen, drehte sich zu einem Agenten auf dem Rücksitz um und gab sie ihm. »Senden Sie das an Cohaagen, *nachdem* ich abgeflogen bin.«

Der Mann nickte. Er brauchte nicht zu wissen, warum die Nachricht auf diese und keine andere Art weitergegeben werden sollte, er mußte nur seine Befehle befolgen. Wenn Cohaagen versuchen sollte, sie zu widerrufen, würde es schon zu spät sein.

Richter hatte vor, sein Zielobjekt festzunageln, ganz gleich, wer sich ihm in den Weg stellte, und sollte es sein Boß sein.

Hinter den hin und her flappenden Schweibenwischern sah er den Raumhafen in Sicht kommen. Na ja, eins hatte es für sich, zum Mars zu fliegen: Dann kam er endlich aus diesem verdammten Regen heraus! Der Mars war trocken, eine Wüste; dort regnete es nie.

Am nächsten Tag schritt Richter durch den leeren Aufenthaltsraum des Schiffes. Mehrere Sicherheitswachen folgten ihm auf dem Fuß. Das Passagierschiff vibrierte und polterte unter den Startvorbereitungen.

»Wir haben überall nachgesehen«, sagte eine der Wachen. »Im Gepäckraum, der Kombüse . . .«

»Den Quartieren der Besatzung«, warf eine zweite Wache ein.

»Was ist mit dem Gehäuse der Landevorrichtung?« fragte Richter kurz und bündig.

Die beiden Sicherheitswachen sahen sich an. Offensichtlich hatten sie diese Möglichkeit übersehen.

»Ich überprüfe das«, sagte Helm und ging eine Treppe hinab.

Richter kam an einem Bullauge vorbei, durch das er die gedrängten Triebwerke und die Schwingen des Passagierraumers sehen konnte. Es war ein schweres Schiff, langsamer, aber komfortabler als ein Shuttle. Touristen waren empfindlich, was Dinge wie Beschleunigung und Schwerelosigkeit betraf, obwohl es effizienter war, mit hoher Beschleunigung zu starten und sich dann treiben zu lassen. Alles für die verdammten Touristen!

Er ging weiter in den Kabinenbereich. In diesem Abschnitt enthielt jede Kabine eine transparente Schlafkapsel. Die normalen Passagiere zogen es meistens vor, die gesamte Reise schlafend in ihrer Kapsel zu verbringen. Manche wählten aber auch einen Schlaf-Wach-Rhythmus, um die Gesellschaft der anderen Passagiere genießen und zumindest einen Teil der Pracht des Weltraums durch die äußeren Bullaugen beobachten zu können. Die Kabinen verfügten auch über innere Bullaugen, und – zum Glück für Richter – hatten die meisten Passagiere das Glas noch nicht auf die undurchsichtige Färbung justiert.

Der Kapitän des Schiffes stürmte heran und stellte sich ihm wütend in den Weg. »Nicht schon wieder! Wir haben bereits zwei Sicherheitsüberprüfungen durchgeführt!«

Richter ignorierte ihn. Er schritt weiter durch den Gang und musterte durch die Reihen der Bullaugen die Gesichter der Passagiere, die sich ihm zur Inspektion präsentierten. Hinter einem

Bullauge erspähte er den Hinterkopf eines Passagiers. Er schlug mit der Faust auf die Scheibe. Der Passagier drehte sich um und sah ihn an.

»Niemand hat das Schiff betreten oder verlassen«, sagte der Kapitän. Er hatte offensichtlich die Nase voll, konnte aber nichts dagegen tun.

Ohne auf den Kapitän zu achten, gelangte Richter an ein paar Bullaugen, deren Glas gefärbt war. Das versprach schon mehr! Er riß die Türen auf. Bei keinem der Passagiere handelte es sich um Quaid.

»Wir haben schon über zwei Stunden Verspätung!« protestierte der Kapitän. Als Richter keine Antwort gab, hatte der Kapitän genug. Er nahm den Hörer eines Wandtelefons ab. »Werfen Sie die Maschinen an. Wir starten.«

Nicht, bis Richter sein Einverständnis gegeben hatte! Er überprüfte die nächsten Schlafkapseln.

Eine große, fette Frau watschelte vom Heck des Schiffes in Richtung Bug. Sie schleppte an mehreren Paketen. Als der Kapitän auflegte, drängte sie sich an ihm vorbei. Sie war so eitel, daß sie sogar Schuhe mit hohen Absätzen trug, obwohl sie damit die meisten Männer überragte und sie absolut nicht zu ihren wurstförmigen Beinen paßten.

»Verzeihung, Madam«, sagte der Kapitän mit erzwungener Höflichkeit. »Sie müssen in ihre Schlafkapsel zurückkehren.«

»Wo ist meine Kabine?« fragte die Frau und hielt ihm eine Bordkarte vors Gesicht.

»Nummer neunzehn. Einfach geradeaus.«

»Danke.« Sie watschelte gemächlich weiter.

Die Triebwerke wurden aufgrund des Befehls des Kapitäns zu größerer Lautstärke hochgefahren. Richter trat aus einer Kabine und drängte, von der kurzen Berührung angeekelt, die fette Frau zur Seite. »Was ist das für ein Lärm?«

»Wir müssen jetzt starten, sonst verpassen wir die Mondschleife«, sagte der Kapitän. »Sie sind herzlich willkommen, den Flug mitzumachen.«

»Sie können erst starten, wenn ich es sage!« entgegnete

Richter. »Die Sicherheit hat über die Einhaltung des Fahrplans Vorrang.«

»Wirklich? Da muß ich im Handbuch nachsehen. Ich schlage vor, daß Sie eine der leeren Kojen nehmen, wenn Sie die Beschleunigung nicht hier auf dem Boden ertragen wollen. Wir haben die Schleuse bereits versiegelt.«

Richter begriff, daß der Kapitän den gleichen Trick mit ihm abzog, den er mit Cohaagen abgezogen hatte. Er würde dem Kapitän nicht nachweisen können, daß er gewußt hatte, daß die Sicherheitsbestimmungen Vorrang hatten, und bis er die Dienstvorschriften zu Rate gezogen hatte, hatte sich das Problem von selbst erledigt: Dann würden sie sich schon im Raum befinden.

Er warf dem Kapitän einen Blick zu und wollte zu einer scharfen Erwiderung ansetzen, als Helm zurückkam. »Ich habe die Landevorrichtung überprüft. Sie ist in Ordnung.«

Der Kapitän winkte eine vorbeigehende Stewardeß zu sich. »Charlotte, führen Sie diese Herren zu ein paar Kabinen«, sagte er energisch. Dann wandte er sich in Richtung Bug.

»Hier entlang«, sagte die Stewardeß mit einem freundlichen Lächeln.

Richter folgte ihr zähneknirschend. Sein einziger Trost war, daß Cohaagen bestimmt noch wütender mit den Zähnen knirschen würde.

Richter und Helm folgten Charlotte zum Heck. Der Kapitän hielt auf das Cockpit am Bug zu. Er kam an der fetten Frau vorbei, die sich noch immer bemühte, in ihre oben gelegene Koje zu klettern.

»Wo ist meine Kabine?« fragte die fette Frau.

»Hier, Ma'am«, entgegnete der Kapitän geduldig. »Sie haben sie schon gefunden.« Als er an ihr vorbeiging, schüttelte er den Kopf. Es war ein langer Tag gewesen.

Richter warf einen Blick zurück und lächelte kurz. Er freute sich, daß auch der Kapitän seine Probleme hatte. Geschah ihm recht.

Charlotte zeigte ihnen eine Schlafkapsel. Sie lächelte ohne

die geringste Spur von Arglist, was bedeutete, daß sie in ihrem Beruf genauso Profi war wie er in dem seinen.

Was unternahm eine hübsche Stewardeß während der langen, eintönigen Stunden der Reise in ihrer Freizeit? Vielleicht lohnte es sich, das herauszufinden, wenn er schon hier festhing. Und sie konnte auch eine nützliche Verbündete sein, denn sie hatte mit allen Passagieren Kontakt. Wenn er sie bat, ihm alle seltsamen Vorkommnisse zu melden, würde ihm das vielleicht weiterhelfen.

Richter setzte sein freundlichstes Lächeln auf, das genauso geheuchelt war wie das von Cohaagen.

»Vielen Dank, Miß«, sagte er. »Vielleicht sehen wir uns ja bald schon wieder.«

Ihr Lächeln erlosch, als habe sie gerade eine große, fette Spinne in ihrer Handtasche erspäht. »Das bezweifle ich, Sir«, sagte sie und setzte zu einem hastigen Rückzug an.

Verdammt!

Die fette Frau schloß schnell die Tür ab und färbte mit einem Knopfdruck deren Glas undurchsichtig. »Wo ist meine Kabine?« fragte sie, obwohl sie allein in der Schlafkapsel war.

Sie hob die Hände, ergriff ihre Ohren und zog energisch daran. Plötzlich riß ihr Gesicht in der Mitte auf. Die Haut schälte sich auf beiden Seiten der Nase ab, und mit ihr verschwanden auch die fülligen Wangen und das Dreifachkinn.

Darunter befand sich das Gesicht eines Mannes. Es war Douglas Quaid.

Er zog den Rest des künstlichen Gesichts hinab. Sogar das Haar war falsch, und auch die kleinen Ohrringe. Als er es vollständig von seiner Haut gelöst hatte, klappte es zusammen und nahm seine ursprüngliche flache Form wieder an.

»Wo ist meine Kabine?« fragte das Gesicht klagend. »Wo ist meine Kabine?«

Er hob es hoch und stach mit einem Finger darauf ein, doch es sprach weiter. »Wo ist meine Kabine?«

Verärgert warf er das Gesicht gegen die Wand. Es verstummte.

Er entspannte sich. Dann, nach einem kurzen Augenblick, sprach das Gesicht wieder. »Vielen Dank.«

Er mußte lächeln. Immerhin hatte die Maske ihre Aufgabe erfüllt und die Killer getäuscht.

Er machte sich nicht die Mühe, das Kleid auszuziehen oder die Schaumstoffschichten zu entfernen, die seinen schlanken Körper in die üppige Gestalt der fetten Frau verwandelten. Er hatte sich bereits daran gewöhnt, und außerdem wollte er sich an Bord nicht ohne seine Verkleidung erwischen lassen. Er hatte sich bereits entschlossen, die Reise in der Schlafkapsel zu verbringen, und würde die Maske nach dem Start entfernen. Er wollte nicht das geringste Risiko eingehen.

Als er sich in seiner Kapsel zurücklehnte, betrachtete er den bemerkenswertesten Teil der Verkleidung, mit der Hauser ihn versehen hatte. Die Schuhe waren mit dünnen, biegsamen Hologrammen bedeckt, die den Eindruck vermittelten, er trüge Damenschuhe mit extrem hohen Absätzen, obwohl seine Fersen innen flach auflagen. Dadurch wirkte er zehn Zentimeter kleiner, denn die Menschen zogen die Höhe der Absätze automatisch von seiner Größe ab. Er stellte noch immer eine große, kräftig gebaute Frau dar, würde jedoch damit durchkommen. Er durfte nur nicht seine Knie zeigen, denn seine Waden wirkten verkürzt. Zum Glück würde eine so fette Frau keinen Wert darauf legen, viel Fleisch zu zeigen; ihr Rock fiel fast bis zu den Schuhen und verbarg seine Beine.

Aber die Maskerade versteckte noch mehr. Er hatte gewußt, daß er eine Pistole brauchen würde, sie aber nicht an Bord einer U-Bahn, geschweige denn eines Raumschiffs schmuggeln konnte. Also hatte er sich auf dem Schwarzen Markt eine ganz besondere Waffe besorgt. Sie bestand vollständig aus Plastik und anderen nichtmetallischen Materialien und löste garantiert keinen Alarm aus. Man konnte Plastik so hart wie Stahl pressen und die Kugeln mit Plastiksprengstoff füllen, der beim Aufprall detonierte. Solche Waffen waren seit Jahrzehnten verboten, doch man konnte sie sich beschaffen – für einen hohen Preis. Diese Waffe hier hatte noch einen Vorteil: Sie ließ sich in unverdächtige Einzelteile zerlegen. Die Knöpfe am Kleid der fetten Frau, die Verzierungen an ihren Schuhen, die Spangen in ihrem Haar – alles Einzelteile der Waffe. Doch selbst bei einer körperlichen Durchsuchung wies nichts auf ihre eigentliche Natur hin. Es würde eine Weile dauern, die Waffe zusammenzusetzen, doch vielleicht rettete sie ihm einmal das Leben. Vorausgesetzt, er brauchte sie nicht gerade, solange er noch verkleidet war!

Eigentlich konnte er sie nun, da er die Routineüberprüfungen beim Betreten des Raumschiffs hinter sich gebracht hatte, zusammensetzen und griffbereit in der Handtasche halten. Denn sobald sie den Mars erreicht hatten, konnte er sie in ein paar größere Bestandteile zerlegen, die er dann wiederum in der Handtasche und seinen Schuhen verbergen konnte. Auf dem Mars gab es nicht so ausgeklügelte Röntgen-Sensoren wie auf der Erde; dort wurde noch eine routinemäßige Leibesvisitation betrieben, die jedoch, wie er gehört hatte, sehr oberflächlich vonstatten ging. Also konnte er die Waffe am Zoll vorbeischmuggeln und dann schnell wieder zusammensetzen. Er würde seine Kleidung neu arrangieren müssen, denn ihm fehlten dann ja einige Knöpfe, doch Frauen waren schließlich dafür bekannt, solange er nicht in einen Wirbelsturm geriet. Und die Wahrscheinlichkeit dafür war auf dem fast luftlosen Mars sehr gering.

Das Tosen der Triebwerke wurde lauter. Das Raumschiff erbebte heftig. Hoffentlich lösten sich die Schaumpolster während des Starts nicht! Er schnallte sich schnell auf dem Bett fest, und das Schiff hob sich.

Er lehnte sich zurück und entspannte sich. Das war die einzige Möglichkeit, die Beschleunigung zu verkraften. Nun konnte er seine langsam zurückkehrenden Erinnerungen durchforsten; was er gestern abend erfahren hatte, würde ihm dabei helfen. Er war also Hauser, ein übergelaufener Agent. Das gefiel ihm. Er hatte genug von den Methoden der Agency erlebt, um zu wissen, daß er damit nichts zu tun haben wollte. Doch was für ein Geheimnis war ihm bekannt, daß er so gefährlich für sie war? Da hatte er noch eine Erinnerungslücke. Warum hatten sie so große Mühe auf sich genommen, um ihn am Leben und bei bester Gesundheit zu halten, obwohl sie eine ganze Mannschaft abstellen mußten, um ihn zu beobachten und bei Laune zu halten? Sie mußten *irgend etwas* von ihm wollen. Doch da herrschte ebenfalls nur Leere.

Zumindest war er auf dem Weg zum Mars, wo die Antworten warteten. Zum Mars, wo sich die Frau seiner Träume befand. Er war nun überzeugt, daß es sie wirklich gab. Er hatte von ihr geträumt, weil er sich an sie erinnerte, auf einer Ebene, die von dem Implantat unterdrückt wurde, das ihn in Quaid verwandelt hatte. Irgendwie war ein Teil dieser Erinnerungen durchlässig gewesen, so daß er den Wunsch verspürte, zum Mars und zu der Frau zurückzukehren. Bei ihr würde er auch den Rest seiner Vergangenheit finden.

Doch zuerst mußte er sich mit Cohaagen befassen. Hauser hatte ihm das gesagt, und es klang vernünftig. Er würde nicht überleben, wenn Cohaagen und seine tödlichen Helfershelfer weiterhin frei herumliefen.

Die Beschleunigung drückte ihn zurück und erschwerte ihm das Atmen. Er stellte fest, daß er hauptsächlich an drei Dinge dachte: Cohaagen auszuschalten, mit der Marsfrau zu schlafen und an noch etwas anderes von überwältigender Bedeutung. Doch es wollte ihm nicht einfallen. Noch nicht.

Er orientierte sich an diesem dritten Punkt, denn er wußte, daß darin der Schlüssel zu dem gesamten Rest lag. Es war ... es war das, was er hatte tun wollen, als er mit der Frau zusammen gewesen und in den Abgrund gestürzt war. Es war dort, unter der Marsoberfläche. Doch was war es? Der physische Aspekt war nur ein Teil davon. Doch da war noch viel mehr ...

Er verlor den Faden. Er ließ die Sache für den Augenblick ruhen und zog den Vorhang beiseite, um aus dem Bullauge zu sehen. Er stellte sich vor, wie er sich in ein Gespenst verwandelte, in ein Hologramm, und durch das Schott flog und das

Schiff heimsuchte, bis er dann die lauten, glühenden Düsen des Antriebs fand. Wenn er doch nur seine falsche Identität wegbrennen und seine wirkliche wieder einnehmen könnte, wenn er nur wüßte, was tief in seinem Gehirn verborgen lag und von Bedeutung für das Schicksal einer Welt war...

Kapitel 15 *Raumhafen*

Es war dunkel und still. Dann trieb Phobos in Sicht, der größere der beiden kartoffelförmigen Marsmonde. Er war etwa fünfundzwanzig Kilometer lang, hatte einen Durchmesser von zwanzig und eine Höhe von achtzehn, womit er für einen Mond ziemlich klein war, aber immerhin noch etwa doppelt so groß wie sein Gefährte Deimos. Er war so häßlich, wie es ein kahler Felsbrocken nur sein konnte, kaum mehr als ein Bruchstück, das aus einem größeren Körper gerissen worden und in seiner Unregelmäßigkeit erstarrt war. Doch er war hervorragend für ein Rendezvous geeignet, denn es handelte sich bei ihm um einen festen Körper ohne nennenswerte eigene Schwerkraft.

Der Passagierraumer kam in Sicht und näherte sich dem Mond. Das Schiff wirkte im Vergleich zu ihm winzig, ein bloßer Punkt. Dann erschien über den beiden Körpern die gewaltige rote Masse des Mars, im Verhältnis zu ihnen so groß, daß sich nur seine Sichel zeigte. Und doch war der Mars einer der kleinsten Planeten, der kaum ein Zehntel der Erdmasse hatte. Wie der Blickwinkel die Dinge doch veränderte!

Quaid, der sich an Bord des kleinen Shuttles befand, beobachtete, wie Phobos und das Passagierschiff zurückwichen. Die anderen Passagiere schenkten dem keine Beachtung; sie wirkten genauso gelangweilt wie den Rest der Reise über. Ihnen ging es nur um Touristentrophäen und die Spieltische. Doch er war geradezu fasziniert. Hier befand sich das Rätsel seines Lebens, und zwar nicht nur in Form der Menschen, die hier lebten. Die Landschaft des Mars hatte etwas an sich . . .

Das Shuttle bekam Schub und verringerte die Entfernung. Allmählich veränderte sich Quaids Blickfeld, bis er den Planeten nicht mehr über, sondern unter sich sah. Das war schon etwas angenehmer.

Das Shuttle flog nun über die zerklüftete, von Kratern aller Größe zerrissene Marslandschaft. Quaid war wie gebannt, konnte den Blick nicht von ihr lösen. Es war fast wie in seinem Traum, nur . . . nur . . .

Er schüttelte den Kopf. Es wollte ihm einfach nicht einfallen. Er hatte den Eindruck, daß man sein Gedächtnis wie einen langen Strick stramm um seinen Körper gezogen hatte, der ihn würgte und nur an ein paar Stellen lockerer war und seine Haut aufscheuerte, wenn er gegen ihn ankämpfte. Er brauchte mehr als nur seine Gedanken, um sich davon zu befreien.

Das Terrain war unfreundlich, wie es sich für einen Planeten gehörte, der nach dem Gott des Krieges benannt war. Er sah einen Teil der gewaltigen Äquatorschlucht namens Valles Marineris, die an die fünftausend Kilometer lang war. Im Verhältnis dazu war der Grand Canyon der Erde wirklich winzig. An einigen Stellen waren ihre Wände zusammengebrochen, anscheinend von einer Flut unterspült. Es hatte auf der Marsoberfläche einst Wasser gegeben, und zwar eine Menge; nun war es zu vergrabenem Eis gefroren, zu Gletschern unter dem Staub und Sand der Oberfläche. Niemand konnte genau sagen, wieviel Wasser es dort gab, wenn man es nur freisetzen konnte, oder was darunter lag. Er sah die drei großen Vulkane auf dem Tharsis-Kamm. Er kannte diese Gegend; als er auf sie hinabsah, fiel es ihm wieder ein! Doch wo war das, was tiefer in seinem Gedächtnis vergraben war? Es hatte etwas mit dem Eis zu tun . . .

Nun näherte sich das Shuttle dem Gipfel des Olympus Mons, der seinem Gedächtnis zufolge dreiundzwanzig oder fünfundzwanzig Kilometer hoch war, ein gewaltiger Berg, wie es keinen zweiten im Sonnensystem gab. Es mutete vielleicht seltsam an, daß ein Planet, der viel kleiner als die Erde war, vulkanische Berge aufzuweisen hatte, die viel höher als irgendeiner auf der Erde waren, doch das lag an der geringeren Schwerkraft und der Tatsache, daß die Planetenoberfläche nicht ständig in Bewegung war. Auf der Erde hätten die Kräfte der Schwerkraft und des Wetters solch ein Gebilde schon längst niedergezwungen, und der in Bewegung befindliche Erdmantel neigte dazu, Vulkane vom Erdinneren zu trennen, bevor sie großen Schaden anrichten konnten.

Die Rückstoßraketen feuerten, und das Shuttel setzte zu einer vertikalen Landung an. Auf der felsübersäten Chryseebene öffnete sich das Dach des Raumhafens und enthüllte eine Landefläche. Das Shuttle sank hinab, und das Dach schloß sich über ihm. Solche Vorrichtungen waren nötig, da die Luft des Mars viel zu dünn war, um ein Verlassen des Raumschiffs auf der Oberfläche zu ermöglichen.

Quaid stieg, in der Verkleidung der fetten Frau, mit den anderen Touristen aus. Er zeigte den Ausweis vor, den Hauser in die Tasche gelegt hatte, und bekam einen Stempel darauf: BUNDESKOLONIE MARS/KONFÖDERATION DER NÖRDLICHEN NATIONEN. Niemand kontrollierte die Papiere genau; der Mars benötigte sowohl Touristen wie auch Kolonisten und hatte die Formalitäten daher auf ein Minimum beschränkt. Das bedeutete, daß die Einreise normalerweise in ein paar Stunden vonstatten ging.

Zwei Minuten wären natürlich besser gewesen. Doch dazu war die Bürokratie nicht imstande. Selbst wenn es nur eine kleine Tasche zu überprüfen galt, die nicht mehr als einen Marsriegel enthielt, wurde dazu eine Stunde benötigt. Auf anderen Planeten, die nicht darauf angewiesen waren, einen so guten Eindruck zu machen, hätte es vier Stunden gedauert, und noch länger, hätte der Einreisende sich beschwert. Zollbeamte waren eben kleine Tyrannen über ihr Herrschaftsgebiet, die niemals verstehen würden, warum Besucher sie nicht mochten.

Zum Glück erleichterte die Schwerkraft des Mars das Schlangestehen. Sogar eine fette Frau wie er wurde damit fertig.

In der Zollabfertigungshalle des Raumhafens mußten die Reisenden sich in drei langen Schlangen anstellen und darauf warten, von den drei diensttuenden Zollbeamten abgefertigt zu werden. Warum hatten sie nicht zwölf Zollbeamte eingestellt, die zwischen den Landungen der Raumschiffe anderen Pflichten nachgingen? Richter lächelte wissend. Das wäre einfach zu schnell gewesen. Besucher mußten die Macht der Bürokratie zu spüren bekommen, die sich bewies, indem sie ihnen die Zeit stahl. Er wußte das zu schätzen. Zivilisten mußten ständig daran erinnert werden, wer die Macht innehatte.

Er sah sich um. Ein imposantes Bild Cohaagens hing an der vorderen Wand und begrüßte alle Besucher. Bewaffnete Soldaten hielten Wache, für den Fall, daß jemand protestieren sollte. Er erinnerte sich, einmal ein Video über die alten Zeiten gesehen zu haben, auf dem Nazis mit scharfen Hunden an den Schlangen patrouillierten und sie losließen, wenn ihnen jemand einen Vorwand dafür gab. Wie einfallsreich!

Er sah die fette Frau, die hinter einer Mutter mit einem Baby über der Schulter in der Schlange wartete, und verzog angewidert das Gesicht. Gott sei Dank nahm Lori niemals zu. Der Gedanke, sie bald wiederzusehen, besserte seine Laune.

Eine Soldateneskorte marschierte auf. Sie stießen die Leute beiseite, um Platz für Richter und Helm zu schaffen und sie an den Anfang der Schlange zu geleiten. Dabei rempelten sie die dicke Dame an, die mit dem lächelnden Baby herumalberte. Richter zuckte bei der Berührung zurück.

Zwei Agenten in Zivil erschienen und begrüßten Richter und Helm wie hohe Tiere. Na ja, warum nicht!

»Willkommen daheim, Mr. Richter!« sagte der erste Agent mit übertriebener Freundlichkeit. »Mr. Cohaagen möchte Sie sofort sprechen.«

Richter ging an den beiden vorbei und ließ sich kaum herab,

sie zur Kenntnis zu nehmen. »Was zum Teufel ist das?« Er deutete auf eine Graffiti an der Wand: KUATO LEBT. Ein Anstreicher war gerade damit beschäftigt, sie zu beseitigen.

»Es ist schlimmer geworden«, sagte der Agent verkniffen. »Die Rebellen haben letzte Nacht die Raffinerie übernommen. Es geht kein Turbinium heraus.«

Richter und seine Begleiter schritten den Gang entlang. Er verspürte Ekel. Botschaften vom mythischen Führer der Marsianischen Befreiungsfront hatten ihnen gerade noch gefehlt! Es reichte schon, sich mit diesem Verräter Hauser befassen zu müssen, ohne sich noch mit gar nicht existierenden Freiheitskämpfern abzugeben. Das schlimmste Problem bei Menschen, die es gar nicht gab, war, daß man sie nicht töten konnte.

Er erinnerte sich wieder an seinen Auftrag.

»Irgendwelche Neuigkeiten über Hauser?« fragte er.

»Kein Wort.«

Richter blieb stehen. Er betrachtete die geduldig wartenden Passagiere. Das Baby spielte mit dem Haar der fetten Frau. Die Frau hatte sich umgezogen, wirkte dadurch aber auch nicht attraktiver. Dann schlug das Baby der fetten Frau heftig ins Gesicht; es wußte gar nicht, wie stark es war.

»Wo ist meine Kabine?« fragte die fette Frau völlig aus dem Zusammenhang gerissen.

Mit leichtem Mißtrauen konzentrierte Richter sich auf sie. Wußte sie nichts anderes zu sagen?

Die fette Frau öffnete den Mund; sie wirkte erschrocken. Das Baby lachte.

Ach so. Sie spielte nur mit dem Kleinkind. Richters Mißtrauen hatte sich gelegt, und er wandte sich ab. Seine Begleiter hatten die Zollformalitäten fast schon hinter sich.

»Wo ist meine Kabine?« fragte die fette Frau erneut.

Richter blieb stehen und drehte sich wieder um. Plötzlich hatte sich sein verschwommenes Mißtrauen in einen scharfen Verdacht gewandelt. War das möglich?

Die fette Frau versuchte anscheinend, sich zu beruhigen, und hielt ihr Gesicht fest, als spräche es aus eigener Kraft. Das Baby lachte herzhaft über ihre Bemühungen. Die anderen Menschen sahen nun zu ihr hinüber, einschließlich der Soldaten, die ihr Benehmen für seltsam, aber nicht gefährlich hielten. Frauen neigten eben nun einmal dazu, mit Kleinkindern Späße zu machen; das war eine ihrer ärgerlichen Eigenschaften.

Dann sah die fette Frau zu ihm hinüber. Ihre Blicke trafen sich.

Jetzt war er völlig sicher! »Das ist Quaid!« knirschte er. »Haltet ihn auf!«

Die fette Frau verließ ihre Position in der Schlange und lief nach vorn; für ihre Größe bewegte sie sich überraschend flink. Sie riß ihr Gesicht auf, und die beiden Hälften fielen zu den Seiten hinab.

Die Soldaten waren schockiert; wahrscheinlich glaubten sie, die Frau habe eine abscheuliche Krankheit. Sie stürmte auf sie zu, und die Männer stolperten fast übereinander, um ihr auszuweichen und sich nicht von ihr berühren und anstecken zu lassen. Damit hatte die Frau freie Bahn und konnte sich von Richter entfernen.

Richter setzte Quaid nach und zog seine Waffe, konnte jedoch keinen Schuß abgeben. Die verdammten Touristen, die jetzt kreuz und quer durch die Halle liefen, nahmen ihm die Sicht.

Ein Soldat in unmittelbarer Nähe des Flüchtigen zog seine Waffe. Doch Quaid holte blitzschnell mit dem Arm aus, stieß ihn gegen einen anderen Soldaten und versetzte einem dritten einen Schlag ins Gesicht. Richter hätte die Geschicklichkeit des Mannes bewundert, wäre es nicht so wichtig gewesen, ihn festzunageln. An ihm zeigte sich, wie gut die Ausbildung der Agency war!

Doch Quaid würde sich nicht lange halten können. Er kam nicht aus dem Raumhafen heraus, und die Passagiere drängten sich an den Seiten der Halle zusammen. In einem Augenblick würde er Freiwild sein.

Quaid rannte einen Gang entlang. Damit hatte er einen Fehler gemacht! Er hatte den Überblick verloren. Sechs Soldaten verfolgten ihn, und Richter und Helm liefen hinter ihnen her. Sie würden die Ratte in einem Augenblick in die Enge getrieben haben!

An einer Kreuzung befand sich ein großes Fenster, durch das man die karge Marslandschaft sehen konnte. Draußen herrschte ein fast völliges Vakuum; dorthin konnte der Mann nicht entkommen!

Quaid wollte gerade um die Ecke biegen, doch ein junger Soldat tauchte vor ihm auf. Quaid warf ihm die zusammengefallene Maske zu, und er fing sie instinktiv auf. Die Maske schnappte zusammen und sagte: »Bereiten Sie sich auf eine große Überraschung vor.«

Der Soldat starrte sie an – und die Maske explodierte!

Die Detonation zerschmetterte das Fenster. Der Druck der Erdatmosphäre trieb die Scherben nach außen.

Luft strömte hinaus, und augenblicklich bildete sich ein Wirbelsturm. Der Raumhafen verlor seine Luft wie ein Ballon, in den man hineingestochen hatte. Die Menschen griffen nach allem, was niet- und nagelfest war, und kämpften um ihr nacktes Leben.

Dieser Idiot! dachte Richter. Sie hatten die Ratte in die Ecke getrieben, und da drehte sie völlig durch! Jetzt steckten sie alle in der Klemme.

Er sah, wie sich Quaid am Geländer einer offenen, nach unten führenden Treppe festhielt. Richter wußte, daß er besser als die meisten anderen imstande war, mit ihrer Lage fertig zu werden. Er würde sich in Sicherheit ziehen, während die Soldaten ihrem Schicksal hilflos ausgeliefert waren.

Einer der Soldaten, der in der Nähe des Fensters gestanden hatte, wurde durch die Öffnung in das Beinahe-Vakuum gezogen. Quaids Maske, Kleider und Schaumstoffpolster fielen von seinem Körper ab und folgten ihm hinaus. Quaid hing plötzlich in dem kurzärmeligen Hemd und den hochgerollten Hosen da, die er unter seiner Verkleidung getragen hatte. Die lächerlichen hochhackigen Schuhe waren ihm auch geblieben. Und er hielt noch seine Tasche fest!

Ein Zollbeamter kämpfte sich zu einem Kontrollpanel an der Wand und schaltete mit einem Faustschlag den Notalarm ein. Daraufhin senkten sich Metallbarrieren und deckten alle Fenster- und Türöffnungen zur Linken, Rechten, hinter und vor ihnen ab. SQQQRR-TSCHUNG! SQQQRR-TSCHUNG! SQQQRR-TSCHUNG!

Gut! Damit war nicht nur mit Luftverlust Einhalt geboten, jetzt steckte Quaid auch in der Falle, und sie konnten ihn erledigen. Diese Schutzbleche würde keine achtlose Kugel zertrümmern!

Er sah, wie sich Quaid hektisch umschaute. *Ja, sieh dich nur um, du Scheißkerl! Wir haben dich in die Enge getrieben! Und ich werde dich nun . . .*

Eine Barriere senkte sich langsam über den Gang neben der Treppe, an der Quaid hing. SQQQRRR!

Quaid stieß sich ab und rollte unter ihr hindurch, bevor . . .

TSCHUNG! Er hatte es geschafft.

Nein! dachte Richter wütend.

Eine Metallplatte senkte sich lautstark über das zertrümmerte Fenster. Hätte das Rettungssystem Grips gehabt, hätte es diese Öffnung zuerst abgedeckt und ihnen allen einigen Ärger erspart.

Der Wirbelsturm legte sich augenblicklich. Nun hatten die Touristen wieder genug Luft, um zu schreien. Zur Hölle mit ihnen!

Richter rannte zu der Barriere vor der Treppe. »Öffnen Sie sie! Nun machen Sie schon!«

»Tut mir leid«, sagte ein Soldat neben ihm, ein junger, offensichtlich noch unerfahrener Bursche. »Die Barrieren sind alle miteinander gekoppelt.«

Außer sich vor Wut schlug Richter dem Mann mit der Pistole ins Gesicht.

Kapitel 16 *Venusville*

Der laute, altmodische Zug, wahrscheinlich ein ausrangiertes Überbleibsel der New Yorker U-Bahn des zwanzigsten Jahrhunderts, verließ den Bahnhof und fuhr in einen dunklen Tunnel. Draußen waren klappende Geräusche und aufblitzende Lichter wahrzunehmen, als wolle sich das Ding jeden Augenblick von den Gleisen lösen und gegen einen Pfeiler prallen. Die schreckliche Enge an Bord des Zuges verstärkte das Gefühl des Unbehagens noch.

Quaid sah sich um und hielt nach möglichen Gefahren Ausschau. Er war im Augenblick nicht gerade passend gekleidet; als ihm seine ungesicherte Tarnung vom Leib gerissen wurde, hatte er mit Müh und Not die Handtasche festhalten können. Er bemühte sich, sie nicht gerade auffällig zu präsentieren. Doch niemand schien auf ihn zu achten. Die blasierten Marsianer (jeder, der schon länger als ein Jahr auf dem Mars weilte, bezeichnete sich als Marsianer) unterhielten sich, und es gelang ihm, den einen oder anderen Gesprächsfetzen aufzuschnappen.

»Dann kamen sie eine Woche später zurück«, sagte eine Marsianerin, »und haben die Hamiltons mitgenommen.«

»Aber die sind doch gar nicht politisch!« stimmte ihr Begleiter zu. Seine Stimme war gedämpft, aber wütend.

Interessant, dachte Quaid. ›Legale‹ Entführungen. Dieses kleine Detail wurde niemals erwähnt, wenn man potentiellen Kolonisten von der Erde den Mund mit beträchtlichen Bonuszahlungen wäßrig machte. Genausowenig wie die Fahndungsplakate, die das Innere des Zuges bedeckten. Auf ihnen war eine hohe Belohnung für den geheimnisvollen Führer der Rebellenstreitkräfte, Kuato, ausgeschrieben. Der Name stand in großen, deutlichen Buchstaben da.

Doch die Plakate zeigten keine Fotos.

Rotes Licht durchflutete den Waggon. Das Klappern ließ nach, als die U-Bahn auf die Marsoberfläche hinaustrat. Quaid betrachtete durch das Fenster die unheimliche Landschaft, sog sie geradezu in sich auf. Sie war karg, sie war furchterregend, doch es war das Land seiner Träume!

Als der Nachhall verklang, ging er zur anderen Seite des Waggons. Er starrte fasziniert hinaus, und starke Gefühle stürmten auf ihn ein.

Dort war der pyramidenförmige Berg aus seinem Traum! Auf einer Seite befand sich der Eingang eines Minenschachts. Sein Traum war Wirklichkeit gewesen! Alles, was er darin gesehen hatte, befand sich wirklich hier auf dem Mars!

Nach einem Augenblick drehte er sich um und klopfte einem Marsianer neben ihm auf die Schulter. »Entschuldigung. Was ist das?«

Der Mann sah ihn an und dann aus dem Fenster. »Sie meinen die Pyramidenmine?« Dann bemerkte er, daß Quaid sie fasziniert betrachtete. »Ich habe da mal gearbeitet, bis sie den außerirdischen Mist darin fanden. Jetzt ist sie geschlossen.«

Außerirdische Artefakte? Dann entsprach auch das der Wahrheit. Er *war* dort gewesen, und sein Traum war eine wirkliche Erinnerung und kein trübes Wunschgebilde. Doch wenn er in den Schacht gefallen war . . . wie hatte er ohne jeden Kratzer überleben können? Vielleicht war sein Sturz jedoch aufgehalten worden, und er hatte einen Schlag auf den Kopf abbekommen, der ihm die Amnesie eingebracht hatte. Doch das erklärte nicht, warum andere Menschen ihn töten oder warum Hauser mit Cohaagen abrechnen wollte. Er wußte noch immer viel zu wenig.

»Kann man den Berg besichtigen?« fragte er gedankenverloren.

»Ha! Die lassen auf fünfzehn Kilometer keinen ran!«

Also gab es dort irgendein Geheimnis. Warum hielt man die Menschen von dem Berg fern? Aber bei *ihm* würde das nicht gelingen. So oder so, er würde dort hinkommen und seine Vergangenheit enthüllen.

Und seine Frau finden.

Die Pyramidenmine wirkte auch aus einem anderen Blickwinkel sehr eindrucksvoll – nämlich von dem Gang aus betrachtet, der zu Cohaagens Büro führte. Richter sah durch die Glaswand auf den Minenkomplex hinaus und wünschte sich, auch einmal solch eine Anlage zu befehligen. Er betrat das Büro. Cohaagen saß hinter seinem Schreibtisch; er hatte ihm den Rücken zugewandt.

»Mr. Cohaagen«, sagte er. »Sie wollten mich sprechen?«

Cohaagen drehte sich mit seinem Stuhl um. Einen Augenblick lang lächelte er stumm. »Richter«, sagte er schließlich. »Wissen Sie, warum ich ein so glücklicher Mensch bin?«

Weil Sie der Boß sind, dachte Richter, und ihre Untergebenen zusammenscheißen können. Er setzte jedoch einen pflichtschuldigen Gesichtseindruck auf, der nichts davon verriet.

»Nein, Sir«, sagte er respektvoll.

»Weil ich einen ganz tollen verdammten Job habe«, sagte Cohaagen ruhig. »Solange das Turbinium fließt, kann ich tun und lassen, was ich will. Alles. Niemand sieht mir über die Schulter. Niemand interessiert sich dafür, wie ich lebe. Niemand gibt einen Scheißdreck darum, wenn ein paar Marsianer leiden müssen.« Er hielt inne.

»Ich will Ihnen die Wahrheit sagen«, fuhr er fort. »Ich würde mit dem Vorsitzenden nicht den Platz tauschen.« Er stand auf und beugte sich vor, die Hände auf dem Schreibtisch. »Ich muß mir nur über eins Sorgen machen. Daß eines Tages, falls die Rebellen gewinnen, alles vorbei sein könnte.«

Plötzlich explodierte Cohaagen vor Wut und knallte die Faust auf den Schreibtisch. Das kugelförmige Fischglas, das eine Ecke des Schreibtischs schmückte, machte einen Satz. »Und wegen Ihnen ist es bald soweit! Sie mißachten meine Befehle! Und dann lassen Sie ihn verdammt noch mal entkommen!«

Richters Gesicht blieb unbeeindruckt. Cohaagen konnte nicht beweisen, daß sein Funkspruch durchgekommen war und Richter damit gegen seine Anweisungen verstoßen hatte. Das wußten sie beide.

»Er hatte Hilfe, Sir«, sagte Richter ruhig. »Von unserer Seite.«

»Das *weiß* ich«, sagte Cohaagen ungeduldig.

»Aber ich dachte . . .« Richter konnte die Überraschung in seiner Stimme nicht verbergen.

»Wer hat Ihnen gesagt, daß Sie *denken* sollten?« schnappte Cohaagen. »Ich gebe Ihnen nicht genug Informationen, um zu *denken!*« Er richtete einen Zeigefinger auf Richters Gesicht. »Sie tun, was man Ihnen sagt! Das ist Ihre Aufgabe!« Cohaagen beruhigte sich wieder etwas. Er öffnete eine Schreibtischschublade, holte eine kleine Schachtel heraus und schüttete vorsichtig ein paar Flocken in die Fischkugel.

»Kommen wir zur Sache«, sagte er leise. »Kuato will haben, was in Quaids Kopf ist, und wird es vielleicht auch bekommen. Die Gerüchte besagen, daß er ein Hellseher ist. Ich habe einen kleinen Plan ausgearbeitet, um das zu verhindern. Glauben Sie, daß Sie mitspielen können?«

Richter wollte Cohaagens Kopf in die verdammte Fischkugel stoßen, damit die Fische sein Gesicht anknabberten, sagte jedoch nur: »Jawohl, Sir.«

»Hervorragend«, sagte Cohaagen und sah mit einem strahlenden Lächeln von den Fischen auf. »Denn ich habe mir überlegt, ob ich nicht *Ihre* Identität löschen lasse.«

Quaid verließ den U-Bahnhof und betrat die verwirrende Innenstadt von Chryse Planitia. Hier wickelten die gebildeten, wohlhabenden Bevölkerungskreise ihre Geschäfte ab. Vom Platz in der Mitte des Viertels hatte man einen Ausblick auf die spektakuläre Marslandschaft. Über ihren Köpfen gab es sehr viel Luft, und die Geodäsiekuppel war sauber.

An solch einem Ort hätte er sich gern niedergelassen, selbst, wenn er sich nicht an seine Vergangenheit erinnern konnte. In der U-Bahn hatte drängende Enge geherrscht, doch auf die weiten Marslandschaften traf das nicht zu! Die Erde war nicht nur überbevölkert, sondern auch verschmutzt, während hier . . .

Doch er durfte nicht herumtrödeln. Agenten waren auf seiner Spur, und sie würden ihn nur allzu bald einholen. Er mußte in seiner falschen Identität untertauchen.

Er sah sich um, entdeckte den Eingang des Hilton und betrat das Hotel. Innen wirkte es genauso beeindruckend wie von außen. Das war wirklich ein Paradies für Touristen!

Er ging zur Rezeption. Hinter dem Tresen saß ein Angestellter an einem Computerterminal. Er blickte auf, erkannte Quaid und lächelte. »Oh, Mr. Brubaker. Schön, daß Sie uns wieder beehren.«

Sieh an! Hauser hatte hervorragende Arbeit geleistet. »Schön, wieder hier zu sein«, sagte er.

»Möchten Sie die übliche Suite?«

»Natürlich.« Das war fast zu schön, um wahr zu sein. Natürlich war es streng genommen überhaupt nicht wahr, denn er hatte ja eine falsche Identität angenommen. Doch wenn man in falsche Identitäten schlüpfen konnte, konnten die Feinde auch dahinterkommen. Er würde mitspielen, aber wachsam bleiben.

Der Angestellte sah auf den Monitor. »Hmmm. Sie scheinen bei Ihrem letzten Aufenthalt etwas zurückgelassen zu haben.«

Quaid kniff die Augen zusammen. Er hatte ein paar mörderische Killer zurückgelassen! Aber auch seine Erinnerungen und seine Frau.

Der Angestellte ging zu den Postfächern und kam mit einer versiegelten Jiffy-Tasche zurück, die er Quaid gab. »Bitte sehr.« Er sah wieder auf den Bildschirm. »Das wäre die Suite 82 im Blauen Flügel. Die Schlüsselkarte ist gleich fertig.«

Der Angestellte wandte sich ab, um die Schlüsselkarte zu kodieren. Quaid riß den Umschlag auf und zog ein zu einem kleinen Viereck zusammengefaltetes rotes Blatt heraus. Er entfaltete es und entdeckte einen Werbezettel für eine Bar darin: *The Last Resort* in Venusville.

Ach ja, die berüchtigte Lasterhöhle, ein Magnet für Touristen. Auf dem Planet Venus gab es übrigens auch ein Marsville, das eine ähnliche Reputation hatte.

Er konzentrierte sich auf den Zettel. Er enthielt die Zeichnung eines nackten Mädchens. Auf der Rückseite stand handschriftlich: »Wenn Sie sich einen schönen Abend machen wollen, fragen Sie nach Melina.«

Verstohlen nahm Quaid einen Hotelkugelschreiber und kritzelte ›Melina‹ unter die Nachricht. Die Haare auf seinem Nacken juckten, als er feststellte, daß die Handschriften identisch waren.

Diese Nachricht war nur für ihn bestimmt. Er dachte an die Frau aus seinen Träumen. War das möglich? Nein, natürlich nicht. Und doch . . .

Bevor er richtig nachgedacht hatte, war er schon wieder auf dem Weg hinaus. Als er die Tür öffnete, warf er einen Blick zurück. Der Angestellte drehte sich gerade zu ihm um. »Hier ist Ihr Schlüssel, Mr. Bru . . .«

Dann begriff der Mann, daß er ins Leere sprach. Er runzelte überrascht die Stirn.

Die Tür schloß sich hinter Quaid. Er wollte über den Vorplatz zu einem Taxistand gehen.

Ein Farbiger in einer Kleidung, die an die schon längst vergangene Jive-Ära erinnerte, trat auf ihn zu. Der Mann schien etwa vierzig Jahre alt zu sein, war aber sehr flink. »Brauchen Sie ein Taxi, Mann? Ich bin Benny, und mich haben Sie gesucht.«

Quaid deutete mit dem Kopf auf das erste Taxi in der Schlange. »Was stimmt denn mit dem da nicht?«

»Der hat keine sechs Kinder, die er durchfüttern muß.«

Quaid sah, daß es sich bei dem Fahrer dieses Taxis um einen Punk von vielleicht fünfundzwanzig Jahren handelte, der ihm jedoch auch nicht gerade sympathischer war als Benny. Er nickte.

»Der Wagen steht direkt um die Ecke«, sagte Benny eifrig.

Als Quaid dem Taxifahrer folgte, sah der Punk, daß ihm eine Fuhre entging. »He!« protestierte er. Dann begriff er wohl, daß es sinnlos war, und rief: »Arschloch!«

Der Mars unterschied sich also doch gar nicht so sehr von der Erde! Doch bei den Geschäften, denen Quaid hier nachgehen wollte, und den Agenten auf seinen Fersen war ein Taxifahrer, der seinen Beruf schwarz ausübte, vielleicht sogar besser als ein Lizensierter. Benny würde es nicht darauf abgesehen haben, ihn zu verraten, und kannte sich in den Hintergassen des Mars wahrscheinlich aus wie kein zweiter.

Als er sich dem heruntergekommenen Taxi näherte, verlief eine gewaltige Explosion durch die obere Ebene der Pyramidenmine. Fenster zersplitterten, und Benny wurde zu Boden geworfen. Alarmsirenen jaulten auf. Quaid gelang es gerade eben, auf den Füßen zu bleiben.

Benny rappelte sich leicht benommen wieder auf.

»Willkommen auf dem Mars«, sagte er trocken. Plötzlich waren überall Soldaten und schossen auf unsichtbare Rebellentruppen, die das Feuer erwiderten. Benny öffnete schnell die Tür des Taxis. »Verschwinden wir von hier, Mann.« Quaid stieg ein.

»Was hat das zu bedeuten?« fragte Quaid, reckte den Hals und sah, wie sich Rauch von der Mine erhob.

»Ach, das Übliche«, sagte Benny gelassen. »Geld, Freiheit . . . Luft.« Er wechselte die Fahrspuren. »Wohin also?«

»Venusville.«

Benny starrte ihn an. »Wie war das, Mann?«

Quaid zog den Handzettel hervor. »Venusville.«

Benny schüttelte den Kopf. »Mann, das *ist* Venusville! Zumindest der obere Teil davon.«

»Dann fahren Sie zum unteren Teil.«

»Oho! Sie wissen, was Sie wollen!« Er setzte das Taxi in Bewegung. »Irgendeine besondere . . .«

»The Last Resort.«

»Mister, da können Sie sich doch was besseres leisten!«

»Das ist die Adresse, die ich habe.«

»Na schön, Mann!« Benny nickte zweifelnd und lenkte das Taxi in Richtung Stadtrand.

Quaid benutzte die Gelegenheit, um die schwerfälligen Galoschen auszuziehen. Er trug seine eigenen Schuhe darunter. Zwei Teile der Plastikwaffe waren in den Zehen der Galoschen versteckt; er steckte sie in seine Hosentasche und fügte dann zwei weitere Teile aus seiner Handtasche hinzu. Diese Handtasche brauchte er nicht mehr; er würde sie irgendwo unterwegs loswerden. Er war nur froh, daß er sie hatte festhalten können, als auf dem Raumhafen das Fenster gesprengt wurde; schließlich hatte sich alles darin befunden, worauf es nun ankam.

Kurz darauf fuhren sie in einen der zahlreichen großen Röhrentunnels, die die Schlucht zwischen den beiden Stadtteilen überbrückten. Jetzt wurde ihm einiges klar. Die Slums befanden sich auf der anderen Seite des Abgrunds.

»Zum ersten Mal auf dem Mars?« fragte Benny im Plauderton, so ähnlich, wie sich auch ein moderner JohnnyCab unterhalten hätte. Falls er bemerkt hatte, daß Quaid sich mit den Schuhen und der Handtasche beschäftigt hatte, war er zu diskret, um ihn darauf anzusprechen. Touristen benahmen sich mitunter äußerst seltsam.

Quaid sah aus dem Fenster, noch immer fasziniert von dem Anblick, der sich ihm bot. Solch gewaltige Berge, Schluchten und felsübersäte Ebenen; die perfekte Ödnis, und doch beeindruckend. Er hätte die Landschaft stunden-, ja tagelang betrachten können! Denn das war noch längst nicht alles. Er hatte vom Mars geträumt, sich danach gesehnt, dorthin zu fliegen. Und nun war er hier, und der Mars faszinierte ihn, doch die Sehnsucht war geblieben. Die Sehnsucht nach seiner echten Identität und nach der Frau und noch etwas anderem. Doch so sehr er sich auch bemühte, in seinem Kopf stellte sich niemals das gesamte Bild ein. Er hatte den Eindruck, als läge unter seinem oberflächlichen Bewußtsein noch ein tieferes, wie Basalt unter Mutterboden, das von einem schrecklich bedeutenden Ereignis in der Vergangenheit kündete, das ihn die Gefahr, in der er schwebte, ignorieren ließ. Verglichen mit der Bedeutung dieser begrabenen Schicht war es geradezu unwichtig, ob er überlebte oder nicht.

Als er merkte, daß der Taxifahrer mit ihm gesprochen hatte, löste er sich aus seiner Versonnenheit. »Äh . . . nun ja, nein . . . Gewissermaßen.«

Benny war erstaunt. »Der Mann weiß nicht, ob er schon mal auf dem Mars war oder nicht«, murmelte er.

Quaid begriff, daß es in der Tat ziemlich verworren klang. Doch es war die Wahrheit. Jemand in seinem Körper war schon einmal auf dem Mars gewesen, doch Quaid selbst nicht. Wenn er sein Gedächtnis zurückerlangt hatte, konnte er behaupten, schon einmal hier gewesen zu sein.

Er schüttelte den Kopf. Je mehr er erfuhr, desto weniger schien er mit Sicherheit zu wissen.

Der Röhrentunnel öffnete sich auf einen Platz in dem ärmlicheren Stadtteil. Der Gegensatz zum wohlhabenden Viertel war schockierend. Die Oberstadt hatte breite, saubere Straßen und eine hervorragende Aussicht, die Unterstadt verschmutzte, enge Gassen, die sich in den Berg gruben. Sie lag in ständiger Nacht. Es gab zwar schwache Straßenlampen, doch das einzige natürliche Licht floß durch einen fernen Bogen. Das lag nicht daran, daß es plötzlich dunkel geworden war; der Marstag war etwa eine halbe Stunde länger als der auf der Erde, und die meisten Menschen hatten sich ihm so gut angepaßt, daß sie den Unterschied kaum noch bemerkten. Es lag an der unterirdischen Lage der Stadt. Man hatte den Eindruck, in einer Mine zu leben, und es war kein Wortspiel, wenn man die Unterstadt eine ›düstere Umgebung‹ nannte.

Die Menschen bewegten sich träge unter niedrigen Decken. Wenn die, die er sah, einen typischen Querschnitt darstellten, war ein beträchtlicher Teil der Bewohner in der einen oder anderen Hinsicht mißgestaltet. Quaid erschauderte.

Alle Gebäude waren heruntergekommen und mit Plakaten und Graffiti bedeckt. Traumläden schienen sehr beliebt zu sein. Zahlreiche Suchplakate schrieben eine Belohnung für Kuato aus, doch auf keinem war ein Bild zu sehen. Kuato, der sagenhafte Führer der Marsianischen Befreiungsfront. Quaid begriff, wieso sich die Bewohner eines solchen Ortes nach Freiheit sehnten. Wenn sie ihre Hoffnung auf eine nichtexistente Gestalt setzten – nun ja, vielleicht war das besser, als überhaupt keine Hoffnung zu haben.

Etwas wäre beinahe an die Oberfläche seines Verstandes getrieben, doch es entglitt ihm, bevor er es fassen konnte. Hatte er Kenntnisse über eine Möglichkeit, den Mars zu befreien? Wovon befreien? Armut war nicht auf den Mars beschränkt; es gab auch auf der Erde eine Menge davon. Man konnte nicht einfach mit einem Zauberstab winken und die unterdrückten Massen des Mars befreien.

Oder doch? Er sah, wie Soldaten auf den Straßen patrouillierten. Die feindselige Stimmung zwischen ihnen und den Zivilisten war unübersehbar. Gab es eine Möglichkeit, die armen Menschen aus dem dunklen Getto und ins Sonnenlicht zu bringen? Genug Land unter freiem Himmel für sie alle zu beschaffen?

Er schüttelte den Kopf. Er war kein Sozialarbeiter. Solange man auf die Kuppeln angewiesen war, um eine atembare Atmosphäre zu haben, würde das gemeine Volk in der Hand derer bleiben, die die Kuppeln erbauten und beherrschten. So war es nun einmal auf dem Mars.

Das Taxi fuhr an einer attraktiven Frau, die ein kleines Kind an der Hand hielt, vorbei. Es näherte sich von hinten.

»Nicht schlecht, was?« fragte Benny.

Quaid mußte eingestehen, daß selbst dieses Höllenloch seine angenehmen Seiten hatte. Als sie an der Frau vorbeifuhren, drehte er sich um, um ihr Gesicht zu betrachten.

Sie war schrecklich mißgestaltet. Das Kind litt unter demselben angeborenen Defekt.

Nicht nur Dunkelheit und Armut machten den Menschen hier zu schaffen. Quaid wandte sich an Benny. »Sagen Sie mir eins. Warum gibt es hier so viele . . .«

»Freaks?« vollendete Benny den Satz. »Die billigen Kuppeln, Mann. Und keine Luft, die die Strahlung ausfiltert.«

Oh. Zweifellos konnte das Material, aus dem die Kuppeln bestanden, die schädliche Sonnenstrahlung ausfiltern, während es die unschädlichen Bestandteile des Lichts durchließ. Doch eine billige Kuppel ließ einfach alles durch. Der Mars war weiter von der Sonne entfernt als die Erde, und so war das Licht nicht so intensiv, doch es hatte immer noch seine schädlichen Komponenten. Auf der Erde filterte die Ozonschicht eine Menge davon heraus. Es hatte einige Probleme gegeben, als die

Achtlosigkeit des Menschen das Ozon abgebaut hatte, doch man hatte nichts dagegen unternommen, bis sich die Hautkrebserkrankungen verfünffacht hatten. Das erregte schließlich die Aufmerksamkeit der Politiker, die dann endlich den Wissenschaftlern zuhörten, die schon seit Jahrzehnten vor den Auswirkungen gewarnt hatten, und Programme einleiteten, die die Ozonschicht wiederherstellen sollten. Es war teuer gewesen und hatte viel Zeit gekostet, und die Aktion war noch längst nicht abgeschlossen, doch die Krebsrate sank wieder. Hier auf dem Mars rief die Strahlung offensichtlich mehr als nur Krebs hervor: Sie erzeugte auch genetische Schäden. Das war eine Tyrannei, die auch kaum ein fortschrittliches Sozialsystem mildern konnte. Sie lag in den Lebensbedingungen des Planeten begründet.

Wenn es doch nur eine einfache, allgemeine Antwort gäbe! Eine Veränderung, die alle Probleme der Machtlosen lösen würde. Doch das war ein unbegründeter Wunschtraum.

Das Taxi hielt vor dem *Last Resort* an. Selbst für die hiesigen Verhältnisse handelte es sich um eine verwahrloste Kaschemme.

»Sind Sie sicher, daß Sie da rein wollen, Mann? Passen Sie auf, oder Sie holen sich da was.«

Eine vernünftige Warnung! Quaid fand die Bar nicht gerade sehr anheimelnd. Doch wo sollte er suchen, wenn nicht an dem Ort, auf den die verwirrende Nachricht hinwies?

Vielleicht ergab es doch Sinn. Wenn die falsche Person den Umschlag in die Hände bekam, die Anzeige sah und in der Hoffnung auf die versprochenen schönen Stunden hierher fuhr, würde sie spätestens zu diesem Zeitpunkt angewidert aufgeben. Doch der richtige Adressat würde sich nicht entmutigen lassen. Das war eine gute Methode, die Nachricht zu kaschieren.

»Ich kenne ein viel besseres Lokal, nur ein paar Meter weiter«, bot Benny ihm an. »Die Mädchen sind sauber, die Drinks nicht verwässert, und . . .«

». . . der Geschäftsführer beteiligt die Taxifahrer am Umsatz«, vollendete Quaid den Satz.

Benny drehte sich um und gestand seine Schuld mit einem breiten Lächeln ein. Er hatte durchweg schlechte Zähne, einschließlich zweier Goldkronen, von denen eine mit einer Mondsichel und die andere mit einem Stern geschmückt war. »He, Mann, ich muß sechs hungrige Mäuler stopfen.«

Quaid gab ihm ein großes Trinkgeld. »Lassen Sie sie zum Zahnarzt gehen.«

Benny zählte freudig erregt das Geld nach. Quaid öffnete die Tür und stieg aus. Als Benny aufschaute, war er schon ein gutes Stück entfernt.

»He, Mann!« rief Benny ihm nach. »Ich warte hier auf Sie. Lassen Sie sich Zeit. Und vergessen Sie nicht, Benny ist der Name.«

Nein, daran würde er sich erinnern. Quaid drehte sich halbwegs um, um das Taxi weiterzuwinken, und betrat dann *The Last Resort.* Er konnte nur hoffen, daß er keinen schlimmen Fehler machte.

Quaid blieb hinter der Tür stehen und sah sich in der Kaschemme um. Es handelte sich offensichtlich um einen billigen Puff für Minenarbeiter. Mädchen gingen ein und aus, gabelten Kunden auf und führten sie nach oben. Der Handzettel hatte nicht weniger angedeutet – und nicht mehr.

Er setzte sich neben ein paar Minenarbeitern an den Tresen. Der Barkeeper kam hinüber und wartete auf Quaids Bestellung. Der Mann war groß und häßlich genug, um sofortige Aufmerksamkeit zu erregen; wahrscheinlich verdiente er sich als Rausschmeißer noch etwas nebenbei.

»Ich suche Mel«, sagte Quaid.

Augenblicklich überschattete Argwohn das Gesicht des Mannes. »Sie hat zu tun. Aber Mary ist frei.«

Mary, eine gut gebaute Prostituierte, tauchte aus dem Nichts auf und trat zu Quaid. »Nicht frei«, gurrte sie. »Zu haben.«

Er betrachtete sie und stellte fest, daß sie drei volle Brüste hatte, die ein doppeltes Bikini-Oberteil prachtvoll zur Schau stellte. Für jeden Mann, der auf Titten stand, bot sich hier eine doppelte Attraktion! Doch er mußte an Lori denken; auch wenn sich die Ehe mit ihr als Täuschung erwiesen hatte, wußte er, daß er keinen Spaß daran gehabt hätte, selbst, wenn ihm jetzt nach Sex gewesen wäre. »Danke, ich warte lieber.«

»Erdenschleim«, sagte sie. Mit solch einer Erwiderung hatte er gerechnet.

Dann furzte sie und schlich sich zu einem anderen Freier. Damit hatte Quaid nicht gerechnet. Vielleicht hatte er nicht genug Erfahrung mit solchen Etablissements.

Er richtete seine Aufmerksamkeit wieder auf den Barkeeper. Diesmal drückte er dem Mann einen roten Geldschein in die Hand.

Der Barkeeper wurde merklich freundlicher. »Die Sache ist nur, Kumpel, Mel ist furchtbar wählerisch. Sie bevorzugt Stammkunden.«

Wenn die Frau es sich leisten konnte, in solch einer Kaschemme wählerisch zu sein, mußte sie wirklich etwas ganz Besonderes sein! »Holen Sie sie. Ich werde ihr schon gefallen.«

Mit einigem Unbehagen, wie Quaid interessiert feststellte, rief der Barkeeper »He, Mel!« zu einem Tisch in der Nähe der Treppe hinüber. Dann wartete er, als ignorierte ihn jemand. »Melina!«

Quaid sah in die Richtung, in die der Barkeeper gerufen hatte. Eine Frau saß mit einigen Minenarbeitern an einem Tisch. Sie hatte ihm den Rücken zugewandt und lachte gerade schallend. Einer der Minenarbeiter, der mit dem Gesicht zum Tresen saß, sah, wie der Barkeeper versuchte, Melina auf sich aufmerksam zu machen, und gab ihr ein Zeichen. Sie drehte sich um.

Quaid war wie vom Blitz getroffen. *Sie war das Mädchen aus seinen Träumen!*

»Sie ist mit Tony zusammen«, murmelte der Barkeeper. »Ich warne Sie, Mister. Wenn Sie sich nicht unbedingt schlagen wollen . . .«

»Einige Dinge sind es wert, daß man sich um sie schlägt«, erwiderte Quaid.

»Dann aber draußen. Mein Arbeitgeber schätzt sein Mobiliar sehr.«

Melina und Tony bemerkten Quaid und sahen einander an. Sie schienen ebenso schockiert zu sein. Dann traf Melina eine Entscheidung. Sie setzte ein billiges, verführerisches Lächeln auf und schassierte zu ihm hinüber. Tony blieb an seinem Tisch. Quaid stand auf und harrte der Dinge, die nun kommen würden. Er wußte bereits, daß er einen wesentlichen Schritt weitergekommen war – doch welcher Natur war diese Entwicklung? Diese Frau ähnelte nur dem Aussehen nach seinem Traummädchen; für eine Hure war in seinem Traum kein Platz.

»Na, wenn das nicht der menschliche Ständer ist«, sagte Melina. Sie trat zu ihm und gab ihm einen nassen, nachlässigen Kuß. Dann drückte sie sich gegen ihn und betastete seine Muskeln unter dem Hemd. »Immer noch prächtig entwickelt, wie ich sehe.« Sie schaute hinab. »Oh. Womit hast du ihn gefüttert?«

Er begriff, daß sie sich in dieser Bar nicht ungestört unterhalten konnten – falls sie sich überhaupt etwas zu sagen hatten. Also spielte er mit. »Mit Blondinen.« Das war die reine Wahrheit; Lori war blond.

»Ich glaube, er hat noch immer Hunger.« Sie zog ihn zu der Treppe, an Tonys Tisch vorbei.

»He, was hast du vor?« fragte Tony.

»Immer mit der Ruhe, Tony«, erwiderte Melina. »Für dich bleibt noch genug übrig.«

Tony war damit nicht zufrieden. Er ergriff Melinas Arm und zog sie auf seinen Schoß. »Ich war zuerst hier!« Er wandte sich an Quaid. »Zieh Leine, Kumpel.«

Quaid ergriff Tonys Handgelenk und beugte sich vor. »Das hier ist keine Wäscherei.«

Tony erweckte den Eindruck, als wolle er es darauf ankommen lassen.

»George«, sagte Melina gereizt. »Bring diesem Affen mal Vernunft bei.« Der Minenarbeiter am anderen Ende des Tisches setzte sich in seinem Stuhl zurück. Er wirkte entspannt und selbstbewußt.

»Wolln wir mal rausgehen?« sagte George ruhig. »Gib dem großen Burschen 'ne Chance.« Zögernd ließ Tony Melinas Arm los. Nun ließ Quaid auch ihn los.

»Mach doch, was du willst«, sagte Tony verdrossen.

Melina stand auf und ging weiter zur Treppe. Quaid folgte ihr, hielt Tony und den Rest der Bar jedoch im Blick. Falls Agenten hier auftauchen... Er verlor den Gedanken, als er überrascht die Frau musterte, die die Treppe hinabkam.

Sie war ein Zwerg. Ihr Kopf reichte Quaid nur bis zu den Hüften, und sie trug lediglich ein knappes Korsett. Sie beäugte Quaid interessiert.

»Däumlina, Schätzchen«, sagte Melina. »Gib auf Tony acht, ja? Der hat Ameisen in den Hosen.«

Die kleinwüchsige Frau nickte, hielt den Blick jedoch auf Quaids Brustkorb gerichtet.

»Du kannst jede Hilfe brauchen, Großer«, sagte sie mit einem verführerischen Lächeln.

Im Gang oben warf Melina einen Blick über die Schulter zurück. Ihr verführerisches Lächeln versprach in der Tat eine schöne halbe Stunde. Sie öffnete eine der Türen, die von dem Gang abzweigten, und ließ ihn zuerst eintreten.

Melina schloß sorgfältig die Tür, drehte sich zu Quaid um – und gab ihm eine Ohrfeige. »Du Mistkerl!« fauchte sie. »Du lebst! Ich dachte, Cohaagen hätte dich zu Tode gefoltert!«

»Wie bitte?« sagte Quaid verblüfft.

Ihr Tonfall und Benehmen hatten sich völlig verändert. Als sie die Tür geschlossen hatte, war die billige Hure verschwunden. Plötzlich stand eine intelligente Frau vor ihm, die selbst in ihrem Zorn eine gewisse Würde bewahrte. Quaid wußte nicht, was er von dieser plötzlichen Wandlung zu halten hatte.

»Verdammt noch mal, du hättest mich wenigstens mal anrufen können! Hast du dich nicht gefragt, ob *ich* in Ordnung bin? Hat dich das überhaupt nicht interessiert?«

Quaid fehlten die Worte. Er mochte diese Frau tausendmal lieber als die in der Bar, verstand sie jedoch genausowenig wie die andere. Er sah sie hilflos an.

Melinas Zorn schien verraucht zu sein. Sie hatte genug Dampf abgelassen. Sie sah ihn an, und ihr Gesichtsausdruck änderte sich von neuem; ihre Stimmungswechsel waren ihm unverständlich.

Plötzlich umarmte sie ihn und küßte ihn leidenschaftlich. Quaid hatte nicht damit gerechnet und war zu überrascht, um den Kuß vernünftig zu erwidern.

Sie zerrte ihn auf das Bett. »Oh, Hauser – Gott sei Dank lebst du noch!« rief sie. Also kannte sie ihn! Woher sonst hätte sie seinen Namen kennen können? Er unternahm eine halbherzige Anstrengung, sich aus der Umarmung zu lösen. Er war nicht deshalb hierher gekommen, obwohl er sie begehrte. Mit hämmerndem Herzen brachte er die Kraft auf, sie zurückzustoßen.

»Melina!«

Sie hielt inne, errötet und keuchend. »Was?«

»Ich muß dir etwas sagen . . .«

Sie wartete besorgt. Quaid fuhr fort, was ihm nicht ganz leicht fiel. »Ich erinnere mich nicht an dich.« Das war übermäßig einfach ausgedrückt, mußte jedoch genügen. Sein Traumbild war eben doch keine Wirklichkeit; es war nur ein Bild, ohne Substanz. Er kannte diese Frau überhaupt nicht, genausowenig wie die Frau, die für das Holo der Tänzerin posiert hatte. War er wirklich mit ihr auf der kargen Marsoberfläche gewesen, um die Pyramidenmine zu erkunden?

Sie schaute verwirrt drein. »Was soll das heißen?« fragte sie.

»Ich erinnere mich nicht an *dich*. Ich erinnere mich nicht an *uns*. Ich erinnere mich nicht einmal an *mich*.«

Melina lachte kurz auf; offensichtlich glaubte sie ihm nicht. »Leidest du plötzlich an Amnesie?« sagte sie. »Wie bist du hierher gekommen?«

Jetzt konnten sie die Sache angehen. »Hauser hat mir eine Nachricht hinterlassen.«

Melina nahm ihn offensichtlich nicht ganz ernst. »Was meinst du mit ›Hauser‹? *Du bist* Hauser.«

»Nicht mehr. Jetzt bin ich Quaid. Douglas Quaid.«

Ein Grinsen legte sich auf Melinas Gesicht. »*Hauser,* du hast den Verstand verloren!«

»Ich habe ihn nicht verloren, Cohaagen hat ihn gestohlen! Er hat herausgefunden, daß Hauser die Seiten gewechselt hatte, und so löschte er seine Identität aus und füllte seinen Kopf mit einer Menge falscher Erinnerungen.« Er zuckte die Achseln. »Und das bin ich.«

Melina starrte ihn argwöhnisch an. »Das kaufe ich dir nicht ab.«

»Dann hat er mich auf der Erde abgesetzt«, fuhr Quaid fort, »mit einer Frau und einem verdammten Job und ...«

»Hast du *Frau* gesagt?« Ihre Augen funkelten wütend. »Bist du *verheiratet,* verdammt noch mal?«

Quaid begriff, daß er in die Falle getapst war, und bemühte sich, wieder herauszukommen. »Sie war nicht wirklich meine Frau«, sagte er lahm.

»Oh, wie dumm von mir.« Ihre Stimme troff vor Sarkasmus. »Sie war *Hausers* Frau.«

»Schau«, sagte Quaid schnell. »Vergiß, daß ich etwas von einer Frau gesagt habe.«

»Nein!« Melina war wütend. »Vergessen wir lieber alles! Ich bin mit dir fertig! Ich habe genug von deinen Lügen!«

»Warum sollte ich dich belügen?« Es war zum Verzweifeln. Er stand kurz davor, die leeren Löcher in seinem Gedächtnis zu füllen, doch nun sah es ganz danach aus, als würde ihm das niemals gelingen.

Ihre Stimme wurde eisig. »Weil du noch immer für Cohaagen arbeitest.«

»Mach dich doch nicht lächerlich«, sagte er kurzangebunden. Es war ein Fehler. Sie spuckte ihm praktisch ins Gesicht.

»Du hast mich *nie* geliebt! Du hast mich benutzt, um reinzukommen.«

»Was meinst du damit?«

Jetzt war sie noch mißtrauischer. »Ich glaube, du gehst besser.« Sie erhob sich vom Bett.

Das war das letzte, was er wollte, und nicht nur, weil sie so sexy war. »Melina, Hauser braucht mich für irgend etwas.« Er deutete auf seinen Kopf. »Er hat gesagt, hier drin sei genug, um Cohaagen endgültig festzunageln.«

»Gib dir keine Mühe«, schnappte sie. »Diesmal falle ich nicht darauf rein.«

Er stand auf.

»Hilf mir, mich zu erinnern«, sagte er.

Er trat vor, doch sie wich zurück. »Raus, habe ich gesagt!«

»Melina!« sagte er eindringlich. »Jemand versucht, mich umzubringen!«

Sie bückte sich und griff unter die Matratze. Quaid starrte auf den Lauf einer großen automatischen Pistole, die sie schnell hob. »Wirklich?«

Er sah in ihre stählernen Augen. Es lag keine Hoffnung in ihnen.

Verdammt! Es ging ihm nicht nur um Informationen, das war auch eine persönliche Angelegenheit. Er hatte die Frau aus seinen Träumen gefunden, und sie haßte ihn.

Mit einem tiefen Gefühl des Verlustes trat er rückwärts aus dem Zimmer. Als er die Tür schloß, sah er sie auf dem Bett sitzen. Es hatte den Anschein, als hielte sie Tränen zurück. Sie hatte ihm glauben wollen, konnte es aber nicht. Sie hatte ihm so viel zu sagen, aber nicht, wenn sie annahm, er würde sie täuschen.

Wie hatte das so furchtbar schieflaufen können?

In der Bar betatschte Benny gerade Mary, die ihn gekonnt, aber ohne echte Überzeugung abwehrte. »Ich habe gesagt, ich bin zu haben, aber nicht umsonst«, erinnerte sie ihn.

»Ich will gar nichts geschenkt haben«, protestierte er. »Betrachte das eher als Provision.«

Dann sah er, wie Quaid verzweifelt die Treppen herunterkam. »Wir machen später weiter«, versprach er.

Er lief los und fing Quaid an der Tür ab. »He! Das hat ja nicht lange gedauert.«

Quaid bedachte ihn mit einem finsteren Stirnrunzeln und ging hinaus.

Quaid trat in die Menge auf dem Platz, bemüht, den Soldaten auszuweichen, die überall zu sein schienen. Benny lief ihm nach.

»Schon mal mit einer Mutantin gebumst?« fragte Benny.

»Nein.«

»Ich kenne da hermaphroditische Zwillinge . . .« sagte Benny. »Mann, da wissen sie nicht mehr, was vorn und hinten ist.«

»Ich bin nicht in der Stimmung«, sagte Quaid. Wie schön es mit Melina hätte sein können, hätte sein *sollen*! Doch weil sie war, was sie war, und nicht das, was sie zu sein schien, hatte sie sich geweigert, ihm zu vertrauen. Die Hure hätte er haben können, die wahre Frau nicht. Doch wie konnte er sie überzeugen, wenn er sich an nichts erinnerte, was ihre Beziehung betraf?

Benny klebte ihm immer noch an den Fersen. »Wir wär's mit 'ner Hellseherin?« sagte er. »Wollen Sie von einem Medium ausgelotet werden?«

Konnte die ihm auch sagen, wie er an Melina herankam? Wohl kaum! »Wo ist Ihr Taxi?« Benny deutete über die Straße. Quaid seufzte. »Fahren Sie mich zum Hotel.«

Benny zuckte die Achseln, und sie verließen das dunkle Elendsviertel und fuhren auf den hellen, sonnigen Röhrenweg. Er hatte sein Bestes gegeben.

Irgendwie schien die strahlende Helligkeit Quaids Stimmung nicht aufzuheitern.

Kapitel 18 *Edgemar*

Quaid entspannte sich vorsichtig in seinem Zimmer im Hilton, in dem Touristenzimmer-Nacht herrschte, die nicht mit der Mars-Nacht identisch war. Die zusätzliche halbe Stunde, die der Mars-Tag länger war als der der Erde, stellte für die länger Ansässigen kein großes Problem dar, doch Touristen, die frisch von der Erde kamen, konnten völlig ihren Rhythmus verlieren. So konnte man jedes Zimmer auf den Rhythmus und die besondere Zeit einstellen, die der Bewohner wünschte. Quaid hatte sich nicht die Mühe gemacht, die Einstellung des Vorbewohners zu ändern. Schließlich war er ebenfalls ein Tourist frisch von der Erde. So war in seinem Zimmer Abend, während draußen noch Spätnachmittag war.

Cohaagens Speichellecker hatten sich noch immer nicht blicken lassen. War er ihnen endgültig entwischt, oder warteten sie, bis er ihrer Annahme zufolge schlafen würde? Nach ihren zahlreichen erfolglosen Versuchen, ihn zu töten, waren sie vielleicht vorsichtig geworden. Wahrscheinlicher erschien ihm jedoch, daß sie keine große Schweinerei hier im Touristenbezirk des Mars veranstalten wollten. Sie könnten ihn vielleicht beseitigen, doch wenn die Aktion eine schlechte Touristensaison nachziehen würde, weil die Reisenden befürchteten, in ihren Hotelzimmern ermordet zu werden, war es die Sache nicht wert. Also war er im Augenblick wahrscheinlich in Sicherheit – aber nicht unbedingt. Wenn er sich schlafen legte, würde er Vorsichtsmaßnahmen ergreifen, vielleicht nur für alle Fälle eine Puppe ins Bett legen, während er woanders schlief.

Doch seine Gedanken beschäftigten sich im Augenblick weniger mit dem Überleben als mit Melina. Was hätte er tun können, um sie zu überzeugen? Er war nun sicher, daß es sich um die Frau aus seinen Träumen handelte, denn eine Doppelgängerin hätte mitgespielt und ihm Informationen entlockt, während sie vorgeblich spontan mit ihm geschlafen hätte, um dann die Killer zu holen. Statt dessen hatte sie ihn rausgeworfen. Das überzeugte ihn, so schmerzhaft es auch war. Vielleicht hatte er sich also doch richtig verhalten, denn nun wußte er, daß er ihr vertrauen konnte. Es kam nur noch darauf an, sie dazu zu bringen, auch ihm zu vertrauen.

Nun ja, er würde die Sache überschlafen. Vielleicht würde er wieder träumen, und zwar von ihr, und dabei herausfinden, wie er sich ihr nähern konnte. Mittlerweile würde er sich entspannen. Er hatte gegessen, wenn auch vielleicht nicht gerade das Beste: Er hatte noch ein paar Marsriegel in sich hineingestopft und ein paar Vitamintabletten, um für den Ausgleich zu sorgen. Er stand nicht unbedingt auf Schokoladenriegel, hatte so aber das Gefühl, Hauser näher zu sein, und hoffte, ihm so nahe zu kommen, daß er sich an etwas Lebenswichtiges erinnern würde. Er war weder Psychologe noch Sozialarbeiter, hatte jedoch den Eindruck, je mehr er sich in die Dinge vertiefte, die mit Hauser zu tun hatten, desto wahrscheinlicher war es, daß er einen tieferen Einblick in den Mann gewann. Solch ein Einblick konnte ihm das Leben retten oder ihm zumindest größere Bedeutung geben.

Er schaltete den Video ein. Das Zimmer verfügte nicht über einen wandgroßen Bildschirm, da es auf dem Mars keine große Konsumgüterindustrie gab, doch man konnte sich auch auf das kleinere Gerät einstellen.

Auf dem hoteleigenen Kanal lief ein Dokumentarfilm über – was sonst? – den Mars. Quaid sah langweilige Bilder schwarzer Felsen in der roten Wüste. Der gleiche Anblick hatte ihn früher an diesem Tag noch fasziniert, doch nachdem er die Sache mit Melina nun verpatzt hatte, erschien ihm alles, was nicht wie sie aussah, furchtbar uninteressant.

»Die ersten Spuren einer außerirdischen Präsenz auf dem Mars wurden erst vierzig Jahre nach der ersten bemannten Expedition entdeckt«, sagte der Sprecher aus dem Off. »Glasierter Sand enthielt Beweise für den Besuch nichtmenschlicher Reisender.«

Quaid lag in dem dunklen Hotelzimmer auf dem Bett, gebadet in das hellblaue Leuchten des Bildschirms und den hellroten

Glanz vom Himmel. Er wußte, daß die Sendung ihn eigentlich interessieren sollte, doch das Bild von Melinas wütendem Gesicht verdrängte sie zum größten Teil. Mit ihr an seiner Seite war alles am Mars wunderschön; ohne sie war der Zauber verflogen.

Er schaltete auf einen anderen Kanal um. Das Gesicht von Vilos Cohaagen füllte den Bildschirm aus, und Quaid setzte sich auf und rückte näher an das Gerät. Cohaagen hielt in seinem Büro eine Rede.

»Heute um achtzehn Uhr dreißig habe ich das Kriegsrecht über die Bundeskolonie Mars verhängt. Ich werde nicht länger hinnehmen, daß unserem Erzexport Schaden zugefügt wird. Mr. Kuato und seine Terroristen müssen wissen, daß ihre selbstmörderischen Unternehmungen lediglich Leid über unsere Welt bringen werden . . .«

Quaid betrachtete das Gesicht seines Feindes. Warum erklärte Cohaagen das Kriegsrecht? Worum ging es ihm? Mit der Macht des Administrators und der Agency, die auf sein Fingerschnippen reagierte, schien die Geste lächerlich überzogen. Doch so waren Politiker nun einmal. Solange *auf* dem Teppich noch alles in Ordnung zu sein schien, konnten sie ihren gesamten Dreck auch weiterhin unbesehen *unter* den Teppich kehren.

Eine neue Meldung kam. Sie enthielt auch etwas, das man Erdlingen gegenüber, die eine Auswanderung zum Mars in Betracht zogen, niemals erwähnte.

Das neue Bild zeigte eine Luftschleuse, in der vier mit Handschellen gefesselte Gefangene standen. Die Luft wurde langsam herausgelassen. Offensichtlich waren sich die Gefangenen darüber im klaren, doch sie waren hilflos.

»Francis Aquado, Beschädigung von Allgemeingut«, sagte der Sprecher. »Judith Redensek und Jeannette Wyle, Widerstand gegen die Festnahme. Thomas Zachary, Verrat.«

Die Drucksenkung hielt an. Die Gefangenen rangen erstickend um Atem. Ihre Schleimhäute bluteten, und ihre Augen wölbten sich vor. Die Kamera fixierte sie nacheinander, und die Großaufnahmen enthielten alle Einzelheiten, die ein

Sadist sich nur wünschen konnte. Es handelte sich offensichtlich um Hinrichtung durch Folter. Das war anscheinend nicht nur die hier übliche Methode, sie hatte sich wohl auch so fest etabliert, daß sie öffentlich vorgenommen und für ein Massenpublikum übertragen wurde. Das sprach Bände über die Natur des Publikums. Auf der Erde wurde der Schmutz normalerweise zumindest unter den Teppich gekehrt.

Der Bildschirm wurde dunkel. Quaid hatte das Gerät unabsichtlich ausgeschaltet und hielt sich verwirrt den Kopf.

Wenn auf dem Mars die Strafe für die Beschädigung von Allgemeingut ein qualvoller Tod war, war jeder, der auch nur eine Wand beschmierte, verloren, wenn man ihn erwischte. Wenn ein Unschuldiger wegen einer aus der Luft gegriffenen Anklage verhaftet wurde und Widerstand leistete, war dieser Widerstand ein Grund für die Todesstrafe. Verrat konnte schon bedeuten, gegen diesen Zustand Einwände zu erheben. Er hatte sich bereits all dieser Vergehen schuldig gemacht! Er haßte Cohaagen, und er hatte Allgemeingut beschädigt, als er gegen seine Verhaftung Widerstand leistete, denn man würde ihm die zerbrochene Raumhafenscheibe zuschreiben. Es bestand kein Zweifel, daß er des Verrats schuldig war, denn er hatte die Regierung des Mars bereits verurteilt. Sollte jemals ein magischer Button mit der Aufschrift ABSCHAFFUNG DER MARS-REGIERUNG auftauchen, würde er ihn ohne Zögern drücken. Doch es sprach alles dafür, daß die Mars-Regierung zuerst ihn erwischen und den Knopf mit der Aufschrift ABSCHAFFUNG VON HAUSER/QUAID drücken würde.

Doch angeblich war tief in seinem Kopf ein Geheimnis vergraben, das die ganze Regierung aus den Angeln heben konnte. Könnte er sich doch nur daran erinnern!

Ein Klopfen an der Tür ließ ihn zusammenfahren. Er erstarrte. Würde ein Killerkommando anklopfen?

Das Klopfen erklang erneut. »Mr. Quaid . . .?«

Er zögerte und entschloß sich dann, darauf zu antworten. Schließlich hätten die Killer wahrscheinlich einfach die Tür aufgebrochen oder ein paar Kugelsalven hindurchgeschickt. »Ja?«

»Ich muß mit Ihnen sprechen – über Mr. Hauser.«

Quaid hatte im Hotel keinen dieser beiden Namen angegeben. Er hatte sich als Brubaker eingetragen. Das bedeutete, daß es sich um keinen normalen Besuch handeln konnte. Doch die Stimme kam ihm bekannt vor, und Quaid kniff vor Anstrengung die Augen zusammen. Es war jedoch sinnlos.

Er konnte kein Risiko eingehen. Er holte seine Waffe hervor und spannte sie. Als er das Zimmer betreten hatte, hatte er sie sofort aus den verschiedenen Einzelteilen in seinen Taschen zusammengebaut, die er wiederum aus den zahlreichen vermeintlichen Bestandteilen seiner Kleidung zusammengesetzt hatte. Er näherte sich der Tür überaus vorsichtig von der Seite. »Wer ist da?« fragte er.

»Dr. Edgemar«, antwortete die gedämpfte Stimme. »Ich arbeite für Recall Incorporated.«

Quaid war völlig verblüfft und wollte es nicht glauben. Er hatte gehört, daß man sich um Recall ›gekümmert‹, die Firma also eliminiert hatte. »Wie haben Sie mich gefunden?«

»Das ist nicht leicht zu erklären«, sagte Edgemar. »Würden Sie bitte die Tür öffnen? Ich bin nicht bewaffnet.«

Quaid öffnete vorsichtig die Tür und hielt die Waffe schußbereit.

Ein nicht gerade bedrohlich wirkender Intellektueller in einer Tweedjacke stand vor ihm. Als er ihn sah, wußte Quaid endlich, wo er die Stimme schon einmal gehört hatte. Es war der Sprecher aus dem Recall-Werbespot, den er auf der Erde in der U-Bahn gesehen hatte. Des Werbespots, der diese ganze Kette von Ereignissen ausgelöst hatte.

Quaid richtete die Pistole auf ihn und blickte den Korridor entlang.

»Keine Sorge, ich bin allein«, sagte Edgemar. »Darf ich hereinkommen?«

Quaid zerrte den Mann grob in Hotelzimmer und schloß die Tür. Quaid filzte ihn, fand aber keine Waffe.

»Es wird Ihnen nicht leichtfallen, meine Worte zu akzeptieren, Mr. Quaid.«

»Ich höre«, sagte Quaid gespannt.

»Ich fürchte, Sie stehen im Augenblick nicht wirklich vor mir.«

Trotz seiner Anspannung konnte Quaid ein Kichern nicht unterdrücken. »Wissen Sie, Herr Doktor, Sie hätten mich reinlegen können.« Was vielleicht genau das war, was der Mann im Augenblick gerade tat! Bislang hatte er weder Cohaagen noch Melina erwähnt – und Quaid würde ihm sowieso nicht trauen können. Vielleicht würde er behaupten, von Melina geschickt worden zu sein, um Quaid zu beruhigen und in eine Falle zu locken, die Cohaagen ihm gestellt hatte. Doch diese Entwicklung war interessant, selbst in seiner gefährlichen Lage. Was konnte Cohaagen damit erreichen, wenn er Quaid überzeugte, sich irgendwo anders zu befinden? Es wäre doch viel leichter, ihn irgendwo anders *hinzuschicken* – in die Hölle zum Beispiel, mit einer Kugel mitten durchs Gehirn.

»Wie ich gerade sagte, Sie sind nicht wirklich hier«, beharrte der Mann. »Und ich auch nicht.«

Eine tolle Einbildung, wenn der Arzt sie mit dem Patienten teilte! Quaid drückte Edgemars Schulter mit der freien Hand und überzeugte sich von ihrer Körperlichkeit. »Erstaunlich. Wo sind wir?«

»Bei Recall.«

Quaids Selbstsicherheit geriet ins Schwanken. Ergab das vielleicht doch Sinn? Er war zu Recall gegangen und hatte eine ernsthafte Desorientierung erfahren. Mehr noch, seine Welt war zusammengebrochen, und er war zum gejagten Flüchtling geworden.

»Sie liegen auf einem Implantat-Stuhl festgeschnallt«, fuhr Edgemar fort. »Und ich überwache Sie mittels einer Psycho-Sondierungs-Konsole.«

»Ich verstehe – ich träume!« sagte Quaid sarkastisch. »Und das alles gehört zu diesem wunderbaren Urlaub, den Ihre Firma mir verkauft hat.« Nur, daß kein üblicher Standard-Traum diese Szene mit Melina geboten hätte, in der er statt der sexuellen Erfüllung einen schmerzlichen Rückschlag bekommen hatte. Nur die Wirklichkeit stellte so etwas mit einem Mann an!

»Nicht genau«, sagte Edgemar, ohne sich an Quaids Einstellung zu stören. Ärzte lernen schon früh in ihrem Berufsleben, sich von den Reaktionen ihrer Patienten nicht beeindrucken zu lassen. »Sie erfahren im Augenblick eine frei gestaltete Einbildung, die auf unseren Gedächtnis-Bändern *basiert*. Aber Sie erfinden sie selbst.«

Das ließ Quaid innehalten. Angenommen, das Band hatte Melina als freudiges Wiedersehen mit voll befriedigendem Sex vorgesehen, doch sein zynischer Geist war nicht imstande gewesen, sich damit abzufinden? Angenommen, sein Argwohn war im Traum zu *ihrem* Argwohn geworden, und sie hatte ihn zurückgewiesen? Er hatte einmal gehört, daß der Verstand eines Menschen dazu imstande sei; man nannte dieses Phänomen ›Umstellung‹ oder so. Vielleicht hatte er alles selbst verdorben!

Doch er kaufte es immer noch nicht ab. »Tja, wer hat Sie eingeladen, wenn das *meine* Einbildung ist?«

»Man hat mich als Notmaßnahme künstlich implantiert«, sagte Edgemar ohne Zögern. Dann fuhr er ernst fort: »Ich sage es Ihnen nicht gern, Mr. Quaid, doch Sie erfahren einen schizoiden Schub. Wir können Sie nicht aus Ihrer Phantasievorstellung reißen. Man hat mich geschickt, Sie zu überreden, wieder in die Wirklichkeit zurückzukehren.«

»Und die ›Wirklichkeit‹ ist, daß ich nicht wirklich hier bin?« fragte Quaid.

»Denken Sie darüber nach, Mr. Quaid. Ihr Traum begann mitten bei der Implantation. Alles danach – die Kämpfe, die Reise zum Mars in einer Kabine Erster Klasse, Ihre Suite im Hilton – all das gehört zu Ihrem Recall-Paket.«

»Das ist doch völliger Blödsinn!« sagte Quaid und befürchtete allmählich, daß dem nicht so war.

»Was ist mit dem Mädchen?« fragte Edgemar ruhig. »Brünett, vollbusig, lüstern *und* spröde, genau, wie Sie es verlangt haben. Ist das ›Blödsinn‹?«

»Sie ist echt«, sagte Quaid. »Ich habe schon von ihr geträumt, bevor ich überhaupt zu Recall ging.«

»Mr. Quaid, hören Sie sich reden?« fragte Edgemar eindringlich. »Sie ist echt, weil Sie sie erträumt haben?«

»Das stimmt.« Und in der Tat, er glaubte es, auch wenn er nicht annahm, daß der Arzt es verstand.

Edgemar seufzte entmutigt. »Vielleicht wird das Sie überzeugen. Würden Sie bitte die Tür öffnen?«

Quaid drückte Edgemar die Pistole in die Rippen. »*Sie* öffnen sie.«

»Sie müssen nicht brutal werden.« Der Mann reckte die Schultern und ging zur Tür. Quaid blieb hinter ihm und war auf alles vorbereitet, als er sie öffnete.

Nur nicht auf das, was er sah.

Auf der Schwelle stand Lori!

Quaid versuchte, diesen neuerlichen Schock zu verkraften. Lori war wunderschön und trug genau die lüsterne und spröde Kleidung, die er mochte. Sie zeigte mehr Brust, als es ihr bewußt zu sein schien, und ihr Gesicht war am Auge, wo er sie mit ihrer Waffe geschlagen hatte, leicht gerötet. Es tat ihm augenblicklich leid; er hatte sie noch nie zuvor geschlagen.

Lori setzte ein tapferes Gesicht auf, beinahe so, als wolle sie vor einem kranken Kind Tränen zurückhalten. Es bestand nicht das geringste Anzeichen, daß sie jemals etwas anderes als Quaids hingebungsvolle Frau gewesen war. »Liebling . . .«

Aber sie hatte mit der Pistole auf ihn geschossen! Sie hatte versucht, ihn bewußtlos zu schlagen und mit einem Küchenmesser zu töten. Die Schnitte, die sie ihm zugefügt hatte, waren noch nicht verheilt. Sie hatte sich nur so verführerisch herausgeputzt, um ihn abzulenken, während sie auf dem Monitor beobachtete, wie Richter und Helm sich näherten. Sie hatte ihm gesagt, mit Ausnahme der letzten sechs Wochen sei ihre gesamte Beziehung implantiert. Liebling?

Gott im Himmel, er *wollte* ihr glauben! Wenn das alles ein Traum war, hatte sie ihn niemals angegriffen, und sie war wirklich seine hingebungsvolle Frau.

»Bitte kommen Sie herein, Mrs. Quaid«, sagte Edgemar.

Zögernd betrat Lori das Zimmer. Ihre Hüften bewegten sich noch immer auf die Art, die ihn ganz verrückt gemacht hatte. Und noch machte. Vielleicht liebte er sie nicht, aber zum Teufel, er haßte sie auch nicht!

Warum hatte er sie dann als solch üble Person in seinen Traum eingebaut? Um einen Vorwand zu haben, sie loszuwerden, damit er seiner Marsfrau nachstellen konnte? Das ergab einen häßlichen Sinn. Ein verwirrter Geist – in der Wirklichkeit konnte er sich das nicht leisten!

Aber er konnte es sich auch nicht leisten, ihr zu vertrauen. Quaid zerrte Lori zu sich und untersuchte sie grob. Selbst das war schmerzhaft für ihn, denn seine tastenden Hände stellten fest, was für einen wunderschönen Körper sie hatte. Er hatte diesen Körper so oft liebkost und dabei so große Freude empfunden. Wie konnte er jetzt Zweifel an ihr haben?

»Ich nehme an, du bist auch nicht hier«, sagte er schroff. Es kam ihm selbst flegelhaft vor, doch welche Wahl hatte er schon? Ein einziger Fehler war gleichbedeutend mit der Katastrophe.

»Ich bin hier bei Recall«, sagte sie.

Quaid lachte und stieß sie zurück. Doch innerlich tat es ihm weh. Wenn sie doch nur zusammenbrechen und ihn verfluchen und sagen würde, daß sie ihn haßte! Dann wäre es ihm gerechtfertigt erschienen, sie so zu behandeln, ob diese Szenen nun ein Traum oder Wirklichkeit war.

»Doug, ich liebe dich«, sagte Lori. Ihre großen Augen waren feucht.

»Genau. Deshalb hast du auch versucht, mich umzubringen!« Er mußte die Pose aufrechthalten und seine schrecklichen Zweifel überspielen.

»Nein, nein«, protestierte sie und brach in Tränen aus. »Ich würde *nie* etwas tun, was dir schadet. Ich liebe dich. Ich möchte, daß du zu mir zurückkommst.« Ihre Verzweiflung war herzzerreißend.

»Unglaublich«, murmelte er. Doch seine Selbstsicherheit war erschüttert. Es wäre so einfach, sie in die Arme zu nehmen . . .

»Was ist unglaublich, Mr. Quaid?« fragte Edgemar. Er befleißigte sich eines völlig sachlichen Tonfalls. »Daß Sie eine paranoide Episode haben, die durch ein akutes neurologisches Trauma ausgelöst wurde? Oder ...« Nun klang seine Stimme spöttisch. »Daß Sie wirklich ein unbesiegbarer Geheimagent vom Mars sind, der das Opfer einer interplanetarischen Verschwörung ist, die ihn glauben machen soll, er sei ein unwichtiger Bauarbeiter?«

Quaids Selbstsicherheit, so er noch eine besaß, wurde weiter untergraben. Die Ereignisse, die er in jüngster Zeit erlebt hatte, kamen ihm jetzt tatsächlich unsinnig vor. Diese Details, die nicht viel Sinn ergaben – wie konnte man sie besser erklären als die Produkte eines leicht verwirrten träumenden Verstands?

Edgemar betrachtete ihn mit großem Mitgefühl und viel Freundlichkeit. »Doug, wie viele von uns sind Helden? Sie sind ein guter, aufrechter Mann. Sie haben eine wunderschöne Frau, die sie liebt.«

Lori strahlte Quaid mit reiner Hingabe an.

»Sie haben einen sicheren Job mit einer aussichtsreichen Zukunft«, fuhr Edgemar fort. »Das Leben liegt noch vor Ihnen.« Er runzelte wohlwollend die Stirn. »Doch Sie müssen in die Wirklichkeit zurückkehren *wollen*.«

Es schien alles zusammenzupassen. Quaid war fast überzeugt. Natürlich hatte er ein abenteuerfreudiger Held sein wollen, doch dieses Abenteuer hatte ihn von seinem Wunsch einigermaßen kuriert. Er hatte eine schöne Frau haben wollen, und Lori war eine schöne Frau. Na schön, sie hatte kein dunkles Haar – aber war das ein Grund, sie einfach wegzuwerfen? Wenn man bedachte, wie Melina ihn behandelt hatte ...

»Was soll ich tun?« fragte er.

Edgemar öffnete die Hand und enthüllte eine kleine Pille. »Nehmen Sie die.«

»Was ist das?« Quaid war nicht so dumm, die Tatsache zu übersehen, daß eine eingebildete Pille nichts bewirken konnte, was nicht auch seine Einbildung bewirken konnte.

»Sie ist ein Symbol. Ein Symbol Ihres Wunsches, in die

Wirklichkeit zurückkehren zu wollen«, erklärte Edgemar. »Sie werden in Ihrem Traum einschlafen.«

Und in der Wirklichkeit aufwachen? Das war schon einmal geschehen, als er den außerirdischen Schacht auf dem Mars hinabgestürzt und bei Lori im Bett aufgewacht war. Das hatte schon seine Reize! Er nahm die Pille und betrachtete sie. Er sah die rationale Einstellung, die dahinter steckte: im Leben nimmt ein Mensch eine Pille, um gesund zu werden. Im Traum nimmt er eine, weil er gesund werden *will*. Die Wirkung könnte ähnlich sein.

»Sie sollten wissen, Mr. Quaid, daß Recall die Kosten für Ihre ärztliche Beratung übernimmt, solange sie nötig sein wird. Überdies werden wir Ihnen Schadenersatz erstatten, wenn Sie schriftlich darauf verzichten, weitere Ansprüche an uns zu stellen.«

»Wieviel?« Die Frage kam ganz automatisch, obwohl es ihn kaum interessierte. Wichtiger war die Frage, ob er die Wirklichkeit wollte, die er auf der Erde gekannt hatte, oder lieber eine Fortsetzung dieses verrückten, aus den Fugen geratenen Abenteuers auf dem Mars. Die Antwort hätte offensichtlich sein sollen, doch die Erinnerung an Melina und die Andeutung von etwas anderem, von etwas, das so wichtig war, daß . . .

»Hunderttausend Krediteinheiten. Vielleicht auch mehr.«

Lori strahlte und schaute hoffnungsvoller drein. »Denk darüber nach, Doug. Wir könnten ein Haus kaufen.«

Statt eines Apartments im zweihundertsten Stock. Das hatte auch seine Reize. Vielleicht ein Urlaub in einer Unterseekuppel.

»Natürlich«, sagte Edgemar, »hängt alles davon ab, ob Sie die Pille nehmen.«

Kurz davor sich ihrer Logik zu unterwerfen, wurde Quaid wieder argwöhnisch. Warum sollte alles davon abhängen, daß er die Pille nahm? Warum konnte er nicht einfach erklären: ›Ich bin fertig mit meinem Traum! Ich will in die Wirklichkeit und zu Lori zurückkehren!‹ Ein paarmal, wenn auch nicht oft, hatte er erlebt, was man wohl einen ›geilen Traum‹ nennt, bei dem man weiß, daß es sich um einen Traum handelt und ihn in gewissen Grenzen kontrollieren kann. Wenn das geschah, verlor der Traum im allgemeinen jedoch seine Substanz, und er wachte auf. Anstatt sich also in eine geile Sexorgie zu stürzen, wachte er mit einem Ständer auf und wußte nicht, wohin damit. Das war ihm passiert, als er ein Teenager war, bevor er Lori kannte. Doch das Prinzip blieb dasselbe: wenn er ohne das Symbol nicht aus dem Traum ausbrechen konnte, warum sollte es dann *mit* dem Symbol funktionieren? Warum waren sie so versessen auf dieses Symbol?

»Einmal angenommen, Sie haben recht«, sagte Quaid. »Das ist ein Traum.« Er hob die Pistole an Edgemars Kopf. »Dann kann ich den Abzug drücken, und es spielt nicht die geringste Rolle.«

Er bewegte den Finger am Abzug. Das war ein Versuch, der endlich gewisse Aufschlüsse bringen würde. Wenn dies kein Traum war, würde Edgemar überaus bemüht sein, diesen Versuch zu verhindern!

»Doug, nicht!« rief Lori.

Doch Edgemar blieb unnatürlich ruhig. Seine Augen und Stimme drückten eine uneigennützige Besorgnis um den Patienten aus. »Es wird für mich nicht die geringste Rolle spielen, Doug, doch für Sie wären die Konsequenzen verheerend. In Ihrer Einbildung wäre ich tot. Und mit niemandem, der Sie hinausführen kann, wären Sie in einer permanenten Psychose gefangen.«

War das möglich? Eine Psychose war eine Geisteskrankheit. Konnte sein Verhalten Einfluß darauf nehmen, welche Richtung sein Geist einschlug? War es gleichbedeutend damit, der Wirklichkeit auszuweichen, indem er Edgemar erschoß, und sie zu akzeptieren, indem er die Pille nahm?

»Doug, bitte laß dir von Dr. Edgemar helfen!« bedrängte Lori ihn.

Den Finger noch am Abzug, wurde Quaid von Zweifeln geplagt. Er wußte, es war kein Problem, das Gehirn des Arztes über die Wand zu spritzen. Doch *wollte* er das auch? Bedeutete das nicht, daß er sich endgültig einem Traum der Gewalt, Unsicherheit und frustrierten Liebe hingab?

»Die Mauern der Wirklichkeit werden auf Sie einstürzen«, sagte Edgemar. »In der einen Minute werden Sie der Retter der Rebellensache sein, in der nächsten dann Cohaagens Busenfreund. Bis man schließlich auf der Erde eine Lobotomie an Ihnen durchführen wird.«

Quaid war völlig demoralisiert. Es mußte wahr sein: Falls er wirklich in einem Halbkoma auf der Erde lag und nicht zurückgeholt werden konnte, würde man eine Lobotomie an ihm vornehmen. Es war sinnlos, einen Menschen am Leben zu halten, der kaum mehr als eine Pflanze war. Unwirtschaftlich. Ein Lobotomisierter mochte nicht gerade sehr kreativ sein, konnte aber einen Preßlufthammer bedienen. Also traf er besser die richtige Entscheidung; so oder so würde es zur Katastrophe führen, sich der Illusion hinzugeben.

»Jetzt reißen Sie sich zusammen, Doug«, sagte Edgemar fest. »Und nehmen Sie die Pistole weg.«

Zögernd senkte Quaid die Waffe. Falls dies ein Traum war und er jemanden erschoß, würde *er* sterben (oder eine Lobotomie bekommen, was dasselbe war), und nicht der andere.

»So ist's richtig. Und jetzt nehmen Sie die Pille . . .« Edgemar hielt inne, als Quaid die Pille langsam in die Hand nahm. »Und stecken sie in den Mund.«

Quaid steckte die Pille in den Mund. Sie schmeckte genau wie eine Pille. Aber das war natürlich klar, in einem Traum genauso wie in Wirklichkeit.

»Und schlucken sie«, fuhr Edgemar fort, als gäbe er einem erblindeten Piloten Anweisungen für eine Landung.

Quaid zögerte. Edgemar und Lori beobachteten ihn mit großer Erwartung.

»Mach schon, Doug«, sagte Lori.

Doch die Unentschlossenheit nagte an ihm. Angenommen, das war *kein* Traum? Dann würde die Pille vielleicht – oder sogar wahrscheinlich – ein Betäubungsmittel oder sogar ein tödliches Gift enthalten.

Dann sah er, wie ein Schweißtropfen Edgemars Stirn hinabrollte.

Sein Hauser-Reflex übernahm. Unvermittelt richtete er die Waffe auf Edgemar und schoß.

Der Plastiksprengstoff in der Plastikpistole schickte die Plastikkugel dem Mann direkt in den Kopf. Blut spritzte in einem engen Kreis an die Wand.

Dann explodierte ein Blutfleck und schleuderte Quaid durch die Luft zurück. Ein großes Loch erschien in der Wand. Er hatte die falsche Entscheidung getroffen! Seine Traumwelt stürzte jetzt ein, genau, wie Dr. Edgemar es gesagt hatte!

Er prallte gegen die gegenüberliegende Wand und rutschte benommen zu Boden. Vier Marsagenten stürmten durch das Loch in der Wand und warfen sich auf ihn.

Aber das war nicht das Ende des Traums! Das war die Bestätigung der Marsrealität! Sie hatten ihn zuvor nicht angegriffen, weil sie ihn lebendig fassen und herausfinden wollten, was er wußte. Als der Trick mit der Pille nicht funktionierte, waren sie durch die Wand gekommen, um ihn festzunehmen. Ja, das ergab Sinn!

Mit neuer Zuversicht widersetzte er sich. Sie versuchten, ihm Handschellen anzulegen, doch er rammte einen Ellbogen gegen ein Kinn, kugelte eine Schulter aus und stieß und trat sich aus ihrer Umklammerung. Er befreite sich von einem Agenten, der seinen Fuß festhielt. Sie setzten keine Schußwaffen ein, sie wollten ihn niederringen!

Mit den Händen auf dem Boden, um das Gleichgewicht nicht zu verlieren, torkelte er auf die Tür zu. Er würde entkommen, und zum Teufel mit dem Traum!

Doch da stand jemand vor ihm. Er sah auf. Lori versperrte ihm den Weg.

Na schön. Er wollte sich wieder bewegen – und sie trat ihm ins Gesicht.

Er wankte zurück, mehr durch ihr Verhalten als von dem Tritt verletzt. Er wollte sie nicht noch einmal schlagen! Auf der Erde war es schon schlimm genug gewesen.

Er hatte nur kurz gezögert, doch das verschaffte den anderen die Zeit, ihn zu ergreifen und zu bändigen. Er spannte seine

Muskeln an, um die Männer, die seine Arme festhielten, mit den Köpfen gegeneinander zu stoßen.

Da trat Lori ihm in die Hoden, und der Planet explodierte in Pein. Er gab seinen Widerstand auf; da war nichts mehr außer Schmerzen und ihrem Verrat. Sie hatte behauptet, ihn zu lieben!

Wie aus weiter Ferne, irgendwo außerhalb des Schmerzradius, hörte er sie sprechen. »Das war dafür, daß du mich gezwungen hast, zum Mars zu fliegen. Du weißt, wie ich diesen verdammten Planeten hasse!«

Nein, das hatte er nicht gewußt. Er hatte angenommen, es sei nur eine Pose gewesen, die ihn entmutigen sollte, zum Mars zu gehen. Anscheinend hatte sie doch nicht alles gespielt.

Die Agenten fesselten ihm die Hände auf dem Rücken. Er war hilflos. Dann kniete Lori neben ihm nieder und versetzte ihm einen Schlag ins Gesicht, der ihn fast bewußtlos werden ließ.

Verschwommen fühlte er, wie er zur Tür gezerrt wurde. Zumindest einen Gefallen hatte Lori ihm erwiesen. Sie hatte ihm endlich gezeigt, welche Gefühle sie ihm wirklich entgegenbrachte. Er würde sich nie wieder von ihr täuschen lassen. Wenngleich es im Augenblick nicht danach aussah, daß er je wieder in diese Gelegenheit kommen würde.

Lori sprach in ein drahtloses Videofon.

»Ich habe ihn«, sagte sie und lächelte, als Richters Gesicht auf dem Bildschirm erschien.

»Bring ihn runter«, sagte Richter.

Lori spitzte ihre Lippen zu einem stummen Kuß. »Ciao.« Sie unterbrach die Verbindung.

Kapitel 19 *Flucht*

Vor dem Hilton warteten Richter und Helm in einem Wagen. Richter ballte zufrieden die Faust. Er hätte den Mann lieber umgebracht, doch zumindest hatte die Hure ihn lebend gefangennehmen können, wie Cohaagen es befohlen hatte.

»Nehmt den Lastenaufzug«, sagte Richter. »Wir holen euch ab.« Helm verließ den Wagen bereits. Richter folgte ihm, und sie liefen in das Hotel.

Quaid kam zu sich, war aber noch benommen. Er wurde zu einem Lastenaufzug gezerrt. Zwei Gäste und ein Page mit einem Gepäckkarren traten zur Seite, bedacht, sich nicht einzumischen. Er konnte nur ein paar Sekunden lang ohnmächtig gewesen sein – gerade lange genug, daß der Schmerz in seinen Eiern auf ein erträgliches Maß zurückgegangen war.

Sie stützten ihn, während sie auf den Fahrstuhl warteten. Er sah zu Boden, leistete keinen Widerstand und versuchte nur, wieder voll zu Bewußtsein zu kommen. Seine Augen konzentrierten sich auf etwas Schönes. Nach einem Moment begriff er, daß es sich um Loris Beine handelte. Zu schade, daß ihr Herz nicht die gleichen Qualitäten wie ihr Körper besaß.

Er bemerkte auch, daß sie am Knöchel eine Scheide mit einem Messer darin trug. Nun bestand kein Zweifel mehr, daß sie ein Profi war. Wie hatte er sich nur von ihr täuschen lassen können?

Die Fahrstuhltüren glitten auf. Eine Kugelsalve erklang.

Was? Hatten sie ihn doch erschossen? Er spürte aber nichts.

Der Agent vor ihm stürzte zu Boden. Das Gesicht des Mannes war in seiner Überraschung erstarrt. Nicht Quaid war erschossen worden, sondern der Agent. Was ging hier vor?

Dann stürmte eine Frau aus dem Fahrstuhl. Ihre Beine waren mindestens genauso schön wie Loris, und sie hatte einen volleren Busen und langes dunkles Haar. Als sein Blick auf ihr

Gesicht fiel, verspürte er ein gelindes Erstaunen. Es war Melina!

Sie wirbelte mit feuerspuckender Pistole herum. Nach einem Augenblick hatte sie die restlichen drei männlichen Agenten, die Quaid festhielten, niedergemäht. Quaid selbst traf sie nicht. Entweder hatte er Glück gehabt, oder sie war ein ausgezeichneter Schütze.

Lori ließ sich zu Boden fallen, holte mit den Beinen aus und riß Melina die Füße weg. Die Pistole flog im hohem Bogen durch die Luft. Lori ergriff Melinas Haar und zerrte es so heftig zurück, daß sie der anderen Frau fast das Genick gebrochen hätte. Sie schlang Melinas Haar um ihre Faust, hielt den Kopf fest und schlug ihr Gesicht gegen die Wand. Einmal. Zweimal. Dreimal. Melina wehrte sich nicht mehr. Quaid kannte das Gefühl; er hatte es gerade selbst erfahren.

Er schob sich über die Leichen der Agenten. Mit auf den Rücken gefesselten Händen wand er eine Pistole aus einer toten Faust. Die Agenten hatten Waffen gehabt, sie nur nicht gegen Quaid eingesetzt. Diesmal.

Lori zog ihr Messer aus der Knöchelscheide. Sie hob es und schickte sich an, es in Melinas Herz zu versenken. Doch sie hielt einen Augenblick inne.

Melinas Augen wurden wieder klar. Sie sah die Klinge über ihr.

Darauf hatte Lori gewartet. Anscheinend wußte sie, wer Melina war: sein Traum-Mädchen. Sie wollte, daß Melina wußte, wie ihr geschah. Vielleicht wollte sie auch, daß Quaid sah, wie es geschah. Sie wollte ihn auf jede erdenkliche Art verletzen und hatte die perfekte Möglichkeit dazu gefunden.

»Nicht!« rief Quaid. Er bat nicht, er warnte sie.

Lori drehte sich um und sah, daß er die Pistole auf sie gerichtet hatte.

Doch sie sah ebenfalls, daß er gekrümmt dalag, die Hände auf dem Rücken. Konnte er aus dieser Position treffsicher schießen?

Loris Verhalten veränderte sich auf die chamäleonhafte Art und Weise, die ihr zueigen war. Anscheinend war ihr die Antwort auf die Frage seiner Treffsicherheit klar! »Doug . . .« keuchte sie. »Du wirst mir doch nichts tun, oder?«

Er hielt die Waffe weiterhin auf sie gerichtet.

Lori senkte das Messer und nahm die Hände zusammen, um ihre Ungefährlichkeit zu beweisen. »Sei vernünftig, Schatz. Wir sind verheiratet.«

Ja, diesen Anschein hatte es einmal gehabt. Doch er wußte es jetzt besser. Viel besser. Seine Waffe zitterte nicht.

Lori hielt das Messer nun an der Klinge und nahm vorsichtig eine Wurfhaltung ein. Er bezweifelte ihre Fähigkeit nicht, es genau dorthin zu schleudern, wohin sie es haben wollte. Nun war er ihr vordringliches Opfer geworden.

»Betrachte das als Scheidung«, sagte er barsch.

Lori schwang den Arm zurück, um das Messer zu werfen.

Quaid schoß. Die Kugel traf sie in die Stirn. Das Messer fiel ihr aus der Hand. Dann fiel Lori.

Er hätte sie davonkommen lassen können, selbst nach ihrem Versuch, Melina umzubringen. Er haßte es, Frauen zu töten. Doch sie hatte am Ende wieder ihre wahre Natur unter Beweis gestellt. Sie war durch und durch Agentin, so brutal wie jeder der Killer und gefährlicher als die meisten davon. Es hatte keine andere Möglichkeit gegeben.

Melina setzte sich mitgenommen und zitternd auf. Sie hatte anscheinend nicht damit gerechnet, im Kampf von einer anderen Frau besiegt werden zu können. »Das war deine Frau?«

Quaid nickte. Er hatte es getan, und er wußte, daß es gerechtfertigt gewesen war, fühlte sich aber dennoch ganz elend. Offensichtlich hatte Lori ihn nicht nur nicht geliebt, sie hatte ihn nicht einmal gemocht. Er hatte sie mit weit mehr Skrupeln getötet, als sie gehabt hätte, falls sie ihn erwischt hätte.

»Was für ein Miststück«, sagte Melina.

Das traf es recht gut. Er hatte zehn Jahre – oder nur sechs Wochen – seines Lebens hinter sich gelassen. Das tat weh.

Richter drückte ungeduldig auf den Knopf des Lastenfahrstuhls. Endlich kam er. Er und Helm traten hinein. Es tat ihm noch immer leid, daß Hauser keinen Fluchtversuch unternommen und ihm damit die Möglichkeit geboten hatte, ihn zu töten – in Erfüllung seiner Pflicht.

Melina kroch unter Schmerzen zu Lori und durchsuchte ihre Taschen.

Quaid beobachtete sie. »Bist du in der Kaffeepause mal eben vorbeigekommen?« Bei Lori war er sich schließlich leider sicher gewesen, bei Melina jedoch noch nicht. »Oder hast du Arbeitsschluß?«

»*Das* ist meine Arbeit«, erwiderte sie.

»Und das *Last Resort* ist dein Hobby.« Er wußte, daß er spitzfindig war, doch er hatte nicht besonders viel für Huren übrig.

»Das ist meine Tarnung«, sagte sie. Sie hatte den Schlüssel für die Handschellen gefunden.

Und sie war ein Profi, genau wie Lori einer gewesen war. Sie tat, was immer nötig war, um ihren wahren Auftrag zu schützen. Das wußte er zu schätzen. »Ich dachte, du magst mich nicht.«

»Ich habe dich auch nicht gemocht«, entgegnete Melina kurzangebunden. Sie schloß seine Handschellen auf.

Sie nahmen die Waffen der Toten an sich und liefen den Gang entlang.

»Wieso hast du es dir anders überlegt?« fragte er, als führten sie einen gemütlichen Kaffeeklatsch und liefen nicht um ihr Leben.

»Wenn Cohaagen dich tot sehen will, bist du vielleicht doch in Ordnung.«

Eigentlich schien Cohaagen diesmal versucht zu haben, ihn lebendig zu fassen; die Agenten hätten ihn jederzeit durch die Wand niederschießen können, hatten statt dessen aber die kleine Szene mit Edgemar und Lori abgewartet. Er verzichtete jedoch darauf, dies richtigzustellen. Melinas Gedanken verliefen in ähnlichen Bahnen wie seine: Wenn sie sich weigerte, sich mit ihm abzugeben, solange sie seine Loyalität noch in Frage stellte, war sie wahrscheinlich auf seiner Seite. Lori war ganz ihr Gegenteil gewesen, und nicht nur, was ihre Haarfarbe betraf. Manchmal mußte man eben herausfinden, welche Feinde ein Mensch hatte, bevor man wissen konnte, ob dieser Mensch ein Freund war.

»Also bist du gekommen, um dich zu entschuldigen?« fragte er.

»Kuato will dich sprechen. Komm schon!« Sie zog ihn auf die Füße, und sie liefen den Gang entlang.

Richter und Helm stürmten aus dem Lastenaufzug. Das Blut wich aus Richters Gesicht, als er das Loch in Loris Stirn sah. Helm sah das Gesicht des Mannes und trat zurück, ihm aus dem Weg. Dann sah er Quaid und Melina, zerrte an Richters Jacke und deutete auf sie.

Mit einem unmenschlichen Gebrüll eröffnete Richter das Feuer und setzte ihnen nach. Kugeln pfiffen an ihren Ohren vorbei.

Verdammt! Er hatte befürchtet, weitere Killer würden aus dem Fahrstuhl stürzen, so daß sie bei einer Schießerei draufgehen würden, selbst wenn sie Richter und Helm erwischen sollten. Doch nun hatte es den Anschein, nur diese beiden seien hinter ihnen her. Nun würde jedes Zögern, jeder Versuch, sauber zu zielen, sie in eine fatale Lage bringen. Sie mußten weiterlaufen.

Sie kamen zu einer Tür mit dem Schild AUSGANG. Melina zerrte daran. Sie öffnete sich nicht. »Scheiße!« rief sie.

Sie hatten keine andere Wahl, als ihre Flucht fortzusetzen. Sie liefen zu dem großen Fenster am Ende des Ganges. Außerhalb des Fensters waren nur der rote Himmel und geologische Formationen zu sehen, aber kein Boden.

»Was nun?« fragte Quaid mit einem Blick auf das Ende des Ganges.

»Wir springen!« erwiderte sie lakonisch.

Wäre er in besserer Verfassung gewesen, hätte er vielleicht

Widerspruch erhoben, doch er war noch etwas benommen von dem Tritt. Vielleicht war es bei ihr dasselbe. Na ja, wenn er sich schon zu Tode stürzen würde, dann immerhin zusammen mit ihr. Er erinnerte sich an den Traum.

Sie sprangen gemeinsam – und brachen durch das Fenster. Sie schwebten durch die Luft und fielen, und vor Quaids Augen zogen Teile seines Lebens vorbei, und er gewann ein neues Verständnis von dem, was in seinem Verstand begraben war. Es hatte *tatsächlich* mit dem Wohlergehen der Menschheit zu tun!

Dann schaute er hinab und sah kaum zwei Meter unter sich das Dach. Melina hatte offensichtlich gewußt, daß das Hotel aus einer Reihe von Terrassen bestand, die direkt neben der Kuppel erbaut waren.

Sie landeten, überschlugen sich, plagten sich auf und liefen weiter. Richter und Helm erschienen an dem zerbrochenen Fenster und schossen auf sie. Dann rannten Quaid und Melina um eine Ecke und damit außer Sicht.

Quaid hörte den Aufprall, als Richter und Helm ebenfalls sprangen, um ihnen zu folgen. Die Jagd war noch nicht vorbei!

Sie liefen von Dach zu Dach, bemüht, außerhalb der Schußlinie zu bleiben. Zum Glück konnten ihre Verfolger während des Laufens nicht genau zielen und verschwendeten nur unnötig Munition.

Doch schon bald fanden sie sich wieder in die Enge getrieben, wie im Hotel, nur daß sie diesmal von steilen Klippen und nicht von Mauern umgeben waren. Wohin nun?

Melina lief mit vollem Tempo auf den Rand des Hangs zu. Quaid folgte ihr voller Abscheu. »Schon wieder?!«

Offensichtlich. Er konnte nur hoffen, daß sie noch wußte, was sie tat. Dann sah er die Kuppel vor ihnen. Er ließ das Gewehr fallen, das er einem toten Agenten abgenommen hatte; er wußte, daß er es nicht festhalten konnte und beide Hände brauchen würde, um sich an dem Gebilde vor ihm festzuklammern. Die andere Waffe steckte er in seinen Gürtel. Er bedauerte, die Plastikwaffe verloren zu haben, die er unter so großen

Mühen auf den Mars geschmuggelt hatte; das war eine überlegene Waffe gewesen.

Sie erreichten die Dachkante, sprangen und hielten sich an dem Gerüst der Kuppel fest. Erneut hatten sie einen Fluchtweg gefunden!

An einem Balken hängend, warf Quaid einen Blick zurück. Er sah, wie Richter und Helm am Dachrand erschienen. Richter hob die Waffe, um zu schießen, doch Helm schlug seinen Arm hinab, so daß die Kugeln in den Boden fuhr.

»Wollen Sie uns umbringen?« schrie Helm.

Wütend schlug Richter Helm gegen den Kopf und zielte erneut. Helm kämpfte heftig mit seinem viel größeren Boß. »Sie treffen die Kuppel!« rief er, als er Richter zurückriß.

In der Tat, dachte Quaid und erinnerte sich an die Szene auf dem Raumhafen. Eine Kugel konnte das genausogut bewirken wie eine explodierende Maske. Der Mann war ein Heißsporn, der zuerst schoß und dann nachdachte und eher einen Unbeteiligten treffen würde als den, auf den er es abgesehen hatte. Doch er mußte zur Vernunft gekommen sein, denn der Schuß blieb aus.

»Übrigens«, keuchte Quaid, als täten sie dies zum Spaß, »Hast du jemals von einer Firma namens Recall gehört?«

»Ich habe mal Modell für sie gestanden. Warum?«

»Nur eine Frage.« Allmählich fügten sich die Dinge in seinem Verstand wieder zusammen, während sie auf andere Weise aus den Fugen gerieten.

Quaid folgte Melina, die gewandt Balken entlangkletterte, Rohre hinabrutschte und von einer Verstrebung zur anderen sprang. Sie sah vielleicht aus wie eine Luxushure, erinnerte nun jedoch an eine Akrobatin!

Doch durch seine Verrenkungen löste sich die Pistole in seinem Gürtel. Quaid konnte sie nicht mehr festhalten; bedauernd sah er ihr nach, wie sie herunterfiel. Melina hatte die ihre entweder auf dem Dach liegen lassen oder auf ähnliche Weise verloren. Nun konnten sie das Feuer nicht mehr erwidern.

Mittlerweile kletterten Richter und Helm an dem Hotel

hinab, eine viel einfachere und weniger zeitraubende Aufgabe. Sie holten auf!

Quaid und Melina ließen sich neben einer festen Mauer hinabfallen. Richter und Helm erreichten den Boden fast gleichzeitig. Schießend liefen sie los.

Quaid sah sich um, fand aber nirgendwo ein Versteck. Er suchte hektisch nach der Pistole, die er fallen gelassen hatte, doch sie lag irgendwo zwischen dem Unrat am Fundament der Kuppel, und es blieb sowieso keine Zeit, sie zu holen. Es sah nicht gut aus für die Heimmannschaft!

Richter fiel in einen langsameren Trab, als er in Schußweite kam. Er hob die Pistole und nahm sorgfältiger Ziel. Er grinste. *Er* hatte nicht vor, Gefangene zu machen!

Dann raste ein Wagen mit kreischenden Reifen um eine Ecke, schnitt Richter und Helm den Weg ab und hielt vor Quaid und Melina an.

Es war Benny, der swingende Taxifahrer. »Steigt ein!« rief er.

Sie warfen sich in das Taxi und purzelten übereinander, als Benny aufs Gas drückte und davonraste.

»Zum *Last Resort*!« keuchte Melina. »Schnell!«

Richter schoß vom Bürgersteig aus, und ein Seitenfenster zersplitterte. Quaid zog Melina hinab, um sie vor den Glassplittern zu schützen.

»Großer Gott!« schrie Benny. »Habt ihr Ärger?« Er drückte das Gaspedal durch.

Hinter ihnen stiegen Richter und Helm in ihren Wagen und rasten los.

Benny bog in den Haupttunnel ein. »Was macht ihr mit mir, Leute? Ich muß sechs Kinder durchfüttern!«

Benny zog den Wagen scharf nach links in eine Röhre, die über die Schlucht führte. Das Manöver warf Quaid und Melina gegeneinander. Wenn das absichtlich geschehen wäre ... So jedoch löste er sich vorsichtig von ihr, bemüht, es zu keinen Mißverständnissen kommen zu lassen.

Das Straßenpflaster dieser Röhre war nicht ganz glatt. Wenn der Wagen mit hoher Geschwindigkeit von einem Segment auf das andere fuhr, blitzten die Scheinwerfer auf und erzeugten die Reifen rhythmische Geräusche, *kalumpf, kalumpf, kalumpf,* die vom Chassis übertragen wurden. Der Effekt wirkte seltsam beruhigend.

Die Heckscheibe zersplitterte. Quaid und Melina duckten sich und wären beinahe mit den Köpfen zusammengeprallt.

»Haben Sie eine Waffe, Benny?« fragte Quaid.

»Unter dem Sitz, Mann.«

Quaid fischte unter dem Beifahrersitz und fand eine Pistole in einem verborgenen Halfter. Er zog sie heraus und überprüfte sie. Es war eine geladene Pro Special. Dieser Taxifahrer wußte sich zu schützen, wenn es sein mußte!

Er warf einen Blick zurück. Richter lehnte sich aus seinem Wagen. Es blitzte hell auf. Bennys Rückspiegel zerschellte. Richter wurde besser!

Quaid lehnte sich aus dem Fenster, zielte und erwiderte das Feuer.

Ein Treffer; Richters Windschutzscheibe zersplitterte.

Der Wagen schwankte, hielt aber die Spur. Das bedeutete, daß er den Fahrer nicht getroffen hatte. Zu schade. Er sah, wie eine Hand mit einer Pistole die Glassplitter wegschlug. Dann ein weiterer Schuß, diesmal aus dem Wagen.

Er hatte es Richter nur leichter gemacht, auf sie zu schießen! Es sah so aus, als greife der Mann jetzt auf schwerere Artillerie zurück. Welche Waffen standen ihm zur Verfügung?

Richter schoß. Ein Kotflügel wurde vom Wagen abgerissen. Er schoß erneut. Eine weitere Fensterscheibe zersplitterte. Ja, das war in der Tat ein schwereres Kaliber!

Quaid erwiderte das Feuer, doch seine Waffe erschien ihm nun denkbar ungeeignet. Beide Männer in dem verfolgenden Wagen hatten sich niedergekauert, so daß sich ihm kein klares Ziel bot, und wenn er nicht einen von ihnen erwischte, würde er nicht viel bewirken. Die Vorderreifen schienen von Metallschildern abgeschirmt zu werden, so daß er dem Wagen an dieser Stelle mit seiner Pistole auch keinen großen Schaden zufügen konnte. Richters schweres Geschütz jedoch . . .

Richter schoß erneut. Diesmal wurde dem Wagen das Dach abgerissen.

»Scheiße!« rief Benny. »Ich habe noch nicht mal alle Raten für die Karre bezahlt!«

Doch es sollte noch schlimmer kommen. Als sie durch eine Kurve fuhren, erwischte Richter einen Reifen. Benny verlor die Kontrolle über das Taxi, und der Wagen überschlug sich und kam schlitternd mit den Reifen nach oben auf dem Venusville Plaza zum Halt.

Quaid war sich kaum bewußt, was er tat; wahrscheinlich hatte seine Hauser-Persönlichkeit wieder übernommen, wie sie es in größter Gefahr immer tat. Er stellte fest, daß er Melina hielt und sich über sie gerollt hatte, um sie vor dem Aufprall zu schützen.

Bevor der Wagen endgültig zum Stehen kam, handelte er schon. »Raus!« schnappte er. Sie kletterten unter den hinabhängenden Sitzen hervor und durch die zersplitterte Windschutzscheibe. »Bewegt euch! Bewegt euch!« drängte er, sprang auf die Füße und zerrte Benny und Melina hinaus.

»Ach du große Scheiße!« stöhnte Benny. »Jetzt sind sie hinter *mir* her!«

Die drei setzten zu einem Sprint an. Gerade noch rechtzeitig. Richters Wagen schoß aus der Kurve und blieb mit kreischenden Reifen stehen. Richter und Helm sprangen hinaus und eröffneten das Feuer auf das Wrack.

Kapitel 20 *Kuato*

Das Geräusch der Schüsse mußte den Barkeeper im *Last Resort* alarmiert haben. Er hielt die Tür auf, als Melina, Quaid und Benny hineinstürmten, und schlug sie hinter ihnen zu. Quaid blieb abrupt stehen, verwirrt von der Szene, die sich ihm bot.

Tony und die anderen Minenarbeiter hatten ihren Tisch

hochgehoben, und mit ihm ein Stück des Bodens. Darunter klaffte ein Loch auf. War das irgendein Fluchtweg?

Melina wußte genau, was es war. Sie kletterte in das Loch und verschwand in der Dunkelheit. Benny folgte ihr, erschrockene Blicke über die Schulter zurückwerfend. Quaid riß sich aus seiner Erstarrung und ließ sich schnell ebenfalls in das Loch hinab.

Die Minenarbeiter rückten den Tisch wieder zurecht und setzten ihr Pokerspiel schon wieder fort, als Richter, Helm und sechs schwerbewaffnete Soldaten in die Bar stürmten.

Die Kartenspieler betrachteten die Männer mit milder Neugier. Alles war ruhig und friedlich wie bei einem Damenkränzchen an einem geruhsamen Donnerstag nachmittag, doch Richter ließ sich nicht täuschen.

Er faßte Mary und hielt ihr die Pistole an den Kopf. Es war dieselbe Waffe, mit der er das Dach von Bennys Taxi geschossen hatte. »Wo sind sie?« fragte er.

»Wer? Ich weiß nicht, was . . .« Richter schoß Mary den Kopf von den Schultern, warf die Leiche zur Seite und zog Däumlina zu sich heran.

»Vielleicht weißt *du* es«, sagte er, und in seiner Stimme schwang eine kalte Drohung mit.

Bevor sie antworten konnte, sprang Tony auf und schlug Richter zu Boden. Als Helm loslief, um auf Tony zu zielen, riß Däumlina den Arm hoch und versetzte ihm mit einem Messer von der Leiste bis zur Brust eine klaffende Wunde.

Es war, als habe man ein Streichholz in ein Pulverfaß geworfen. Die anderen Minenarbeiter sprangen auf und griffen die Soldaten mit Fäusten, Messern, Pistolen, Flaschen und Bierkrügen an. Als sich Richter aus Tonys Griff befreit hatte, mußte er feststellen, daß die Hälfte seiner Leute schon ausgeschaltet war.

Er warf sich durch ein Fenster und entging nur knapp ein paar Kugeln. Als die Schüsse erklungen waren, hatten sich zahlreiche Soldaten vor der Bar versammelt, und sie deckten seinen Rückzug nun mit einem Kugelhagel.

Sich hinter einer Barrikade aus Autowracks und umgestürzten Lastwagen duckend, lief Richter zu einem Militärfahrzeug, aus dem weitere Soldaten strömten. Kugeln pfiffen um seine Ohren, und er warf sich zu Boden und kroch zu dem Fahrzeug. Es war mit einem Raketenwerfer ausgestattet. Richters Augen strahlten. Das würde die Sache erledigen.

»Sie da! Hierher!« befahl er. Er ließ den Raketenwerfer ausrichten und wollte gerade den Feuerbefehl geben, als ein Soldat ihm ein Feldvideofon reichte.

»Cohaagen«, sagte der Mann.

Richter nahm den Anruf zähneknirschend entgegen. »Sir . . .« begann er, doch Cohaagen unterbrach ihn.

»Stellen Sie das Feuer ein und ziehen Sie sich zurück.«

Nein, nein, nein, das war doch nicht möglich! »Sie verstecken Quaid!« protestierte Richter, und seine Stimme zitterte vor Zorn und Erstaunen.

»Ausgezeichnet«, sagte Cohaagen. »Verschwinden Sie aus Sektor 6. Augenblicklich.« Bevor Richter antworten konnte, fügte Cohaagen hinzu: »*Denken Sie nicht.* Tun Sie es einfach.«

Richter sah den Ausdruck in Cohaagens Augen und verkniff sich eine Erwiderung. Cohaagen hatte noch ein As im Ärmel. Richter wußte nicht, worum es sich handelte, ahnte jedoch, daß es schlimmer sein würde als alle Raketen, die er abfeuern konnte. Er befolgte den Befehl.

Quaid ließ sich von dem Schacht in einen Tunnel fallen und folgte Melina und Benny. Bei dem Tunnel schien es sich um eine Ader des gewaltigen Grubenkomplexes zu handeln, der sich unter der Stadt in alle Richtungen ausbreitete. Seine Vermutung wurde bestätigt, als er an Minenarbeitern vorbeilief, die mit Preßlufthämmern an den Felswänden arbeiteten. Die Kumpels ignorierten sie. Sie schienen solche Anblicke gewöhnt zu sein.

Der Tunnel verzweigte sich an einer Kreuzung auf der anderen Seite von Venusville in mehrere andere. Melina hielt dort einen kurzen Moment an, um wieder zu Atem zu kommen, und hörte beinahe ganz auf zu atmen, als ein mechanisches Knirschen den Boden unter ihren Füßen erzittern ließ.

»Mein Gott«, sagte sie entsetzt. »Die Notfall-Schleusen! Sie schotten uns vom Rest der Stadt ab!«

Sie hatte kaum den Satz ausgesprochen, als sich mit einem lauten Scheppern eine glatte Metalltür aus der Decke senkte und den Eingang zu einem der Tunnels vor ihnen versperrte. Sie liefen zum nächsten weiter – zu spät!

Nur ein Tunnel blieb geöffnet. Mit der Geschwindigkeit der Verzweiflung kauerten sie nieder und rollten sich unter der letzten Tür hindurch, bevor sie sich endgültig senkte. Sie hatten es geschafft!

Die überlebenden Rebellen der Schlacht vom *Last Resort* spähten vorsichtig durch die Glasscherben hinaus, die aus dem Rahmen der zersplitterten Scheibe der Bar hervorragten. Die Soldaten hatten soeben das Feuer eingestellt und schienen sich nun zurückzuziehen. Die Rebellen wußten nicht, was sie davon halten sollten.

Als die Soldaten außer Sichtweite waren, tauchten die Bewohner von Venusville aus den Löchern auf, in denen sie sich während des Kampfes versteckt hatten. Sie unterhielten sich leise. Einige wirkten benommen, andere schauten argwöhnisch drein. Sie fuhren verblüfft zusammen, als die Schotte sich senkten; niemand wußte, was sie nun erwartete. Auf dem Platz fand sich eine Menschenmenge zusammen, doch alle waren seltsam still. Dann wurde es noch stiller.

Die riesigen Fächer, die die Luft durch den Sektor zirkulierten, wurde langsamer und blieben stehen. Die Stille war vollkommen. Alle Gesichter waren mit Schrecken erfüllt. Dann . . .

Die Fächer drehten sich wieder! Jemand lachte vor Erleichterung, doch das Gelächter verwandelte sich in einen erstickten Schrei der Verzweiflung, als auf dem Boden liegende Papierfetzen nach oben flogen, den riesigen Rotoren entgegen.

Die Fächer liefen rückwärts! Sie sogen die Luft aus Venusville!

Quaid stolperte, als sich der Tunnel zu einer großen Höhle öffnete. Melina nahm eine Taschenlampe von einem Regal neben der Tunnelöffnung und erhellte die Wände, in die kleine Nischen eingelassen waren.

»Hier liegen die ersten Siedler begraben«, sagte sie.

Quaid bemerkte menschliche Leichen in den Nischen, die ohne Umhüllung auf natürliche Weise mumifiziert waren. Er hatte von ähnlichen Beispielen in einigen Gegenden der Erde gehört. Bei der Mumifizierung kam es auf die äußeren Bedingungen und nicht auf Umhüllungen an.

Melina führte sie durch ein Labyrinth schmaler Gänge, die von offenen Gräbern umsäumt waren. Quaid und Benny betrachteten fasziniert die mumifizierten Leichen.

»Ich habe von diesem Ort gehört«, flüsterte Benny.

»Sie kamen hierher, um sich ein besseres Leben aufzubauen«, sagte Melina. »Doch es hat nicht geklappt. Cohaagen hat an den Kuppeln gespart und uns zu Mißgeburten gemacht. Wir arbeiten wie Sklaven auf unserem Planeten, und er läßt uns nicht fort. Er läßt uns sogar die Luft bezahlen, die wir atmen.«

Etwas regte sich in Quaids Verstand. *Luft . . .*

»Wir kommen uns vor wie seine verdammten Goldfische«, murmelte Benny verbittert.

»Wir könnten mittlerweile schon einen Planeten haben, auf dem es sich leben läßt«, fuhr Melina fort. »Aber der Nordblock kam zum Schluß, die Erzeugung einer Atmosphäre sei ›wirtschaftlich nicht wünschenswert‹. Nicht, wenn den Turbinium-Minen damit Geld und Arbeitskraft entzogen wird.« Aus ihren Worten sprach tiefer Abscheu.

Luft. Quaid bemühte sich, den Gedanken zu fassen, der ihm beinahe gekommen wäre, doch er verflüchtigte sich wieder. Er konnte sich jedoch an etwas erinnern, was das Turbinium betraf. Turbinium war ein seltenes Element, auf der Erde unbekannt, aber auf dem Mars relativ häufig, ein Schlüsselbestandteil des Partikelstrahl-Waffen-Programms. Worum genau es sich handelte und wie das Element benutzt wurde, unterlag strenger Geheimhaltung, und nicht einmal in den meisten Nachschlagewerken fanden sich irgendwelche Informationen, doch es war bekannt, daß die Streitkräfte der Erde davon abhängig waren. Das Zeug war wertvoller als Diamanten. Doch es war gefährlich, es zu schürfen; in der Tat hatten sich mehr als nur ein paar Verdachtsmomente ergeben, daß die Mutationsrate auf dem Mars nicht minder der Strahlung in den Minen wie dem nicht abgeschirmten Sonnenlicht zuzuschreiben war. Ohne die hohen Bonuszahlungen wäre niemand freiwillig ausgewandert, um in den Minen zu arbeiten.

Doch erst, wenn die Auswanderer zum Mars kommen, dachte Quaid grimmig, begreifen sie, daß sie den größten Teil der Bonuszahlungen für Luft ausgeben müssen. Da es nur in den Minen Arbeit gab, mußten die kleinen Leute dort schuften, um gerade genug zu verdienen, um ihre Luft bezahlen zu können. Und selbst, wenn sie vermutet hätten, welche Folgen ihre Arbeit hatte – welche Wahl blieb ihnen? Eine langsame Mutation war besser als ein schneller Tod.

Allmählich fiel ihm wieder ein, warum Hauser die Seiten gewechselt hatte. Wenn es für die Menschen auf dem Mars eine Alternative zum Turbiniumabbau gäbe, würde es zu einer Revolution kommen. Es gab bereits eine, doch sie hatte kaum eine Chance, weil Cohaagen die Luftvorräte beherrschte.

»Und auf der Erde schert sich niemand einen Dreck darum«, fuhr Melina fort. »Solange das Turbinium geliefert wird, solange der Nordblock auf der Erde die militärische Überlegenheit behält, wird sich niemand über Cohaagens kleinen Nebenverdienst aufregen.« Sie blieb stehen. »Aber vielleicht kannst du das alles ändern.« Sie sah ihn voller Hoffnung an.

Er wandte verlegen den Blick ab. Wenn er doch nur diese Erinnerungen hervorholen könnte, die Erinnerungen an das, was auch immer er besitzen sollte, das alles ändern würde!

Doch die Ketten um seinen Verstand saßen weiterhin fest. »Ich werde tun, was ich kann«, sagte er gepreßt.

Sie gingen durch die Katakomben weiter, Quaid neben Melina, Benny ein Stück hinter ihnen.

»Du *weißt* etwas«, sagte Melina. »Kuato wird dafür sorgen, daß du dich daran erinnerst.«

»Woran?«

»An einiges.« Sie zögerte, und als sie fortfuhr, klang ihre Stimme heiser vor Regung. »Vielleicht erinnerst du dich sogar daran, daß du mich liebst.«

Quaid konnte es nicht ertragen, das Leid in ihrer Stimme zu hören. Er mußte sie überzeugen, daß die Gefühle in seinem Herzen echt waren und die falschen Erinnerungen in seinem Kopf keine Rolle spielten.

»Melina, hör mir zu«, sagte er. »Dafür brauchte ich keinen Kuato! Ich habe auf der Erde jede Nacht von dir geträumt. Sie haben alles andere ausgelöscht, doch meine Gefühle für dich konnten sie nicht vernichten. Wenn ich schlief, sah ich dich, und ich wollte dich, Nacht für Nacht. Die Erinnerung an unser gemeinsames Leben ist vielleicht verschwunden, doch die Gefühle bleiben. Sie ließen mich einfach nicht los, bis ich mit meinem Leben nicht mehr weitermachen konnte.«

Melina sah in seine Augen, und er erkannte, daß sie ihm glaubte. »Dann liebst du mich wirklich . . .«

»Auf ewig!« Er beugte sich näher zu ihr, doch bevor er sie küssen konnte, stieß Benny einen Warnschrei aus.

Die Leichen um sie herum bewegten sich! Ein ganzer Abschnitt der Katakombenwand glitt wie eine Tür zurück. Dahinter standen sieben bewaffnete Männer.

Quaid spannte die Muskeln an, doch Melina legte eine Hand auf seinen Arm und beruhigte ihn. »Schon gut«, sagte sie. »Die gehören zu uns.«

Einer der Rebellen trat vor und deutete mit seiner Waffe auf Benny. »Wer ist das?« fragte er.

»Er hat uns zur Flucht verholfen«, erwiderte Melina.

»He, mach dir um mich keine Sorgen, Mann«, sagte Benny.

»Ich stehe auf eurer Seite.« Benny legte die linke Hand auf die rechte und zog daran. Es klickte; dann löste sich die rechte Hand, als sei sie das Glied einer Puppe. Sie war künstlich. Darunter befand sich eine mißgebildete Klaue mit ein paar nur ansatzweise ausgeprägten Fingern. Quaid wurde bei dem Anblick leicht übel, doch die anderen betrachteten die Hand mit stummem Mitgefühl.

Dann streckte der Taxifahrer den Arm aus und ballte die Faust. Mit dem Arm stimmte etwas nicht, und Quaids Magen machte einen Satz, als er sah, wie sich unter dem Ärmel etwas bewegte. Der Taxifahrer zog den Stoff hoch, und an dem Unterarm hing ein zweiter hinab, ein groteskes Glied mit langen, knochigen, dünnen Fingern, die sich langsam schlossen und öffneten. Selbst die Rebellen zuckten bei diesem Anblick zusammen – doch er hatte seinen Zweck erfüllt. Sie waren nun überzeugt, daß Benny zu ihnen gehörte.

»Kommt mit«, sagte der Rebell. Sie folgten den bewaffneten Männern durch einen schmalen Tunnel in eine große Höhle, in der andere Widerstandskämpfer in kleinen Gruppen zusammensaßen. Überall lagen Waffen und Munition, und am anderen Ende brüteten ein paar Männer über Karten auf einem Tisch. Die anderen aßen, spielten Karten, säuberten ihre Waffen, lasen und schliefen, doch nur wenige unterhielten sich, und niemand lachte. Die Stimmung war sehr gedrückt.

Quaid verlor einigen Respekt vor den Rebellen. Es handelte sich bei ihnen zweifellos um eine organisierte Truppe, doch er erfuhr entschieden zuviel von ihnen. Ein auf dieselbe Art hierher geführter Spion hätte einigermaßen zutreffende Angaben über ihre Zahl und Ausrüstung machen können. Vernünftig wäre es gewesen, ihn mit einem Medikament zu betäuben, hierher zu bringen und ihn dann zu töten, falls er sich als Spion erweisen sollte.

Der sie führende Rebell drehte sich zu Benny um. »Warte hier«, befahl er. Und dann, an Melina und Quaid gewandt: »Kommt mit.« Er geleitete sie zu dem Tisch am anderen Ende der Höhle. Nun konnte Quaid sehen, daß sich zwischen den

Karten und Tabellen, die auf dem Tisch lagen, ein Videofon befand. Und er sah ebenfalls, daß der Mann am Tisch, der offensichtlich das Kommando innehatte, George war, der umgängliche Minenarbeiter aus dem *Last Resort*. Er sprach eindringlich ins Videofon.

»Wir können die Druckschotte aufbrechen!« sagte er.

»Können wir nicht«, erwiderte eine Stimme, und Quaid versteifte sich, als er sie erkannte. Sie gehörte Tony, dem Hitzkopf, der in der Bar mit Melina zusammengewesen war. Quaid spähte über Georges Schulter und sah, daß der Minenarbeiter nun mit keinem mehr kämpfen konnte. Er schien nur unter Schwierigkeiten Luft zu bekommen, und Quaid konnte im Hintergrund andere sehen, die auf dem Boden der Bar lagen oder über Tischen hingen und um Atem rangen.

»Cohaagen saugt die Luft aus den Tunneln«, fuhr Tony fort. »Und er hat sie mit Sprengstoff gespickt.«

Georg warf einen Blick über die Schulter auf Melina und wandte sich dann wieder dem Videoschirm zu. »Na schön, haltet durch. Melina ist gerade mit Quaid gekommen.«

»Hoffentlich war es die Sache wert«, sagte Tony. George unterbrach die Verbindung und hielt einen Moment lang mit grimmigem Blick inne. Dann drehte er sich zu Melina um, und ein schwaches Lächeln legte sich auf seine Lippen.

»Schön, daß du es geschafft hast«, sagte er.

»Du siehst aber gar nicht erfreut aus«, erwiderte Melina.

George erhob sich von seinem Stuhl, und der grimmige Ausdruck kehrte zurück. »Cohaagen hat Venusville abgeschottet.«

»Das wissen wir«, sagte Melina. »Er hätte uns beinahe geschnappt.«

»Aber ihr wißt nicht, daß er die Luft abpumpt.«

Melinas Hand flog vor ihren Mund. Sie hatte gewußt, daß Cohaagen skrupellos war, aber bis jetzt nicht, *wie* skrupellos. George sah Quaid an.

»Du mußt etwas verdammt Wichtiges wissen, Quaid. Er will *dich*.« Quaid war entsetzt. »Wenn wir dich nicht ausliefern, werden wir morgen früh alle tot sein.« George führte sie zu einer befestigten Tür. Er gab eine Ziffernfolge ein, und das Schloß klickte auf.

»Was hast du vor?« fragte Melina.

»Das hängt von Kuato ab«, sagte George. Er gab Quaid ein Zeichen. »Komm mit.«

Würde Kuato seine Erinnerungen hervorholen können? Da Quaid selbst nicht wußte, was er angeblich wissen sollte, bezweifelte er, daß es ein anderer herausfinden würde, indem er ihn einfach nur ansah. Vielleicht hatten sie vor, ihn unter Drogen zu setzen und zu verhören. Doch das würde wohl auch nicht funktionieren. Er konnte sich noch immer nicht deutlich an seinen Aufenthalt bei Recall erinnern, glaubte jedoch zu wissen, daß sich ernste Probleme mit seiner vorherigen Gedächtniskonditionierung ergeben hatten. Hier würde es nicht anders sein.

Bevor Quaid George folgte, warf er Melina einen Blick zu. Sie hob in einer kleinen Geste des Abschieds die Hand und sah einen Augenblick lang genauso aus wie in seinem Traum. Er wollte zu ihr gehen, sie umarmen und nie wieder loslassen, doch er wollte auch seine Erinnerungen zurückhaben. Nicht um ihretwegen, sondern wegen denen, die in Venusville erstickten. Irgend etwas steckte in seinem Kopf, und er mußte es freisetzen, bevor er mit Melina zusammensein konnte. Er löste den Blick von ihr und folgte George durch die Tür.

Er betrat eine dunkle, hohe Kammer, die so leer war, wie die andere voll gewesen war. Es waren keine Rebellen in Sicht, und auch von Kuato war nichts zu sehen. Der Mann würde auch nicht nach ihnen eintreffen, denn die Tür hatte sich hinter ihnen geschlossen, und Quaid hörte, wie das Nummernschloß zufiel.

George führte ihn zu einem Tisch mit zwei Stühlen. »Setz dich«, sagte er.

Quaid nahm auf einem Stuhl Platz und suchte den Raum nach einem anderen Eingang ab. Natürlich würde Kuato seinen eigenen Eingang haben und den Raum nicht durch den betreten, den seine Leute benutzten. Aber es gab keine zweite Tür. Falls sie nicht so gut getarnt war, daß sein geübtes Auge sie nicht fand, was er bezweifelte. Er wußte, daß Hausers Augen nach der Tür suchten. Hauser ...

Etwas machte *klick*. Melina hatte ihn als Hauser gekannt, nicht als Quaid. Doch in der Traumerinnerung hatte sie ihn Doug genannt. Wie war das möglich?

Die Antwort darauf war so offensichtlich, daß er lächeln mußte. Sie hatten seinen Vornamen nicht geändert, nur den Nachnamen! Douglas Hauser war zu Douglas Quaid geworden. Er erinnerte sich nun, oder glaubte es zumindest. Leider war dies keine bedeutende Erinnerung. Seine Gedanken kehrten zur Gegenwart zurück.

»Wo ist Kuato?« fragte er.

»Auf dem Weg hierher«, erwiderte George kurzangebunden. Er schien über etwas nachzudenken, bevor er fortfuhr. »Du hast die Gerüchte über außerirdische Artefakte gehört?« Quaid nickte. »Sie stimmen. Cohaagen hat etwas in der Pyramidenmine gefunden, und es hat ihm höllische Angst eingejagt.«

Was erklärte, wieso die Pyramidenmine geschlossen worden war. Quaid glaubte sich an etwas zu erinnern. In seinem Verstand war etwas tiefer vergraben als das Turbinium im gefrorenen Marsboden, doch er bekam es nicht zu fassen. »Was denn?«

»Das sollst du mir erzählen«, sagte George. »Vor einem Jahr hast du dich in Melina verliebt und gesagt, du wolltest uns helfen. Und wir meinten: ›Toll. Du bist jetzt auf unserer Seite? Dann sage uns, was in der Mine ist.‹ Du wolltest es herausfinden. Und das war das letzte, was wir von dir gehört haben.«

»Mein Traum!« rief Quaid. »Meine Erinnerungen! Ich ging mit Melina zur Pyramidenmine und fiel in die Grube ...«

George knöpfte seine Jacke auf und warf sie über den anderen Stuhl. »Wir haben nicht gewußt, ob du den Sturz überlebt hast oder gefangengenommen wurdest«, fuhr er fort. »Oder uns vielleicht nur hereinlegen wolltest. Doch warum will dich Cohaagen so verzweifelt haben, wenn das der Fall sein sollte?« George schüttelte den Kopf. »Nein. Cohaagens großes Geheimnis steckt in diesem Schwarzen Loch, das du dein Gehirn nennst. Und das müssen wir jetzt herausfinden.«

Quaid pflichtete ihm bei, daß darin keine Frage bestand. Offensichtlich war er bei dem Sturz nicht umgekommen und gefangengenommen worden. Doch wie lange hatte er sich in diesem außerirdischen Komplex frei bewegen können, bevor sie ihn erwischt hatten? Was hatte er herausgefunden? Denn er wußte, daß er etwas Erstaunliches erfahren hatte, etwas Wichtigeres, als es sich einer von ihnen vorgestellt hatte. Ein ganzes Kapitel seines Lebens fehlte, und er wollte es zurückhaben.

George setzte sich dicht vor Quaid auf einen Stuhl. »Mein Bruder Kuato ist ein Mutant. Zeige bitte keinen Abscheu.«

»Natürlich nicht«, stimmte Quaid zu und riß sich zusammen. Also hatte der Mann drei Arme oder Zähne in den Ohren. Doch es kam nur darauf an, wozu er imstande war.

George knöpfte sein Hemd auf. Quaid stellte fest, daß sein Brustkorb etwas Seltsames an sich hatte. Er hatte ziemlich massiv gewirkt, als strecke der Mann wie ein Prahlhans ständig die Brust heraus. Doch nun erwies sich seine Brust als eine Plastikverschalung. Eine Art Schaumgummieinlage, wie Frauen sie mitunter in Büstenhaltern trugen, um mehr vorzutäuschen, als vorhanden war? Es mußte ziemlich unangenehm sein, wenn ihm jemand dort einen Schlag versetzte -- unangenehm für die Faust des Schlagenden.

Dann entfernte George die Plastikverschalung und enthüllte ...

Quaid konnte nur mit Mühe verhindern, daß sein Unterkiefer aufklappte. *Auf der Brust des Mannes wuchs ein zweiter kleiner Kopf!*

Runzlig und haarig, stellte der Kopf eine Mischung zwischen einem Fötus und einem Greis dar. Seine Augen waren zum Schlaf geschlossen. Anscheinend war er nur teilweise ausgebildet, wie Bennys Klauenhand. Mutationen waren nur selten gutartig; die meisten waren nicht nur grotesk, sondern auch völlig nutzlos. Doch ein paar waren anders ...

George wandte sich an Quaid und streckte die Hände aus. »Nimm meine Hände«, sagte er. Und dann, als er Quaids Zögern bemerkte: »Nun mach schon.«

Quaid ergriff sie zögernd. Er versuchte, nicht übertrieben zimperlich zu sein, doch die Vorstellung, dem Mutanten nahe zu kommen, stieß ihn ab. Genauso wie die, mit einem Mann Händchen zu halten.

»Ich lasse dich mit Kuato allein«, sagte George. Er schloß die Augen und schien einzuschlafen.

Gleichzeitig zuckte der Kuato-Kopf, gähnte und erwachte. Sein rechtes Auge war unnatürlich groß.

Kuato musterte Quaid eindringlich, öffnete den zahnlosen kleinen Mund und sprach. »Was wollen Sie, Mr. Quaid?«

»Dasselbe wie Sie«, sagte Quaid so ruhig, wie er imstande war. »Mich erinnern.«

»Aber warum?«

Quaid war verwirrt. Warum kannte Kuato nicht auch seine Mission, wenn ihm schon sein Name geläufig war? »Damit ich weiß, wer ich bin.«

»Sie sind, was Sie tun«, sagte Kuato. Er hielt inne, damit Quaid darüber nachdenken konnte. Leider war das einzige, was Quaid in letzter Zeit getan hatte, die Suche nach seinen Erinnerungen und der Kampf ums Überleben gewesen.

»Ein Mann zeichnet sich durch seine Taten aus, Mr. Quaid«, fuhr Kuato fort. »Nicht durch seine Erinnerungen.« Er starrte Quaid an, der Schwierigkeiten hatte, den unregelmäßigen Blick zu erwidern. Das eine Auge war so groß, das andere so klein!

»Öffnen Sie nun Ihre Gedanken meiner Gegenwart . . .«

Quaid konnte nicht anders, er mußte in Kuatos großes Auge sehen. Es hatte eine hypnotische Kraft. Er stellte fest, daß er in Trance fiel.

»Öffnen Sie sich . . .« sagte Kuato.

Quaid schien in dieses riesige Auge zu stürzen. Er sah sich in der Pupille reflektiert und hatte den Eindruck, in sein eigenes Bild einzudringen, auf seinem reflektierten Kopf, seinem Auge, seiner Pupille, in der er ein Spiegelbild sah.

Kapitel 21 *Enthüllungen*

Quaid sah den Pyramidenberg, der sich wie das Matterhorn auf einer Seite einer Schlucht erhob. Er trieb dahin, schien körperlos zu sein und betrachtete den Berg.

»Geh hinein«, sagte Kuato von irgendeinem Ort in einer anderen Wirklichkeit.

Quaid stellte fest, daß er sich bewegen konnte, indem er es einfach wollte. Wie in seinem Traum sprang er zur Flanke des Bergs hinüber und dann in den Tunnel in dessen Seite. Der Tunnel führte tief hinein und endete dann an einem Loch in einer steinernen Wand. Er glitt durch dieses Loch und in einen Abgrund.

Ein riesiges Metallgebilde schien die Mitte einer dunklen Grube auszufüllen. Die Grube aus seinem Traum – aber doch irgendwie anders. Das Gebilde – es war in gewisser Hinsicht lebendig, nicht tot, und eher dynamisch als passiv. Er hatte es zuvor schon einmal gesehen und es für erloschen gehalten; nun wußte er es besser.

Er trieb darauf zu und nahm gewaltige Metalltrossen wahr, die ihn an gewölbte Brückenpfeiler erinnerten.

Er bewegte sich zur Mitte des Gebildes und sah einen Urwald aus riesigen verrosteten Metallsäulen.

Erneut erklang Kuatos Stimme. »Was ist das?«

Quaid antwortete nicht. Es war nicht nötig; Kuato las seine Gedanken. Die Fragen dienten lediglich dazu, seine Aufmerksamkeit in eine bestimmte Richtung zu lenken.

Er sank tiefer, immer tiefer, wie an einem Seil. Genauso war es auch in seinem Traum gewesen. Doch als er die Stelle erreichte, an dem der Traum geendet hatte ...

Seine Hände fanden aus eigenem Antrieb den Gürtel um seine Taille und schlossen sich darum. Sie hielten sich automatisch fest und wurden plötzlich nach oben gezerrt, als versuchten sie, seinen Sturz zu bremsen. Seine Arme wurden beinahe aus den Gelenken gerissen, als sie das volle, stürzende Gewicht seines Körpers abfingen. Selbst in der geringeren Schwerkraft des Mars war es ein Schock. Er schwang hin und her – und prallte gegen die Wand der Grube. Der Aufschlag war durch den Raumanzug spürbar und machte ihn benommen. Seine Handschuhe glitten an dem Seil entlang, und er sank wieder tiefer. Er wußte, daß er sich das nicht erlauben konnte; er war noch immer ein beträchtliches Stück vom Boden entfernt.

Er zwang seine Hände, ihn festzuhalten, koste es, was es wolle. Doch es kostete ihn das Bewußtsein. Er fühlte, wie er wieder schwang, hinein in...

Kreuz und quer verliefen Kommunikations- und Handelslinien durch die Galaxis. Die Lichtgeschwindigkeit begrenzte auf der interstellaren Ebene beides, doch es gediehen Spezies, die auf langfristige Ziele hinarbeiteten. Sie schickten Erkundungsschiffe aus, wenngleich sie wußten, daß sie während der Lebensspannen derer an Bord oder überhaupt eines jetzt lebenden Wesens keine Ergebnisse sehen würden. Doch sie fuhren damit fort, denn dies war die Natur der langfristigen Ziele.

Die Galaxis bestand eigentlich aus Schutt, der langsam von dem monströsen Schwarzen Loch in ihrem Mittelpunkt verschluckt wurde. Es war ursprünglich eine Wolke gewesen, hatte sich zu einem Quasar verdichtet und mit unstillbarem Appetit das Gas und den Staub in seiner Nähe angesogen. Im Lauf von Milliarden von Jahren war es etwas trüber geworden, denn die Materie um das Schwarze Loch dünnte sich aus, doch es war noch immer ein gut organisiertes System.

Hauser kam wieder zu Bewußtsein. Er befand sich auf dem Grund der Grube. Er hatte eine kurze Vision von einem Schwarzen Loch gehabt, doch während er ohnmächtig gewesen war, hatten seine Hände ihn anscheinend sicher hinabgelassen.

Er schnellte sich von dem Seil ab. Er brauchte Bewegungsfreiheit, um die Grube zu erkunden. Danach würde er wieder hinaufklettern und ...

Und was? Melina hatte gehört, wie er stürzte. Sie würde wissen, daß etwas schiefgegangen war, und umkehren, um Hilfe zu holen. Er hätte ihr sagen sollen, daß ihm nichts passiert war, doch er hatte irgendwie das Bewußtsein verloren. Er wußte nicht, wie lange er ohnmächtig gewesen war. Also war seine Mission ...

Aber woraus bestand seine Mission? Er konnte sich nicht daran erinnern. Dieser Orientierungsverlust ...

Doch es kam langsam wieder zurück. Er sollte versuchen, etwas über dieses außerirdische Artefakt herauszufinden. Was es war, was es tat, wer es zurückgelassen hatte, irgend etwas. Damit Melina ...

Doch der Gedanke, den er begonnen hatte, wurde von einem anderen verdrängt. Er liebte Melina. Er war sich nicht sicher, ob das in Ordnung ging; schließlich waren sie lediglich Kollegen, die einen gemeinsamen Auftrag hatten. Aber er liebte sie. Also gab er sich damit zufrieden und schob den Rest beiseite. Ihm war gleichgültig, was die anderen von seiner Mission hielten, er tat dies für sie.

Er schickte sich an, das außerirdische Gebilde zu erkunden, dessen Verstrebungen sich über ihm in der fast undurchdringlichen Dunkelheit erhob. Einen Augenblick lang hatte er geglaubt, die Außerirdischen zu verstehen, ihre Erkundungsschiffe, ihre Sicht der Dinge, die sich über weite Zeiträume erstreckte – oder würde er das erst jetzt erfahren? Seine Erinnerungen waren verwirrt, und der Zeitablauf schien ihm alles andere als gradlinig zu sein. Die übereinander liegenden Erinnerungsimplantate, zwei, drei Stück davon, erzeugten synaptische Turbulenzen, wo sie einander an den Rändern überlappten – wie konnte er sich sicher sein, was wirklich war? Konzentriere dich auf die niedrigste Ebene, schließe das aus, was noch nicht geschehen ist ...

Er stieß auf etwas, das er für einen Weg hielt, der aber für nichtmenschliche Füße gedacht war. Die Oberfläche war rauh, fast wie Schmirgelpapier, und es verliefen kreuz und quer Furchen hindurch. Es war wie ein Laufband, das sich ohne Geländer über den Boden wand, und er mußte sich bücken, um andere Laufbänder zu passieren, die über ihm hinwegführten. Es endete an einer kleinen Vertiefung und setzte sich einen halben Meter unter ihm fort. Es hatte den Anschein, als sei das Laufband in einem rechten Winkel geknickt und dann auf der unteren Ebene wieder horizontal fortgesetzt worden. Wer immer es angebracht hatte, er hatte nicht viel um Kontinuität gegeben.

Er sprang hinab und setzte den Weg fort, entschlossen, herauszufinden, wohin er führte. Die Vernunft gebot, daß er ein Ende haben mußte, und dort würde er vielleicht einen Hinweis auf die Natur des außerirdischen Gebildes erhalten. Er hatte keine bessere Idee, wie er sich sonst Informationen verschaffen sollte.

Der Pfad schien es darauf abgesehen zu haben, seine Pläne zu durchkreuzen. Er führte im rechten Winkel nach oben, verlief unter einer niedrigen Decke und wandte sich dann zur Spitze eines kleineren Gebildes in dem riesigen Komplex. Wenn dies tatsächlich ein Weg war, mußten die Geschöpfe, die ihn benutzt hatten, Füße wie die von Fliegen haben, damit sie senkrechte Wände hinauf- oder unter Decken einhergehen konnten. Ergab das Sinn?

Er ging beharrlich weiter, und es gelang ihm, zu der Bodenebene hinaufzuklettern und den Weg normal fortzusetzen. Er mußte kein einziges Mal von dem Pfad abweichen; manchmal mußte er sich auf Hände und Knie niederlassen, doch der Weg war nie ganz versperrt. Daraus schloß er, daß die Außerirdischen etwa halb so groß wie Menschen gewesen waren. Und sie hatten keine Höhenangst, denn einige Pfade, an denen er vorbeikam, verliefen direkt an den turmhohen Säulen hinauf. So unbehaglich ihm das Bild einer Fliege vorkam, es wurde immer stärker. Konnten Fliegen tatsächlich die Baumeister dieses Gebildes sein? Zu welchem Zweck hatten sie es errichtet? War es vielleicht nicht mehr als eine gigantische Maschine, mit der sie Abfälle hinausschafften?

Endlich gelangte er auf eine Art zentralen Platz, auf den eine ganze Reihe von Pfaden mündete. In der Mitte stand eine eckige Säule, in die verschiedene unterschiedliche Symbole gemeißelt waren, angefangen von strengen geometrischen Darstellungen bis hin zu seltsamen Flecken.

Er ging um sie herum und betrachtete die Darstellungen. Viele davon erinnerten an Ameisen.

Ameisen! Ameisen konnten steile Wände hinauf- und Decken entlanggehen. Sie errichteten Bauten und gruben sich durch Holz. Sie bildeten eine organisierte Gesellschaft und führten sogar Kriege, genau wie der Mensch. Konnte es sich bei den Außerirdischen um Ameisen handeln?

Dann erblickte er die Darstellung eines Menschen. Er konzentrierte sich sofort darauf, argwöhnend, daß er sie falsch interpretiert hatte und zu versessen darauf gewesen war, etwas Vertrautes zu sehen. Doch es handelte sich eindeutig um einen Mann – und daneben die eindeutige Darstellung einer Frau. Sie war nackt, und ihr perfekter Körper erinnerte ihn an Melina.

Melina ...

Nun bestand kein Zweifel mehr: Er hatte etwas entdeckt! Er wußte, daß diese Figuren nicht von Menschen eingemeißelt worden waren; sie waren Teil des außerirdischen Gebildes. Die Außerirdischen hatten sie angefertigt. Aber warum?

Konnte es sich um eine Botschaft für die Menschheit handeln?

Er untersuchte sie genauer. Sowohl der Mann wie auch die Frau blickten mit Interesse auf den Gesichtern von der Säule fort. Hauser sah in die Richtung, in die sie schauten. Dort, am Rand der kreisrunden Plattform, befand sich eine Kammer. Sie hatte in etwa die Größe und Form eines Menschen.

Es schien sich offensichtlich um eine Einladung zu handeln. Er konnte diese Kammer betreten – und dann? Vielleicht würde er darin für zukünftige Studien konserviert werden, ein Exemplar des Homo sapiens. Dieser Ausdruck bedeutete ›vernunftbegabter Mensch‹, doch er war sich nicht sicher, ob es vernünftig sein würde, die Einladung zu akzeptieren.

Doch wenn die Außerirdischen von den Menschen gewußt hatten, mußten sie auch gewußt haben, wie man ein Exemplar der Spezies fangen konnte, wenn sie eins benötigten. Sie waren nicht darauf angewiesen, eine Mausefalle für die abenteuerlustige Seele aufzubauen, die diesen verborgenen Ort entdeckte.

Er betrachtete die Figuren auf der Säule erneut. Konnte es sich dabei um Darstellungen der zahlreichen Geschöpfe handeln, die die Außerirdischen gekannt hatten, der Männer und Frauen der Sonnensysteme der Galaxis? Ein Paar von jeder Rasse, wie bei Noahs Arche? Handelte es sich vielleicht um einen Gedenkstein, und jedes Geschöpf, das ihn besuchte, würde sich darauf abgebildet finden?

Aber warum?

Er betrachtete einige der anderen Darstellungen genauer. Viele waren undeutbar, doch einigen konnte man verschwommen etwas entnehmen. Zum Beispiel gab es einen verhältnismäßig hohen Anteil an glotzäugigen Ungeheuern, wie sie in den Zeichentrick-Videos normalerweise immer über die Erde herfielen. Ihre vorgewölbten Augen sahen in Richtung einer . . . einer Kammer, die anscheinend wie geschaffen dafür war, solch ein Wesen aufzunehmen.

Eine Gestalt sah aus wie eine Kreuzung zwischen einer riesigen Spinne und einer kleinen Schlange. Auch für so ein Wesen gab es eine Kammer.

Da es solche Geschöpfe auf der Erde nicht gab und, soweit er wußte, auch niemals gegeben hatte, mußte es sich bei diesen Wesen, falls sie jemals hier auftauchen sollten, um galaktische Reisende handeln. Und die würden nicht auf eine Mausefalle hereinfallen!

Dann kam es ihm in den Sinn: Kommunikation! Es mußte sich um Kommunikationskammern handeln, eine für jede Spezies. Eine Telefonzentrale vielleicht, damit die Reisenden zu Hause anrufen oder zumindest herausfinden konnten, wo hier in der Nähe eine Toilette war.

Konnte er den längst weitergezogenen Außerirdischen vertrauen?

Was hatte er schon zu verlieren?

Hauser ging zu der Kammer für die Menschen und trat hinein.

Ein schwaches, grünes Licht blitzte auf, und es klickte leise, als springe eine Maschine an. Und dann . . .

Kreuz und quer verliefen Kommunikations- und Handelslinien durch die Galaxis . . .

Daher erinnerte er sich also daran! Die Unterweisungsaufzeichnung der Außerirdischen. Jetzt hatte er das zumindest in die richtige Reihenfolge bekommen. Er sah und hörte zu, nicht mit seinen Sinnen, sondern mit dem Verstand.

Am Rand der Galaxis, noch weit entfernt vom Schlund des Schwarzen Loches in der Mitte, zog sich Staub spiralenförmig zusammen, und neue Sterne entstanden. Einige davon bildeten Planetensysteme aus, von denen wiederum einige für die Entwicklung von Leben tauglich waren. Einige dieser ›lebenstragenden‹ Planeten kamen als neue Handelspartner in Betracht, die diejenigen ersetzen konnten, deren Sonnensysteme im Zentrum der Galaxis in den Ereignishorizont des Schwarzen Lochs traten und untergingen. Die Erfahrung hatte gezeigt, daß dieser Prozeß durch eine gezielte Saat beschleunigt werden konnte: indem man in der Entstehung begriffenen Handelspartnern fortschrittliche Technologie präsentierte und ihre Entwicklung zum vollen Handelsstatus förderte. So hielt das Netzwerk der Galaxis trotz des ständigen Verlusts hochentwickelter Planeten ein konstantes Niveau. Aussehen und Körperbau der neuen Spezies spielten keine Rolle; erforderlich war lediglich, daß sie eine hochentwickelte Technologie beherrschten und sie auf positive Art und Weise einsetzten.

Normalerweise entwickelte sich eine handeltreibende Spezies nach mehreren Milliarden Jahren des Lebens auf einem Planeten, wenn sie nicht von einer natürlichen Katastrophe ausgelöscht wurde. Solch eine Spezies konnte den Schritt von der ersten Bewußtwerdung des Verstands bis hin zur interstellaren

Raumfahrt in ein paar kurzen Millionen Jahren vollziehen. Dann würde sie in paar hundert Jahren galaktischen Kontakt bekommen und Handel treiben können – wenn man die richtige Saat gelegt hatte. Die Chance, daß eine Rasse, der man keine Saat gelegt hatte, vollen Handelsstatus erreichte, betrug lediglich eins zu zehn; etwa die Hälfte dieser Spezies vernichtete ihren Planeten und damit sich selbst während des ersten Schritts ins All. Viele der anderen verloren das Interesse, wandten sich vom Weltraum ab und zogen die Sicherheit der Isolation vor. Die Rassen jedoch, deren Saat man gelegt hatte, hatten eine Chance von fünfzig Prozent, weil der Ehrgeiz sie packte, ins All vorzustoßen, und sie diesen Schritt vollziehen konnten, bevor sie ihren Lebensraum durch Kriege, Ausbeutung der planetaren Rohstoffe oder Unfälle vernichteten.

Doch es bestand ein Risiko darin, die Saat zu legen. Manchmal überlebte eine Spezies dadurch, die ansonsten durch natürliche Selektion – die Selbstvernichtung! – ausgelöscht worden wäre. Solch rücksichtslose Spezies schickten sich dann mitunter an, legitime Spezies zu vernichten; sie benutzten die Technologie auf negative statt auf positive Art und Weise. Solche Rassen neigten zu Eroberungen um der bloßen Eroberungen willen und wußten die Vorteile eines normalen Handels nicht zu schätzen. Wenn man ihr keinen Einhalt gebot, würde solch eine Spezies dieselbe Zerstörung über die Galaxis bringen, wie sie sie über ihren Heimatplaneten gebracht hatte, was dann auf eine Vernichtung in viel größerem Maßstab hinauslief.

Ja, dachte Hauser, und die Präsentation hielt in dem Augenblick inne, da seine Gedanken übernahmen, um ihm Gelegenheit zu geben, das Material auf seine Weise zu verarbeiten. Man gibt einem Kind eine Pistole, und es erschießt vielleicht andere Kinder. Das wäre nicht klug.

Also wurden Vorsichtsmaßnahmen ergriffen, und zwar wirksame. Eine solche Vorsichtsmaßnahme bestand darin, von der aussichtsreichen Rasse eine eigene begrenzte Raumfahrt zu verlangen, bevor man ihr die Saat überließ; damit wurde sichergestellt, daß nur eine Spezies davon profitieren konnte, die schon richtige und gut geplante eigene Anstrengungen der richtigen Natur unternommen hatte. Eine andere bestand darin, die volle Bedeutung der Saat zu verbergen, damit keine gleichgültige Spezies Nutzen daraus ziehen konnte. Die dritte Vorsichtsmaßnahme war nicht spezifiziert.

Doch der Zeitraum zwischen dem Legen der Saat und ihrer Vollendung erstreckte sich von Tausenden bis zu Millionen von Jahren. Es war durchaus möglich, daß nicht nur die Individuen, die die Saat legten, sondern auch ihre gesamte Spezies ausgelöscht war, bevor sich die in Betracht gezogene Rasse als Handelspartner etablierte. Sobald die Saat gelegt war, konnte man nichts mehr rückgängig machen. Man konnte die Entscheidung nicht revidieren. Und damit wurde jede solche Entscheidung zu einer kritischen Angelegenheit.

Hauser reagierte erneut. Ein Mann sollte sorgfältig darüber nachdenken, bevor er einem Kind eine geladene Pistole gab. Besonders, wenn er wußte, daß es keine Möglichkeit gab, dem Kind die Waffe wieder abzunehmen. Also legte er sie vielleicht ziemlich hoch ins Regal, damit das Kind nicht an sie herankam, bis es erwachsen war, und dann würde er vielleicht ihre wahre Natur verbergen, damit das Kind, das sie nicht sorgfältig untersuchte, sie unbenutzt wieder wegwarf. Doch das Kind, das aufwuchs und klug genug war, die Waffe zu verstehen, würde sie vielleicht als sehr nützlich willkommen heißen, um sich damit zu verteidigen.

Es war keine perfekte Analogie, doch sie mußte genügen. Die Menschheit war in gewisser Hinsicht noch kindisch, und bei seinem Fund handelte es sich offensichtlich um eine überaus ausgeklügelte außerirdische Konstruktion von großer Bedeutung. Was stellte sie dar? Es schien sich nicht um ein Raumschiff zu handeln, wenngleich er das nicht völlig ausschließen konnte.

Nun ja, die Menschheit hatte die begrenzte Raumfahrt verwirklicht, so daß die erste Anforderung erfüllt war. Die zweite bestand darin, herauszubekommen, was das für ein Ding war und wie man es benutzte. Damit blieb nur die dritte übrig. Und die war nicht spezifiziert.

Was bedeutete das? Handelte es sich bei jeder Rasse um eine andere? Na ja, vielleicht würde er das herausfinden, nachdem er den Rest geklärt hatte.

Er entspannte sich, und die Show ging weiter. Er würde jetzt endlich erfahren, weshalb er hergekommen war, und es war wesentlich vielversprechender, als er erwartet hatte.

Die normale Entwicklung einer handeltreibenden Spezies bestand darin, sich auf ihrer Welt zu entwickeln, die Raumfahrt zwischen den Planeten ihres Sonnensystems zu verwirklichen, die Saat zu empfangen, galaktischen Handel zu treiben, bei neuen potentiellen Rassen die Saat zu legen und sich zurückzuziehen, wenn ihr Sonnensystem von dem Schlund im Zentrum der Galaxis verschlungen wurde. Natürlich konnte eine Spezies die Vernichtung ihres Heimatsystems überleben, indem sie weiter draußen gelegene Systeme besiedelte, und viele taten das auch. Doch im allgemeinen starb das Herz einer Spezies, wenn ihr Heimatsystem unterging, und die Spezies zog es vor, mit ihm zu vergehen und den sich immer weiter fortsetzenden Prozeß der Zivilisation den ihr nachfolgenden Rassen zu überlassen.

Ein solches Handelsvolk waren die No'ui. Die No'ui waren Spezialisten für das Legen der Saat und hatten sie schon zu einer Vielzahl aussichtsreicher Spezies getragen. Sie waren große Baumeister und hatten ein besonderes Verständnis für Chemie. Keine ihrer Saaten war aus innerlichen Gründen gescheitert; ihre Analysen und ihre Technologie waren fundiert. So waren sie diejenigen, die die Saat bei einigen der schwierigeren Kandidaten legten.

Der derzeitige Kandidat war ein solcher Problemfall. Die ursprüngliche Untersuchung hatte ergeben, daß es sich um eine Spezies warmblütiger, viergliedriger, nichttelepathischer, zweigeschlechtlicher Wesen handelte, die ungewöhnlich aggressiv waren. Diese örtliche Spezies (hier erfolgte eine kleine Pause im Programm, damit Hauser die Leerstelle mit ›die Menschen‹ ausfüllen konnte, denn der Name, den die No'ui für diese Spezies hatten, wäre ihm unverständlich gewesen) stieß mit rasantem

Tempo über die Grenzen ihres Heimatplaneten ›Erde‹ hinaus und entwickelte zunehmend fortschrittlichere Techniken. Man schätzte, daß diese Spezies der Menschen innerhalb von fünfzigtausend Jahren die interplanetarische Raumfahrt verwirklichen würde. Doch die Chance, erfolgreiche Händler in einem galaktischen Maßstab zu werden, betrug selbst mit der Saat für sie nur eins zu drei.

Hauser pfiff in seinem Helm. Eins zu drei! Die No'ui gingen also davon aus, daß die Aussichten der Menschheit auf ein Scheitern doppelt so groß waren wie die auf Erfolg. Doppelt oder nichts!

Doch die menschliche Spezies *hatte* es hierher geschafft, und nun fand Hauser heraus, was dieses außerirdische Gebilde darstellte. Wie er es verstanden hatte, waren damit zwei von drei Bedingungen erfüllt. Vielleicht waren die Chancen damit ausgeglichen oder hatten sich sogar zum Positiven gewendet.

Das sind die No'ui, fuhr das Programm fort. Das Bild einer riesigen Ameise erschien und bestätigte damit Hausers Verdacht. Die No'ui waren sechsgliedrige, warmblütige, halbtelepathische, zweigeschlechtliche Wesen, womit sie nach galaktischen Maßstäben praktisch ein Abbild der menschlichen Spezies darstellten. Der körperlose Sprecher erahnte hier eine Frage und hielt inne, um das Bild einer wesentlich fremderen Spezies zu zeigen.

Es handelte sich dabei um eine feueratmende Qualle mit Hummerscheren. Doch sie unterschied sich hauptsächlich durch ihre geistigen Eigenschaften von ihm. Sie schien sich an Hauser zu orientieren – und sein Magen hob sich, sein Atem wurde keuchend, sein Herz setzte mehrere Schläge lang aus und hämmerte heftig, bevor sich wieder ein einigermaßen normaler Zustand einstellte. Sein Verstand machte den Eindruck, als habe man ihn seitlich gedehnt und dann in sich zusammengefaltet. Er stimmte schnell zu: Die No'ui waren sehr eng verwandt mit den Menschen.

Nun zeigte das Programm die eigentliche Errichtung des monströsen Gebildes. No'ui gingen auf den Laufbändern, und ihre Füße hafteten tatsächlich an der rauhen Oberfläche, so daß sie mit demselben Geschick aufrecht, senkrecht und mit dem Kopf nach unten gehen konnten. Eigentlich brauchten sie nur drei oder vier Glieder für die Fortbewegung; zwei oder drei dienten anderen Zwecken. Einige führten schwebende Gegenstände an ihre vorbestimmten Positionen, während andere mit kompliziert aussehenden Werkzeugen hantierten; was genau sie taten, begriff er nicht. Es überraschte ihn auch nicht, daß die Höhle tatsächlich an einen Ameisenhaufen erinnerte. Auf allen Wegen herrschte reger Verkehr, und dennoch kam es zu keinen Zusammenstößen. Handelte es sich ausschließlich um Einbahnstraßen? Nein, wenn sich zwei No'ui begegneten, wich einer aus und ging auf der Unterseite des Laufbands weiter, bis die Oberfläche wieder frei war. Da es sich um Halbtelepathen handelte, standen sie in ständiger Verbindung untereinander, was die Gefahr von Zusammenstößen ausschloß.

Das Bild konzentrierte sich auf einen bestimmten No'ui. Es handelte sich – eine Pause, um für den Geist des Empfängers einen passenden Beruf zu finden – um Q'al, Spezialist für den Abbruch befristet errichteter Gebilde, die überflüssig geworden waren, damit ihre Bestandteile für den Bau neuer Bauten Verwendung finden konnten. Q'al benutzte ein Gerät, das Metall oder Stein pulverisierte, und das Pulver wurde dann aufgesogen und gelagert. Q'al war männlich und hatte einen kräftigen Körperbau. Er war Experte in seinem Beruf, obwohl er ihn noch nicht lange ausübte.

Hauser hielt inne, um kurz nachzudenken. Offensichtlich war diese Darstellung sorgsam redigiert worden, damit sie Begriffen entsprach, die er verstehen konnte. Die No'ui hatten die menschliche Spezies vor zwei Millionen studiert – nein, es mußten eher fünfzigtausend Jahre gewesen sein, denn es war der moderne und kein affenähnlicher Mensch gewesen, der sich auf der Erde ausgebreitet und immer kompliziertere Werkzeuge benutzt hatte. Über das Alter dieser Anlage hatte man nur Vermutungen anstellen können; offensichtlich hatte niemand moderne Datierungsmethoden eingesetzt oder – wenn doch –

die Ergebnisse verkündet. Auf jeden Fall hatten die No'ui den Menschen studiert, seine Natur kennengelernt und dementsprechend diese Anlage errichtet. Aber viele Einzelheiten waren erst hier und jetzt angepaßt worden. Zum Beispiel hatte man ihm als Namen Q'al genannt und nicht den wirklichen des Wesens, damit er ihn bequem aussprechen konnte; Q'al stellte eine verfremdete Form seines eigenen Namens dar. Wie konnten die längst weitergezogenen Außerirdischen gewußt haben, daß ein Mensch namens Douglas Quaid Hauser dieses Programm empfangen würde? Die Antwort lautete, daß sie es nicht gewußt haben konnten, sondern ein telepathisches (oder halbtelepathisches – ihm war der Unterschied nicht ganz klar, doch nachdem er den völlig fremdartigen Alien gesehen hatte, wollte er dieses Thema nicht unbedingt vertiefen) Computerprogramm zurückgelassen hatten, das den Empfänger auf die vorteilhafteste Weise instruieren würde. Das sprach für die technologischen Fertigkeiten der No'ui!

Und sie waren nur die örtlichen Saatbringer in einer Galaxis voller handeltreibender Rassen! Nur eine typische Spezies, die eine kleine Aufgabe erledigte, bevor sie in das nächste Sonnensystem weiterzog, in dem eine Saat gelegt werden sollte. Wie konnte sich die menschliche Spezies je mit ihr messen? Und doch hielten die No'ui dies für möglich, falls es ihr gelang, sich zu qualifizieren. Gab es die No'ui noch? Gut möglich, daß sie noch irgendwo in der Galaxis existierten, denn sie dachten ja in langen Zeiträumen.

Hauser verspürte Erstaunen und Ehrfurcht. Er wollte die No'ui kennenlernen! Er wußte, daß dies niemals geschehen würde, denn vielleicht waren sie jetzt schon fünfzigtausend Lichtjahre weit entfernt. Doch diese Botschaft war fast genauso gut. Er unterdrückte seine Gedanken und schaltete sich wieder ein.

Q'al hatte im Augenblick keinen Dienst als Zertrümmerer. Er war mit M'la zusammen, seiner eigens für Fortpflanzungszwecke ausgewählten Gefährtin. Sie trugen gerade ihr Ei zur Brut- und Pflegestätte des Schwarms. Sie hatten ineinander die

Möglichkeit gesehen, vielversprechenden Nachwuchs hervorzubringen, und sich zusammengetan. Nun würden sie bald feststellen, ob sich ihre Bemühungen gelohnt hatten.

Das Ei hatte etwa ein Viertel der Masse von M'la; sie hatte bei seiner Erzeugung Arbeitszeit verloren, doch das wurde akzeptiert. Gute neue Arbeiter wurden immer gebraucht. Sie trugen das Ei abwechselnd. Sollte der Schlüpfling den Anforderungen entsprechen, würde es zu ihrer beider Vorteil geraten.

Die Kinderstube des Schwarms lag tief unter der Baustelle, im geschütztesten Teil der Anlage. Es war nicht einfach, das schwere Ei den vertikalen Weg hinabzutragen; ihre Fußgreifer drohten den Halt zu verlieren, und sie mußten das Ei auf ihrem Rücken ankleben und sich mit allen sechs Gliedern festhalten. Schließlich mußten sie hintereinander marschieren, wobei jeder ein Ende der Eierschale trug. Q'al ging voraus, die Spitze des Eis an seinem Hinterteil angeklebt, während M'la folgte, das Ende der Schale zwischen ihren Antennen am Kopf befestigt.

Als sie unten angelangten, waren sie beide erschöpft, doch das Ei war unbeschädigt. Es stand nun kurz vor dem Schlüpfen; der Schlüpfling reagierte auf die Bewegungen und den hier unten höheren Atmosphärendruck.

Sie brachten das Ei zur Königin der Kinderstube. Sie berührte es mit ihren Antennen und las die Gedanken des erwachenden Verstandes darin. *Es ist an der Zeit,* stimmte sie zu. Da ihre Spezies über keine vollständig entwickelten telepathischen Fähigkeiten verfügte, mußten sie zur Projektion spezifische Gedanken formulieren; nur voll telepathische Rassen fanden auch so zu einer vollständigen Verständigung.

Wir möchten dabei sein, dachte Q'al.

Sie hielt inne, um das Ei hochzuheben. *Ihr seid euch bewußt, daß ein Schlüpfling in dieser Gegend nur eine Chance von eins zu drei hat, sich zu qualifizieren?*

Ja, erklärten sie gemeinsam. Die Strahlung auf dieser Welt verursachte zahlreiche unkontrollierte Mutationen, und bis sie einen Atmosphäreschild errichtet hatten, konnten sie sich nur in den Tiefen des Planeten aufhalten; doch selbst hier erlitten zahlreiche Eier Schäden. Q'al hatte schon einmal gebrütet, mit L'ri, und das Ei war schadhaft gewesen und vernichtet worden; seine Bestandteile hatte man der Nahrungsverwertung zugeführt. Doch mit M'la standen die Vorzeichen besser.

Hauser hielt erneut inne und unterbrach die Präsentation mit seinem bewußten Denken. L'ri? Dazu war es noch nicht gekommen! Das bedeutete, daß selbst diese Erinnerung an die Vorkommnisse modifiziert waren und diejenigen Namen und Ereignisse Verwendung fanden, die sich am besten auf seine derzeitigen Lebensumstände bezogen. Der ursprüngliche Hauser hätte einen anderen Namen genannt bekommen. Das Programm der Aliens verblieb in seinem Verstand und arbeitete dennoch auf seine eigene Art und Weise. Die Erinnerungsimplantattechniken der No'ui waren im Vergleich zur Recall-Methode so fortschrittlich wie ein dreidimensionales Hologramm gegenüber einem kleinen flachen Fernsehbildschirm. Er verspürte Ehrfurcht.

Dann dürft ihr dabeisein, dachte die Königin. *Doch ihr werdet nur empfangen; ich werde eure Ausstrahlungen blockieren.*

Wir verstehen. Sie gingen zu einer Empfangsnische. Sie wußten, warum ihre Ausstrahlungen blockiert wurden; ansonsten hätten sie vielleicht versucht, die Reaktionen ihres Schlüpflings zu beeinflussen.

Sie beobachteten die Wand ihrer Nische, auf der der Anblick und die Gedanken der Schlüpfkammer dargestellt wurden. Das Ei war dort, und es bewegte sich bereits unter dem Einfluß der anleitenden Gedanken der Kammer. Es schaukelte hin und her, zerbarst dann und öffnete sich schließlich, und der Schlüpfling kletterte hinaus und trocknete in der strahlenden Helligkeit des dem Heimatstern der No'ui nachempfundenen Lichts. Dieser Heimatstern war hunderttausend Lichtjahre entfernt, und kein Teilnehmer dieser Mission hatte ihn je gesehen, doch er blieb auch weiterhin ihre Heimat. Wenn diese Saatmission vollbracht war, vielleicht in weiteren einhunderttausend Jahren, würden ihre fernen Nachkommen dorthin zurückkehren. Das war ihr Traum!

Der Schlüpfling war männlich und sah geeignet aus. Die holografische Untersuchung bestätigte es: er wies keine körperlichen Mutationen auf. Q'al verspürte M'las Erleichterung; die erste Hürde war genommen.

Doch nun kam die Befragung, und die war viel wichtiger. Einen leichten körperlichen Defekt, ein zusätzliches Paar Gliedmaßen zum Beispiel, würde man vielleicht tolerieren, doch einen schwerwiegenden geistigen Defekt auf keinen Fall.

Schlüpfling: Von welcher Art bist du? kamen die Gedanken der Königin.

Der Schlüpfling war versuchsweise in der Kammer herumgegangen, um die Bewegungen seiner sechs Beine zu koordinieren. Er antwortete augenblicklich, denn die No'ui verfügten über ein genetisches Gedächtnis. *Ich bin ein männlicher No'ui.*

Worin besteht der Sinn deines Daseins?

Dem Willen meiner Spezies zu dienen.

Was ist eine planetare Transformation?

Der Schlüpfling zögerte, und sowohl Q'al wie auch M'la erstarrten. Hatte der technische Transfer gegriffen?

Die Anpassung eines Planeten mit feindlichen Lebensumständen an eine kompatible Phase, erwiderte der Schlüpfling. Q'al und M'la entspannten sich wieder.

Wie würdest du, eine ausreichende Menge an Stickstoffwasserstoffsäure und Wasser vorausgesetzt, eine Atmosphäre von etwa drei Vierteln Stickstoff und einem Viertel Sauerstoff erzeugen?

Der Schlüpfling zögerte erneut. Diese Frage betraf nicht nur eine technische Information, sondern stellte auch eine Übung in praktischer Anwendung dar. Wenn der Schlüpfling sie beantworten konnte, hatte er sich geistig qualifiziert.

Frage erlaubt?

Erlaubt.

Stehen mir Geräte zur Kernverschmelzung zur Verfügung?

Er kam darauf!

Ja.

Ich leite eine kontrollierte Verschmelzung ein, um Energie zu bekommen, überlegte der Schlüpfling sorgfältig. *Ich benutze diese Energie, um die Stickstoffwasserstoffsäure in ihre Bestandteile aus einem Teil Wasserstoff und drei Teilen Stickstoff zu trennen. Ich trenne auch das Wasser in seine Bestandteile aus zwei Teilen Wasserstoff und einem Teil Sauerstoff. Damit erhalte ich drei Teile Wasserstoff, drei Teile Stickstoff und einen Teil Sauerstoff. Dann bilde ich den Wasserstoff durch fortgesetzte Kernverschmelzung zu Helium um, wobei Stickstoff und Sauerstoff im erforderten Verhältnis übrigbleiben. Ich lagere das überzählige Helium in kompaktem Zustand, um es zukünftiger Verwendung zuführen zu können.*

Q'al und M'la führten einen kleinen Freudentanz auf! Er hatte es geschafft! Natürlich stellten seine Ausführungen eine beträchtliche Vereinfachung dar, doch was konnte man von einem Schlüpfling erwarten, der noch keine Erfahrung mit dem Universum hatte? Er würde alles Nötige lernen. Zwei Teile des Tests hatte er bestanden.

Doch der dritte konnte alles wieder zunichte machen. Gespannt warteten sie.

Erläutere diesen Begriff: (SYMBOLISCH)

Der Schlüpfling hielt inne, und Q'al und M'la versteiften sich wieder.

Die Antennen des Schlüpfling zitterten. Dann entspannte sich sein kleiner Körper. *Ich bin dazu nicht imstande.*

Warum bist du dazu nicht imstande?

Dieser Begriff ist meiner Natur fremd.

Q'als Antenne rieb sich in einem Ausdruck der Begeisterung an der M'las. Ihr Schlüpfling hatte sich qualifiziert!

Sie verließen die Kammer. Sie würden keinen weiteren Kontakt mit ihrem Schlüpfling haben, außer, man teilte ihn später demselben Projekt zu, an dem auch einer von ihnen arbeitete. Ihre Aufgabe war erledigt: Sie hatten einen wahren No'ui hervorgebracht.

Doch die Episode erinnerte Q'al an den fremden Begriff. Was hatte das zu bedeuten? Er hatte schon zuvor versucht, das Problem zu lösen, doch es war ihm nie in die Antennen gegangen.

Es schien anzudeuten, daß etwas nicht genau das war, das es zu sein schien, und doch auf das Wesentliche hinwies. Das war völlig unbegreiflich. Etwas war entweder oder war nicht; man konnte es nicht in einem anderen als dem rein physikalischen Sinn erfassen, wie zum Beispiel bei einer Schätzung statt bei einer direkten Zählung. Doch es hatte den Anschein, daß die verbale Sprache der menschlichen Spezies diesen Begriff verwendete und die Menschen ihn auch verstanden. Sie waren natürlich primitiv; vielleicht würden sie mit zunehmender Reife solche bedeutungslosen Begriffe aus ihrem Vokabular streichen. Doch es störte ihn, daß eine primitive Spezies einen Begriff verstehen sollte, den kein No'ui verstand.

Q'al und M'la konnten sich nun wieder ihren Aufgaben zuwenden. Doch nach einer Weile würden sie wieder brüten, denn ihre Kombination hatte sich als erfolgreich erwiesen. Ihre Bemühungen hatten sich gerechtfertigt, indem sie in dieser feindlichen Umgebung einen wertvollen Schlüpfling produziert hatten.

Q'al stellte fest, daß man ihm nun eine Arbeit auf der Oberfläche zugeteilt hatte. Der Augenblick der Testtransformation stand kurz bevor, und an der Landschaft mußten gewisse Modifikationen vorgenommen werden. M'la würde mit den genetisch modifizierten Pflanzen arbeiten, die imstande waren, im Sand dieses kargen Planeten Wurzeln zu schlagen. Beide mußten sie Raumanzüge tragen, denn bis zum Abschluß des Projekts gab es hier keine Atmosphäre, in der sie existieren konnten. Sie waren sogar nach der Bildung der Atmosphäre auf Raumanzüge angewiesen, denn sie konnten diese fremde Luftmischung natürlich nicht atmen.

Dann wandte sich die Präsentation von Q'al und M'la ab und zeigte ein Bild des Planeten während seiner befristeten Umwandlung. Auf die Art und Weise, die der Schlüpfling vereinfacht beschrieben hatte, wurde eine Atmosphäre erzeugt, sauerstoffreich, aber geeignet für menschliches Leben. Wasser floß, und die modifizierten Pflanzen sprossen. Die Kühlmittel des Kernreaktors wurden weit über den Planeten verteilt, damit sie ihre gewaltige Hitze abgaben und gleichzeitig die Bodentemperatur in jenen Bereich zwischen dem Gefrier- und dem Verdampfungspunkt des Wassers brachten, das sich nun in den Senken gesammelt hatte, in dem die Pflanzen gedeihen konnten.

Der Versuch verlief erfolgreich; die menschliche Spezies würde auf der Oberfläche des Planeten leben können, wenn sie den vorbereiteten Mechanismus aktivierte. Die No'ui schalteten ihn ab und stellten den ursprünglichen Zustand des Planeten wieder her; lediglich das fließende Wasser hatte einige unbedeutende Spuren hinterlassen. Die Pflanzen wurden eliminiert; das Saatgut wurde eingelagert, um an einem späteren Tag von hier eintreffenden Menschen sofort wieder gepflanzt werden zu können. Die Aktivierung des Mechanismus stellte kein Problem dar; der Komplex würde durch eine ganz einfache Schaltung zum Leben erwachen. Diese Schaltung führte man Hauser vor; er konnte sie jederzeit durchführen.

Doch woher wußten die No'ui, daß die Menschen geeignete Handelspartner sein würden? fragte sich Hauser. Angenommen, sie mißbrauchten den Mechanismus?

Als Antwort sah er eine Darstellung des Planeten Mars, auf der der Pyramidenberg hervorgehoben war: der Ort, an dem sich der Kernreaktor befand, dessen Bau er beobachtet hatte, und wo er nun (in seiner Erinnerung) stand und diese Unterweisung erhielt. Es gab drei Möglichkeiten: Der Mechanismus konnte wie beabsichtigt benutzt werden und würde nicht nur den Planeten so umgestalten, daß Menschen darauf leben konnten, sondern auch seine technologischen Geheimnisse den irdischen Wissenschaftlern enthüllen und sie damit befähigen, ihre Spezies ins All zu katapultieren, damit sie galaktischen Handel treiben konnte. Oder man ignorierte ihn; in diesem Fall würde die menschliche Spezies ohne Hilfe den Weg ins All antreten und, falls sie soweit kam, vielleicht in einem späteren Jahrtausend den Händlerstatus erreichen. Oder man mißbrauchte ihn; in diesem Fall würde er vernichtet werden. Das Symbol einer kleine Nova erschien, anscheinend das Sinnbild der Vernichtung. Nun sprach ihn das Programm direkt an: *Geh und erstatte deiner Spezies Bericht. D'gls, Q'al H'rs. Erkläre ihr, daß sie die Wahl hat. Wir No'ui legen die Dinge in eure Hände.*

Die Präsentation endete. Hauser fand sich in der Nische wieder, bei der es sich nur noch um eine solche handelte. Die außerirdische Stimme war verschwunden.

Einen Augenblick lang blieb er voller Ehrfurcht stehen. Er wußte, daß diese Botschaft sehr vielschichtig war und er manche Einzelheiten erst in Stunden, Wochen oder Jahren vollständig begreifen würde. Im Moment wußte er nur, worum es sich bei diesem Komplex handelte und wie man ihn aktivierte. Doch das genügte.

Er wußte auch, daß jedwede Loyalität, die er in der Vergangenheit empfunden haben mochte, durch die Bedeutung dieser Enthüllung aufgehoben war. Nun war er der Gesandte der No'ui.

Kapitel 22 *Verrat*

Als Quaid verstand er nun so viel, aber immer noch nicht genug. Er wußte, daß eine Gefahr lauerte, eine gewaltige Gefahr, war sich über ihre Natur aber nicht sicher. Hatten Cohaagens Männer ihn dort unten in dem außerirdischen Komplex gefangengenommen? Falls ja, was hatte er ihnen verraten? Die No'ui hatten seinen Verstand geöffnet, aber nicht in Hinsicht auf sein eigenes Leben, das durch das Erinnerungsimplantat ausgelöscht worden war, das seine vorherige Identität überlagert und ihn zu Douglas Quaid gemacht hatte.

Irgendwie wußte er, daß er Cohaagen nichts über die wahre Natur der außerirdischen Anlage verraten haben konnte. Cohaagen war der falsche Mann dafür: Er würde sie eher mißbrauchen als ihrem Zweck entsprechend einsetzen. Vielleicht hätte Cohaagen ihm die falschen Erinnerungen implantieren lassen, um ihn zum Sprechen zu bringen. Irgendwie mußte das außerirdische Wissen gegen Cohaagens Verhörmethoden gefeit gewesen sein. Doch wem sollte er berichten, was er erfahren hatte?

Er sah nun eine gewaltige Ausdehnung von Eis am Grund des Komplexes; er mußte zu einem anderen Teil der Anlage weitergegangen sein. Das Eis wurde von Hunderten runder Schächte durchbrochen. Er sah auf und stellte fest, daß direkt über dem Loch in der Mitte wie ein Stöpsel eine Säule schwebte.

Ein Stöpsel. Ein Stöpsel, der in das Loch hinabgelassen werden konnte, wo er eine Reaktion in Gang setzen, das System aktivieren, eine komplizierte Kettenreaktion starten würde, die schließlich . . .

Kuato hatte nicht viel von der Botschaft der No'ui verstanden; sie war allein für Quaid bestimmt gewesen. Anscheinend wußten die No'ui auch, wie sie sie gegen Telepathen abschirmen konnten, sogar mit einem Verstand, der sie fünfzigtausend Jahre nach ihrer Aufzeichnung empfangen hatte! Auf diese Art mußten sie sie auch Cohaagen vorenthalten haben. Doch nun begriff Kuato, was sie bedeutete. »Ein Kernreaktor!« rief er. »Um eine Atmosphäre zu erzeugen!«

Das war nicht einmal die Hälfte davon! Quaid erwachte und sah, wie sich Melina und Benny erstaunt musterten.

Doch Kuatos Aufmerksamkeit blieb auf Quaid gerichtet. »Denken Sie nach, Quaid! Wie funktioniert er?«

Quaid widmete sich wieder der Erinnerung. Er raste durch den Raum, ohne jedes Hilfsmittel, da er nun einen Entwurf erkundete, der in seinem Kopf gespeichtert war und allein durch seine Gedanken erforscht werden konnte. Es war das eidetische Implantat der No'ui: die außerirdische Präsenz in seinem Geist. Er stieg schnell den Abgrund hinab und erreichte einen Vorsprung auf dem Grund der Grube. Ein Laufband führte zu einer Höhle, von der er wußte, daß es sich bei ihr um einen Kontrollraum handelte. Er schwebte hinein.

Darin befanden sich elektronische Konsolen, die von überaus komplexen mechanischen Systemen umgeben waren – den

Spitzen der verrosteten Säulen. Doch der Rost war unwichtig; die No'ui hatten die Säulen gegen Korrosion geschützt. Die Schlüsselelemente der Maschine waren in einwandfreiem Zustand. Er ging eine rauhe Wand entlang.

Er wußte, wie man das Gerät einschalten konnte. Die Frage war nur, ob er es Kuato verraten sollte. Etwas ließ ihn daran zweifeln. Nicht, weil Kuato ein schlechter Mensch war – das war nicht der Fall –, sondern weil an der Situation etwas nicht stimmte. Etwas war nicht in Ordnung, und bis er genau wußte, worum es sich handelte, wollte er warten.

»Da!« rief Kuato. »Gehen Sie zurück ... Noch ein Stück ... da.«

Ein abstraktes Mandala, eine konzentrische Konfiguration geometrischer Formen, die vielleicht den Kosmos darstellte, war dort in Stein gemeißelt worden. Es war mit seltsamen Hieroglyphen bedeckt, die weder der sumerischen noch der ägyptischen noch irgendeiner anderen irdischen Kultur entstammten. Es war eine Darstellung der No'ui, und Quaid verstand sie nun, wagte ihre Bedeutung aber niemandem zu erklären. Das Gefühl, daß etwas nicht stimmte, war noch immer vorhanden, nicht bei Kuato selbst, aber ...

»Näher heran«, sagte Kuato eifrig. Offensichtlich konnte er das Mandala lesen, die Zeichen sehen, verstand aber nicht ihre Bedeutung.

Im Mittelpunkt des Mandala befand sich eine Darstellung von verblüffender Vertrautheit: die einer menschlichen Hand.

Kuato sah die Hand, verstand aber nicht. »Wie aktiviert man den Reaktor?« fragte er. »Konzentrieren Sie sich!«

Quaid trat auf die Hand zu, als würde er magisch von ihr angezogen werden. O ja, er wußte es ...

Plötzlich begann die Hand zu vibrieren. Ein tiefes Poltern erfüllte die Kammer. Quaid riß die Augen auf, und es polterte immer noch. Das gehörte nicht zu seiner Vision!

Sand und Kies regneten von der Decke hinab. Haarfeine Risse zogen sich durch die Wände und verbreiterten sich dann zu Spalten. Ein Minenmaulwurf bohrte sich durch die Wand der Höhle und rollte in die Kammer. Quaid sprang auf und lief zur Tür, und George folgte ihm, während er sich das Hemd zuknöpfte. Ein Rebell riß sie auf, und sie stürmten in das Chaos der großen Höhle.

Ein weiterer Maulwurf, ein Bulldozer mit Bohrspitze, grub sich durch die geheiligte Grabkammer und wühlte sich durch Leichen. Fünfzig Marssoldaten mähten die Rebellen nieder, die sich nicht nur in der Unterzahl befanden, sondern auch von der Bewaffnung her nicht mithalten konnten. Der Maulwurf arbeitete sich knirschend und uneingedenk des Sakrilegs durch eine weitere Bank mit mumifizierten Leichen. Soldaten folgten der schweren Maschine tiefer in das Heiligtum. Die Rebellen versuchten, Widerstand zu leisten, doch der Angriff war zu plötzlich gekommen. Die marsianischen Streitkräfte räumten gnadenlos unter ihnen auf.

»Wo ist Kuato?« fragte der Rebell an der Tür. Eine Explosion breitete sich durch den Raum aus, und riß alle zu Boden. Quaid half George auf die Füße und bückte sich, um einem Rebellenkämpfer zu helfen, doch der Mann war tot.

Melina und Benny kämpfen sich zu Quaid durch. George hatte sich bei dem Sturz das blutverschmierte Hemd aufgerissen, und sie starrten erstaunt Kuatos Schrumpfkopf an. Doch für Erklärungen blieb keine Zeit.

»Hier entlang!« rief George. Er führte sie durch eine verborgene Tür in einen Gang. Soldaten wollten ihnen den Weg versperren, doch Melina mähte sie nieder. Benny und Quaid hoben Waffen der gefallenen Soldaten auf und liefen durch eine Reihe von Kammern, bis sie eine Luftschleuse erreichten. Quaid bildete die Nachhut, während sich George, Melina und Benny durch die Tür zwängten. Als er die Tür schloß und den Riegel vorlegte, hörte er weitere Schüsse – aber *in* in der Luftschleuse.

Quaid wirbelte herum und sah, wie Benny Georges Körper mit Kugeln spickte. Es gab einen Verräter in ihrer Mitte! Kuato hätte es gespürt, hätte er nur in Bennys Verstand geblickt. Doch er hatte Quaid beobachtet und so das Offensichtliche übersehen. Benny hatte Quaid als Möglichkeit benutzt, an Kuato heranzukommen.

Bevor Quaid reagieren konnte, ergriff Benny Melina und richtete die Pistole an ihren Kopf. »Keine Bewegung!« rief er. Quaid erstarrte, und Benny lachte höhnisch auf. »Herzlichen Glückwunsch, Leute. Ihr habt uns direkt zu ihm geführt.«

Quaid ignorierte den Taxifahrer und bückte sich, um Georges leblosen Körper zu untersuchen, einen letzten Lebensfunken zu finden. Wenn der Mutant Bennys Geist angreifen, ihn so lange ablenken konnte, daß Quaid . . .

»Vergiß es, Bruder«, sagte Benny. »Seine Tage als Wahrsager sind gezählt.«

Kuatos Kopf war totes Gewicht. Georges Kopf hing schlaff hinab. Er schien tot zu sein.

Melina starrte Benny an, genauso erstaunt wie wütend. »Benny, du bist ein Mutant!«

Die Lippen des Mannes zuckten. Er enthüllte einen aufblitzenden Peilsender, den er in seiner künstlichen Hand verborgen hatte. »Es zahlt sich aus, in Verbindung zu bleiben. Eure Jungs haben mich nicht durchsucht. Verdammt, selbst *Kuato* hat mich nicht überprüft! Er mochte ja seltsame Kräfte gehabt haben, aber er war nicht clever, und das gilt auch für diese Organisation. In Cohaagens Büro könnte sich niemand so einfach einschleichen!«

Quaid mußte ihm beipflichten. Ihm war selbst aufgefallen, wie lasch die Rebellen die Sicherheitsvorkehrungen handhabten. Sie hatten sich zu sehr auf Kuatos Mutantenfähigkeiten verlassen. Sie waren keine Profis.

Aber Benny war einer. Seine Augen funkelten grausam, als er hinzufügte: »Tut mir leid, Mel. Ich muß fünf Kinder durchfüttern.«

Fünf? »Was ist mit dem sechsten passiert?« fragte Quaid.

Benny lächelte. »Na schön, ihr habt mich erwischt. Ich bin nicht mal verheiratet.« Dann wurde sein Tonfall plötzlich scharf. »Und jetzt legt eure verdammten Hände auf den Kopf!«

Ein schneller Wechsel von der Erhabenheit der Außerirdischen zur Schändlichkeit der menschlichen Rasse! Anscheinend hatten die No'ui recht getan, die Erfolgsaussichten der Menschheit anzuzweifeln. Wenn Cohaagen und seine Killerkommandos die Oberhand behielten, war sie der Geschenke der Außerirdischen nicht würdig.

Als Quaid dem Befehl nachkam, zog Benny Melina mit sich, beugte sich vor und trat den Riegel der Luftschleuse auf. Quaid achtete wachsam auf einen Fehler Bennys, doch der Verräter war auf der Hut. Er hätte ihn nur erreichen können, indem er Melina opferte, und Benny wußte, daß er dies nicht tun würde. Benny hatte daneben gestanden, als die beiden sich ihre Liebe offenbart hatten.

Dann hörte Quaid ein gedämpftes, hustendes Geräusch von Kuatos Kopf. Er bückte sich und vernahm ein kaum hörbares Flüstern.

»Quaid ...«

»Zurück, Quaid!« schnappte Benny.

Kuato kämpfte um Worte. »Schalten Sie den Reaktor ein ... Befreien Sie den Mars.« Quaid sprang zurück, als eine Salve den Kopf zum Schweigen brachte. Er hörte einen erstickten Schrei von Melina. Er sah auf – und Richter stand über ihm und richtete ein Maschinengewehr auf ihn.

»Mach eine Bewegung«, sagte Richter. »*Bitte.*«

Quaids Augen gruben sich voller Haß in den Mann. Doch er war hilflos. Bennys Verrat hatte sowohl den Widerstand wie auch alle Hoffnungen Quaids zerstört.

Quaid und Melina wurden gefesselt und zum Abtransport in einen Maulwurf gestoßen. »Es tut mir leid«, sagte er über das Dröhnen des Motors hinweg. »Wäre ich nicht gewesen, hätte Benny nicht zu Kuato vordringen können.«

»Ich habe dich dort hineingebracht!« sagte sie. »Ich dachte ... fürchtete ...«

»Daß ich der Verräter sei«, beendete er den Satz für sie. »Ich weiß. Ich erinnere mich nicht mehr genau daran, was wir vorher einander bedeuteten, doch ich nehme an, für mich war es ein rein kollegiales Verhältnis. Erst als ich in die Grube stürzte, begriff ich, daß ich dich liebte. Deshalb kehrte diese Erinnerung auch immer zu mir zurück. Das war das letzte, was ich von dir gesehen hatte. Ich vermute, Cohaagen hat nichts davon gewußt oder angenommen, das Gedächtnisimplantat würde die Erinnerung ausmerzen. Es hat alle anderen ausgemerzt, aber nicht die, daß ich dich liebe.«

»Ich konnte dich auch nicht vergessen«, sagte sie. »Ich wußte nicht, ob ich dir vertrauen konnte, doch irgendwie . . .«

»Wir waren wohl füreinander bestimmt, so abgedroschen das auch klingen mag. Aber weißt du, ich habe da unten noch mehr gefunden, bevor sie mich – ich glaube, sie haben mich gefangengenommen. Daran erinnere ich mich nicht mehr, aber sehr wohl an die Botschaft der Außerirdischen.«

»Der was?«

»Der No'ui. Eine fremde handeltreibende Rasse. Sie haben diese Anlage für uns errichtet, wenn es einmal soweit ist. Falls wir uns qualifizieren. Was wir wohl nicht schaffen werden. Aber . . .« Er hielt inne; ihm war etwas anderes eingefallen. »Weißt du etwas über Stickstoffwasserstoffsäure?«

Sie konzentrierte sich, während sie in dem Maulwurf hin und her geworfen wurden. »Das ist eine farblose, giftige, hochexplosive Flüssigkeit. Ich habe mal daran gerochen. Sie stank abscheulich!«

»Wie würde sie auf planetarem Maßstab wirken? Ich meine, Tausende Tonnen davon?«

»Das gäbe eine verteufelte Schweinerei, nehme ich an. Warum?«

»Die Außerirdischen – sie wollten sie zur Lufterzeugung benutzen. Ich meine, gemeinsam mit Wasser. Sie wollten das Eis schmelzen und . . . keine Ahnung, ich bin kein Chemiker. Wäre das denkbar?

»Ich bin auch kein Chemiker, aber ich glaube, so etwas würde nur für einen Außerirdischen Sinn ergeben!«

»Aber wäre es mit einer fortschrittlichen außerirdischen Technologie möglich? Ich meine, Stickstoffwasserstoffsäure und Wasser zu spalten und zu Luft zusammenzufügen und dann mit den überzähligen Bestandteilen einen Kernreaktor zu betreiben?«

Sie schüttelte den Kopf. »Ich müßte jemanden fragen, der mehr davon versteht als ich. Aber mir kommt das ziemlich verrückt vor.«

Er seufzte. Vielleicht *war* es verrückt. Aber es war auch in seinem Verstand. Er hoffte nur, daß die Aliens wußten, was sie taten.

Der Maulwurf fuhr auf seinem Weg zu Cohaagen weiter. Quaid nahm nicht an, daß es ein freudiges Wiedersehen geben würde.

Kapitel 23 *Schlimmer*

Am nächsten Morgen wurden sie, noch immer gefesselt, mit schmerzenden Gliedern, aber (zu Quaids Überraschung) nicht mißhandelt in Cohaagens elegantes Büro geschleppt. Er hatte angenommen, daß Richter sie prügeln würde, wenn man ihm schon verboten hatte, ihn zu töten, und daß Melina als schöne und hilflose Frau Freiwild für die Killer sein würde. Doch man hatte ihnen zu essen gegeben, und sie hatten die Toilette benutzen und allein (wenn auch unter Beobachtung) schlafen dürfen. Natürlich hatten sie nicht gesprochen; sie wußten, daß jedes ihrer Worte aufgezeichnet und gegen die Rebellen verwendet werden würde. Sie hatten es also nicht gerade bequem gehabt, doch es hätte durchaus noch schlimmer kommen können.

Doch nun würde es schlimm werden. Man hatte sie für ein direktes Verhör durch Cohaagen geschont, und Quaid wußte, daß der Mann alles tun würde, was er als notwendig erachtete, um sein Ziel zu erreichen. Richter war ein Schläger, brutal, aber ohne die Phantasie, einem wirklich großen Unannehmlichkeiten zu bereiten. Cohaagen hingegen war ein Verbrecher in weißem Hemd und Maßanzug, nicht so gewalttätig in seinen Manieren, aber insgesamt zehnmal gefährlicher.

Geh und erstatte deiner Spezies Bericht...

Cohaagen von dem Mechanismus erzählen? Wohl kaum! Der Mann hatte kein Interesse an seiner Spezies, geschweige denn an der Galaxis. Er wollte nur, was seinen Vorstellungen zufolge am besten für die Mars-Kolonie war: Macht für Vilos Cohaagen. Die Wissenschaft der No'ui stellte eine Macht dar, die weit über die hinausging, die der Menschheit bekannt war; sie durfte nicht in die Hände dieses kleinen Diktators fallen.

In der Tat rechnete Quaid damit, eine schreckliche Folter erleiden zu müssen, wenn er die Informationen nicht herausrückte. Cohaagen wußte nichts von dem Nachrichtenzentrum der Aliens; es lag in einem Gewirr gewundener Gänge versteckt, so daß nur ein Mensch mit einer besonderen Neugier und Beharrlichkeit es finden konnte. Hauser hatte vom Widerstand den Auftrag bekommen, das Rätsel des außerirdischen Artefakts zu lösen, und war daher motiviert gewesen; ansonsten wäre er vielleicht nicht so beharrlich gewesen. Und er hatte es für Melina getan, nachdem er gerade begriffen hatte, daß er sie liebte, damit sie ihm vertraute und seine Liebe erwiderte. Nein, er würde Cohaagen die Botschaft der No'ui nicht verraten!

Erkläre ihr, daß sie die Wahl hat. Denn die Menschheit konnte das Artefakt entweder ignorieren, wie sie es bislang getan hatte, oder es aktivieren und zum Positiven benutzen, wie es die No'ui beabsichtigt hatten. Denn würde der Mensch versuchen, es zum Negativen zu benutzen, würde er vernichtet werden. Das war die Bedeutung des Nova-Symbols: Eine Nova war ein aufflackernder, ja sogar explodierender Stern, der alles in seiner Nähe vernichtete. Der außerirdische Komplex würde explodieren, vielleicht, indem die Stickstoffwasserstoffsäure freigesetzt wurde, die unter den Gletschern der Marsoberfläche gegraben war, und die Kolonie der Menschen mit sich in den Untergang reißen. Das war die Wahl: die Anlage zu benutzen oder sie zu verlieren. Doch Cohaagen würde nur vorgeben, sie zweckbestimmt zu benutzen; er würde statt dessen ein wissenschaftliches Monopol daraus entwickeln und diese Macht benutzen, um sich damit nicht nur zum Diktator des Mars, sondern der gesamten Menschheit zu machen. Da die Außerirdischen keine Falschheit kannten, hatten sie damit nicht rechnen können. Für sie war entweder etwas gegeben oder nicht; sie verstanden nicht einmal den relativ harmlosen Begriff ›symbolisch‹. Sie waren gradlinig denkende Wesen, deren Werte feststanden und wie ihr Wissen genetisch weitergegeben wurden.

Wir No'ui legen die Dinge in eure Hände. Das war der Kern ihrer Schlußfolgerung. Sie hatten ihre Botschaft einer Person mitgeteilt – derjenigen, die zufällig das Nachrichtenzentrum betreten hatte – und darauf vertraut, daß sie die richtigen Schritte unternehmen würde. Sie hatten ihn zu ihrem Gesandten gemacht, und er hatte vor, sich ihrer Absichten würdig zu erweisen. Er wollte, daß die Menschheit zu einer handeltreibenden Rasse wurde, zu einer bedeutenden Spezies der Galaxis. Also würde er das Geheimnis vor Cohaagen verbergen und eher die Vernichtung des außerirdischen Komplexes als seinen Mißbrauch hinnehmen. Er war bereit, dafür sein und Melinas Leben zu geben. Er wußte, daß sie es so haben wollte. Er hatte ihr nichts erzählt, damit sie das Geheimnis nicht selbst verraten konnte.

Melina! Angenommen, Cohaagen ließ *sie* in Quaids Gegenwart foltern. Falls er annahm, nur so zum Ziel zum kommen, war er bestimmt dazu imstande. Doch würde Quaid auch das ertragen?

Es gab nur eine Antwort: Er mußte es.

Doch vielleicht hatten sie Glück, und Cohaagen wußte nicht, was Quaid herausgefunden hatte. Schließlich schien er es auch zuvor, als er Quaid das Gedächtnisimplantat verpaßte und ihn zur Erde schickte, nicht gewußt zu haben. Der Verräter Benny hatte gar nichts begriffen, ansonsten hätte er Kuato nicht getötet. Er hatte angenommen, das einzige Geheimnis des Artefakts bestünde darin, wie es eine Atmosphäre erzeugen und wie man es aktivieren konnte. Doch das war nur ein kleiner Teil davon!

Als Soldaten in das Büro stampften, wurde Quaid aus seinen Gedanken gerissen. Sie trugen eine Leiche und warfen sie auf den Konferenztisch. Es war Kuato, der Schrumpfkopf, der aus Georges Brust wuchs.

Cohaagen musterte ihn. »Das also ist der große Geheimnisvolle!«

Richter und Benny, die Quaid und Melina bewachten, kicherten. Sie waren mit ihrer Arbeit zufrieden. Sie hatten das Geheimnis des Führers der Marsianischen Befreiungsfront gelöst und ihn und seine Organisation vernichtet.

Quaid sah, wie Melina zusammenzuckte. Sie gab sich noch immer die Schuld an dem gewaltigen Fehler, Benny ins innere Heiligtum mitgenommen zu haben. Doch wie hätte sie es wissen können? Benny war auf ihrer Seite gewesen, hatte ihre Sache unterstützt und ihnen zur Flucht verholfen. Benny war ein Profi; das besagte alles. Sie hätte besser Quaid oder dem Hauser-Aspekt seiner Persönlichkeit die Schuld gegeben, weil der einen anderen Profi nicht erkannt hatte.

Cohaagen untersuchte vorsichtig Kuatos Kopf. Er schnitt vor Abscheu eine Grimasse. »Kein Wunder, daß er sich nicht zeigte.« Er wandte sich ab und nickte den Schlägern zu, die die Leiche aufhoben und fortzerrten. Ein anderer Soldat wischte den Tisch ab. Cohaagen war sehr empfindlich, was Sauberkeit betraf; er wollte nicht, daß ein häßlicher Schmierfilm zurückblieb.

Dann ging Cohaagen zu dem sitzenden Quaid hinüber und versetzte ihm einen Klaps auf die Schulter. »Tja, herzlichen Glückwunsch, Quaid«, sagte er jovial. »Du bist ein Held.«

Quaids Antwort kam augenblicklich. »Leck mich.«

Cohaagen war seltsamerweise nicht verärgert. Er lächelte. »Später vielleicht.« Er warf einen Blick auf Melina. »Kuato ist tot, die Widerstandbewegung wurde völlig aufgerieben.« Er sah wieder Quaid an. »Und du warst der Schlüssel zur gesamten Operation.«

Quaid sah, daß Melina ihn abwägend betrachtete. Sie war sich seiner Loyalität für den Widerstand nie ganz sicher gewesen und war es nun auch nicht, obwohl sie ihn liebte.

»Er lügt«, sagte Quaid. Sie würden vielleicht beide sterben, doch er wollte, daß sie an ihn glaubte.

»Mach ihm keine Vorwürfe, Schätzchen«, sagte Cohaagen zu Melina. »Er hat nichts davon gewußt.« Er lächelte. »Darauf kam es ja an.«

Nun war Melina verwirrt – und Quaid nicht minder. Wovon sprach der Mann?

»Verstehst du, Quaid, der verstorbene Mr. Kuato besaß die unheimliche Fähigkeit, unsere Spione ausfindig machen zu können«, fuhr Cohaagen fort. »Wir haben nicht gewußt, daß er ein Telepath war, oder was auch immer. Keiner unserer Leute kam in sein Nähe. Also setzten Hauser und ich uns zusammen und erfanden *dich* – den perfekten Maulwurf.«

»Sie lügen«, sagte Quaid. »Hauser hat sich gegen Sie gestellt.«

»Das solltest du ja glauben. In Wirklichkeit meldete sich Hauser freiwillig zu einer Löschung und Neuprogrammierung. Und zwar, als Kuato ihm zum ersten Mal entwischt war. Diese vorsichtige Hure...« Cohaagen deutete mit dem Kopf auf Melina, die den Mund spitzte, als wolle sie ihm ins Gesicht spucken. »... hat ihn nie mit in die Katakomben genommen. Sie führte ihn direkt zur Pyramide und ließ kein Wort über den Eingang dort verlauten. Nur diese leere Höhle, die sie niemals benutzten. Als er in den Abgrund stürzte, floh sie nicht zu Kuato, sondern kehrte in die Kuppel und diese Bar zurück. Es war alles umsonst gewesen; sie vertrauten Hauser einfach nicht. Nicht genug. Wir mußten sie irgendwie dazu bringen, ihm völlig zu vertrauen.«

»Nun erzählen Sie schon Ihre Geschichte«, sagte Quaid angeekelt. Er deutete auf Richter, soweit die Handschellen es ihm ermöglichten. »Seit ich zu Recall ging, hat er versucht, mich zu töten. Harry auch, und Lori auf der Erde ebenfalls. Man tötet niemanden, den man einschleusen will.«

»Richter hat nichts davon gewußt«, sagte Cohaagen. »Und die anderen unterstanden seinem Befehl.«

»Warum lebe ich dann noch?«

Cohaagen lächelte mit einem gewissen Stolz. »Er spielt eben

nicht in deiner Klasse. Und wir haben dir geholfen. Benny hier . . .«

Benny verbeugte sich spöttisch vor Quaid. »Gern geschehen, Mann.«

»Der Bursche, der dir die Tasche gab«, fuhr Cohaagen fort. »Diese kleine Wundertüte, die dir so gelegen kam.«

Quaid glaubte keinen Augenblick lang daran. »Das kaufe ich Ihnen nicht ab. Zu perfekt.«

»Schöne Scheiße, perfekt! Du sprengst deine Erinnerungskapsel, bevor wir Gelegenheit haben, dich zu aktivieren. Stevens kommt um, als er dich in diesem Hotel aufspürt. Und Richter versaut mittlerweile alles, was ich monatelang geplant habe.« Er sah Richter an, der den Blick zu Boden senkte. »Erstaunlich, daß es überhaupt funktioniert hat.«

Quaid nickte, zögernd beeindruckt. Es ergab Sinn. Angenommen, Hauser war *wirklich* Cohaagens Agent gewesen. Als Melina ihn dann trotz ihrer mehr als nur freundschaftlichen Beziehung nicht zu Kuato führte, mußte er eine Möglichkeit finden, sich aus der Aufführung zu schreiben. Also konnte er den Sturz vorgetäuscht und darauf gewartet haben, daß Cohaagens Männer ihn ›gefangennahmen‹ und damit einen noch ausgeklügelteren Plan einleiteten. Und er hatte von seinen letzten Erlebnissen geträumt, bevor das Gedächtnisimplantat sein Leben übernahm.

Doch zwei Dinge waren geschehen, mit denen sie nicht gerechnet hatten. Er hatte festgestellt, daß er Melina wirklich liebte – ein eventueller Vorwand hatte sich verwirklicht –, und er hatte die Botschaft der No'ui gefunden. Das hatte alles verändert!

Doch warum sollte er sich dann freiwillig gemeldet haben, um eine ausgeklügelte Mission zu übernehmen, die überaus riskant für ihn war (selbst ohne Richters Einmischung), nur um die Frau zu betrügen, die er liebte, und die No'ui, die seinem Leben einen höheren Sinn gegeben hatten? Das paßte doch nicht zusammen! Also mußte Cohaagen lügen.

War dies nur ein geschickter kleiner Schachzug, der ihn dazu verleiten sollte, etwas zu verraten, das Cohaagen für sich nutzen konnte? Oder argwöhnte Cohaagen, daß Quaid mehr über das außerirdische Artefakt herausgefunden hatte, als er zugab, und wollte er damit an diese Information kommen? Das würde aber nicht funktionieren!

»Tja, eins muß ich Ihnen lassen, Cohaagen«, sagte er, als sei sein Widerstand gebrochen. »Das ist die bislang verwirrendste Geschichte, die Sie sich ausgedacht haben.«

»Du mußt nicht mein Wort darauf nehmen, Quaid. Ein Freund von dir möchte dir etwas sagen.«

»Sagen Sie nichts«, entgegnete Quaid. »Lassen Sie mich raten.«

Cohaagen schaltete ein Fernsehgerät ein. Natürlich erschien Hauser auf der Mattscheibe, in derselben Kleidung und mit demselben Hintergrund wie bei der ersten Aufzeichnung.

»Hallo, Quaid«, sagte Hauser. »Wenn du das hörst, ist Kuato tot, und du hast uns zu ihm geführt. Ich wußte, daß du mich nicht im Stich lassen würdest.« Er lachte, und es lag eine Spur von Grausamkeit darin, die Quaids derzeitiger Natur fremd war. »Tut mir leid, daß ich dir all diese Scheiße aufbürden mußte, Kumpel, aber du bist ja nur ein Programm.«

Quaids letzte Barriere des Widerstands geriet ins Wanken. Es stimmte: Hauser *hatte* sich freiwillig gemeldet! Aber wieso? Warum sollte er Melina verraten und ...

»Ich würde dir gern Glück und ein langes Leben wünschen, alter Kumpel, aber leider wird es nicht dazu kommen«, fuhr Hauser auf dem Bildschirm fort. »Verstehst du, du hast nun mal meinen Körper, und, tja ...« Die Gestalt hob fast entschuldigend die Achseln. »Ich will ihn zurückhaben.«

Quaid fröstelte plötzlich. Wenn sie seine derzeitige Identität künstlich errichtet hatten, konnten sie sie auch wieder zerstören. Der alte, miese Hauser würde wieder übernehmen!

»Tut mir leid, daß es so kommen muß«, sagte Hauser. »Aber fair ist fair, und ich war schließlich zuerst da. Also adios, Amigo, und danke, daß du meinen Arsch gerettet hast.« Er lächelt, wie ein Sieger, der sich seinem unterlegenen Feind gegenüber großzügig erweist. »Wer weiß? Vielleicht begegnen wir uns noch mal in unseren Träumen.«

Die Videoaufzeichnung endete.

Quaid warf Melina einen erschrockenen Blick zu. Sie war so entsetzt wie er und begriff langsam, wie man sie beide betrogen hatte.

Aber die bohrende Frage blieb: Was war mit der Liebe, die Hauser für Melina empfand? Warum sollte er ihr das antun? Und die Botschaft der No'ui . . .

Daraus ergab sich nur eine Schlußfolgerung. Hauser hatte es besser gewußt und Cohaagen nichts von den No'ui verraten – aber wie konnte er das vermeiden, wenn er doch für Cohaagen arbeitete? Hatte er gewußt, daß Cohaagen wahrscheinlich Melina festnehmen und foltern lassen würde, um sie zu zwingen, ihm zu verraten, wo sich Kuato versteckte? Er hatte Melina retten und das Geheimnis der Außerirdischen bewahren wollen, bis er die richtigen Leute gefunden hatte, denen er es verraten konnte.

Also hatte er eine Möglichkeit gefunden, beides zu bewerkstelligen. Er hatte sich freiwillig für einen Auftrag gemeldet, der nicht nur verlangte, daß man Melina in Ruhe ließ, damit Quaid sie später finden konnte, sondern auch die Botschaft der Außerirdischen in seinem Verstand unterdrücken würde! Er hatte Cohaagen einen Plan verkauft, der Cohaagen selbst dazu veranlaßte, das zu verbergen, was er am dringendsten haben wollte. Er hatte gehofft, daß Quaid sich an die No'ui erinnerte, bevor er Cohaagen zu Kuato führte. Und das wäre ja auch beinahe geschehen.

Beinahe.

Doch wenn sie nun Hausers Gedächtnis wiederherstellten, würden sie sicher auch seine Geheimnisse entdecken. Es war möglich, ein Erinnerungsimplantat zu pflanzen, ohne die vorherigen Erinnerungen zu lesen; sie wurden einfach unterdrückt. Man konnte es mit einer neuen Aufnahme auf einer alten Video-CD vergleichen; niemanden interessierte, was überspielt wurde. Doch wollte man die alte Aufzeichnung wiederherstellen, mußte man sie laufend überprüfen, um sich zu vergewissern, daß kein Fehler vorlag. Da konnte man keine Geheimnisse mehr verbergen!

Cohaagen hatte nicht nur die Rebellen ausgelöscht, er hatte viel mehr erreicht, als er sich jemals hatte träumen lassen. Weil Hausers verzweifelter Schachzug nicht ganz aufgegangen war.

Verdammt!

Und am schlimmsten war, daß Melina niemals erfahren würde, was Hauser versucht hatte. Das schmerzte irgendwie mehr als das sehr spürbare Unheil, das Hausers Versagen angerichtet hatte.

Kapitel 24 *Ausbruch*

Schließlich wurden Quaid und Melina auf Untersuchungsstühle geschnallt, bei denen es sich um größere und modernere Versionen des Modells handelte, auf dem er bei Recall behandelt worden war. Quaid hatte auf eine Gelegenheit gehofft, sich zu befreien, doch die Schläger waren sehr vorsichtig gewesen und hatten ihnen keinen Augenblick lang die Handschellen abgenommen. Selbst wenn es ihm gelungen wäre, sich zu befreien, hätten sie immer noch Melina als Geisel gehabt.

Angenommen, er ließ sich das Implantat einfach verpassen. Bestand eine Möglichkeit, daß die Techniker die Bedeutung dessen nicht erkannten, womit sie es hier zu tun hatten, so daß Hauser wiederhergestellt wurde, sein Geheimnis aber unversehrt blieb? Er bezweifelte es; die Implantatvorrichtung würde Alarm schlagen, wenn sie auf etwas Ungewöhnliches stieß, und die Botschaft der Außerirdischen war so ungewöhnlich, daß die Alarmglocken gleich losdröhnen würden. Doch was konnte er tun, gefesselt wie er war?

Cohaagen sah zu, wie ein Arzt und sechs Assistenten die Umprogrammierung vorbereiteten. Auf Melinas Handrücken hatten sie bereits die Kanüle eines Tropfs angebracht. Quaid bäumte sich auf und leistete Widerstand, als ein Assistent auch in seine Hand eine Nadel stach. Nicht der kurze Schmerz des Stichs störte ihn, sondern die Endgültigkeit der bevorstehenden Injektion eines Betäubungsmittels, das ihn ruhigstellen würde, bis er schließlich seine Persönlichkeit verloren hatte – und noch Schlimmeres geschah.

»Entspanne dich, Quaid«, sagte Cohaagen. »Es wird dir gefallen, Hauser zu sein.«

»Der Bursche ist ein verdammtes Arschloch.« Eigentlich war er nur bis zu einem bestimmten Punkt eins gewesen: bis er erkannt hatte, daß er Melina liebte und die Botschaft der No'ui erhalten hatte. Dann hatte er sein Bestes gegeben, um sein irregeleitetes Leben wieder gutzumachen – und dabei die Marsianische Befreiungsfront vernichtet. Also traf die Bezeichnung zu.

»Mag sein«, sagte Cohaagen. »Aber er hat ein großes Haus und einen Mercedes. Und du magst Melina doch, oder?« Er warf der Frau einen Blick zu, die das Gesicht verzog und es anscheinend nicht einmal ertragen konnte, von ihm angesehen zu werden. »Na ja, du wirst sie jede Nacht vögeln können. Sie wird Hausers Frau werden. Nicht nur das, wir programmieren sie auch so, daß sie ihm eine respektvolle und leidenschaftliche und hingebungsvolle Frau ist – wie eine Frau eben sein sollte.«

Quaid und Melina sahen einander entsetzt an. Hätte er solch eine Frau gewollt, wäre er mit Lori zufrieden gewesen, die ihre Rolle perfekt gespielt hatte. Doch schon bevor seine Erinnerungskapsel gesprengt wurde, hatte er sich nach Melina gesehnt. Er bevorzugte echte Frauen, die unabhängig und mutig waren. Denn falls so eine Frau ihn liebte, bedeutete das auch etwas. Wenn er einmal falsch lag, würde sie ihm schon gehörig die Meinung sagen. Die Vorstellung, so eine Frau in eine gefügsame Puppe zu verwandeln, stieß ihn ab. Und sie – er wußte, daß sie genausowenig eine Hure sein wollte, wie sie eine Verräterin an ihrer Sache war. Sie hatte die Rolle einer Hure gespielt, doch das war nur eine Rolle gewesen. Was würde es innerlich bei ihr bewirken, ihr diesen Teil ihres Lebens aufzuzwingen? Da konnte man gleich eine Lobotomie an ihr vornehmen – etwas anderes war diese Persönlichkeitsveränderung auch nicht.

Auf dem Videofon kam ein Anruf. Ein Assistent nahm ihn entgegen und sagte dann zu Cohaagen: »Für Sie, Sir.«

Cohaagen wandte sich ungeduldig dem Bildschirm zu, auf dem ein nervöser Techniker vor einer Wand mit zahlreichen Schaltern und Knöpfen stand.

»Was ist los?« schnappte Cohaagen.

»Sir«, antwortete der Techniker. »In Sektor G geht der Sauerstoff zur Neige. Was soll ich tun?«

»Gar nichts«, sagte Cohaagen.

»Sie haben nur noch Luft für eine Stunde, Sir«, sagte der Techniker.

Cohaagen drückte einen Knopf auf dem Videofon, und der Schirm zeigte schnell drei Ansichten von Venusville. Überall lagen Menschen auf den Straßen oder in Hauseingängen hingestreckt und rangen mit offenen Mündern um Atem. Melina wandte den Kopf ab; sie konnte nicht hinsehen, während Quaid wütend an seinen Fesseln zerrte. Er mußte sich befreien! Er mußte diesem Wahnsinn ein Ende bereiten.

Cohaagen schaltete zu dem Techniker zurück. »Bald ist alles vorbei«, sagte er und unterbrach die Verbindung.

»Das ist doch völlig überflüssig, Cohaagen!« rief Quaid. »Geben Sie den Leuten Luft!«

»Mein Freund, in fünf Minuten werden dir die Leute scheißegal sein.« Cohaagen wandte sich an den Arzt. »Fangen Sie an.«

Der Arzt senkte den Helm über Melinas Kopf. Sie versuchte, den Kopf zur Seite zu legen, doch die Fesseln behinderten sie.

Der Arzt schickte sich gerade an, Quaids Helm hinabzulassen, als Richter ihn unterbrach. »Äh, Entschuldigung, Doc – aber wird er sich erinnern, was passiert ist, wenn er Hauser ist?«

»Nicht die Spur«, versicherte der Arzt ihm.

»Danke.« Dann schlug Richter den wehrlosen Quaid mit aller Kraft ins Gesicht.

Quaid sah Sterne. Er würde ein blaues Auge bekommen, und vielleicht eine Gehirnerschütterung, doch die Kopflehne hatte ihn vor dem Schlimmsten bewahrt. Er starrte Richter an, der aber grinste nur.

»Du bist aber richtig mutig, du Held«, sagte Quaid ironisch.

Cohaagen zog Richter zurück. »Tut mir leid, Quaid. Das wird bald vorbei sein, und dann sind wir alle wieder Freunde.«

Da würde er sich lieber mit einem Nest voller Skorpione anfreunden! Aber das war seine geringste Sorge. Wie konnte er die Botschaft der No'ui vor der Enthüllung bewahren?

Der Arzt schaltete die Implantatmaschine ein. Sie gab ein schreckliches, pfeifendes Geräusch von sich, das an einen altmodischen Zahnarztbohrer erinnerte, wie man sie noch in Horrorvideos sah. Cohaagen verzog das Gesicht und führte Richter aus dem Labor. Er blieb an der Tür stehen und drehte sich zu Quaid um.

»Übrigens, ich gebe heute abend bei mir zu Hause eine kleine Party. Warum kommst du nicht mit Melina vorbei? Sagen wir, gegen neun Uhr?«

Quaid fletschte die Zähne und antwortete nicht.

Cohaagen wandte sich an den Arzt. »Doc, erinnern Sie ihn daran?«

»Sicher«, erwiderte der Arzt und nickte geistesabwesend.

Richter winkte ihm zum Abschied. »Wir sehen uns dann auf der Party.«

Und dort würde er Überraschung über Quaids angeschwollenes Auge vortäuschen. Also war der Mann auch ein Heuchler; aber das war der kleinste seiner Fehler.

Cohaagen und Richter verließen das Labor. Nun wurde das Geräusch der Implantatmaschine wirklich schrecklich, nicht, was ihre Funktionsweise – denn sie verursachte keine körperlichen Schmerzen –, sondern was ihre Bedeutung betraf. Es hörte sich an, als würden lebendige Gehirne auseinandergesägt, damit man Teile von Gehirnen aus der Leichenhalle einsetzen konnte.

Sowohl Quaid wie auch Melina kämpften dagegen an. Sie

konzentrierten sich, um die Wirkung der Umprogrammierung aufzuheben, doch ihre Willenskraft war der überwältigenden Macht der Maschine weit unterlegen. Quaid zerrte an den Metallklammern, die seine Handgelenke, Unterarme und Knöchel festhielten, doch sie bewegten sich nicht.

»Bitte halten Sie still«, sagte der Arzt.

Nun verspürte er Schmerzen, sowohl körperliche wie auch geistige, als er sich die Haut an den Klammern aufscheuerte und sein Geist versuchte, sich der Gehirnwäsche zu widersetzen. Beide Arten des Schmerzes wurden stärker. Quaid verzog das Gesicht, als könne er damit das feindliche Programm vertreiben.

»Kämpfen Sie nicht dagegen an«, sagte der Arzt. »Deshalb tut es weh.«

Quaid sah, wie auch Melina vergeblich kämpfte. Tränen flossen ihre Wangen hinab, und Speichel tropfte aus ihrem Mund. Er warf sich in dem Stuhl hin und her und versuchte, die Klammern zu sprengen. Das Pfeifen der Maschine wurde unerträglich, aber das war noch nichts im Vergleich zu den Qualen des Kampfes und der Niederlage. Er schien völlig hilflos zu sein, und doch konnte er es nicht einfach geschehen lassen. Fühlte sich so eine Frau bei einer Vergewaltigung? Denn um nichts anderes handelte es sich bei diesem Vorgang.

»Das ist eine komplizierte Prozedur, Mr. Quaid«, warnte der Arzt ihn. »Wenn Sie nicht stillhalten, enden Sie noch als Schizophrener.«

Würde das die Entdeckung der No'ui-Botschaft verhindern? Falls ja, mochte es ein Ausweg sein. Aber er traute der Möglichkeit nicht. Er nahm all seine Kraft zusammen, um seine Identität zu bewahren und sich aus dem Stuhl zu befreien.

Die Fesseln gaben nicht im geringsten nach; Cohaagen hatte sich vergewissert, daß sie halten würden. Doch die Schrauben, die den Stuhl zusammenhielten, lockerte sich allmählich.

»Erhöhen Sie die Dosis des Beruhigungsmittels«, sagte der Arzt zu seinem Assistenten.

Dann wäre er erledigt! Quaid wußte, daß das seine letzte

Chance war. Doch er hatte seine Kraft bis an die Grenzen ausgeschöpft; was konnte er noch tun?

No'ui! dachte er. *Ich brauche Hilfe!*

Und aus einem noch nicht angezapften Reservoir floß neue Kraft in ihn. Der Lärm, der Schmerz und sein Aufbegehren erreichten einen Höhepunkt, und es hatte den Anschein, daß er es nicht mehr aushalten konnte, doch er fühlte, wie seine Stärke wuchs. Vielleicht war es die Kraft des Wahnsinns, die das Implantat der No'ui anzuzapfen wußte. Es spielte keine Rolle. Er spannte seine Armmuskeln noch stärker an und öffnete den Mund, um zu schreien.

Dann, mit einem sowohl stimmlichen wie auch körperlichen Aufbäumen, riß er die rechte Armlehne vom Stuhl! Sie hing wie eine unförmige Schiene an seinem Unterarm. Er kam frei!

Sofort riß er die Kanüle aus seiner anderen Hand und unterbrach den Zufluß des Beruhigungsmittel. Mit einer zum Teil freien Hand konnte er . . .

Der Arzt stürmte heran, um ihn zu bändigen. Quaid schwang die Armlehne wie eine klobige Waffe und trieb dem Arzt einen langen, freiliegenden Nagel in den Hals.

Die Assistenten liefen herbei. Einer ergriff Quaids Unterarm. Quaid nahm ihn in den Schwitzkasten und brach ihm das Genick.

Jetzt konnte er sich einen Augenblick lang um sich selbst kümmern. Er hob den Helm von seinem Kopf. Damit war die Implantierung unterbrochen! Er verspürte schreckliche Kopfschmerzen dabei, als hätte er Drähte aus seinem Gehirn gerissen; dann war es vorbei.

Ein anderer Assistent ergriff von hinten Quaids Handgelenk. Quaid packte den Mann an den Haaren und zerrte ihn brutal über die Schulter vor. Der Kopf des Mannes landete zwischen seinen Knien, und Quaid übte Druck auf den Schädel aus wie ein Nußknacker auf eine Walnuß. Der Mann schrie auf und brach zusammen.

Quaid griff zur anderen Seite und löste die Klammer um sein linkes Handgelenk. Nun hatte er beide Hände frei. Er sah, daß

Melina noch gegen ihre Gehirnwäsche ankämpfte. »Halte aus!« rief er.

Drei weitere Assistenten drangen auf Quaid ein und ergriffen seine Arme. Ein weiterer schlug mit einer langen Metallstange auf ihn ein. Quaid zog einen Mann vor sich und benutzte ihn als Schild. Die Stange stach ihm ein Auge aus. Die anderen erstarrten einen Augenblick lang voller Entsetzen. Quaid nutzte die Gelegenheit, griff nach unten und befreite einen Knöchel.

Dann trat er dem Assistenten, der vor ihm stand, zwischen die Beine. Von dem Tritt, den Lori ihm versetzt hatte, wußte er noch, wie sich das anfühlte. Der Mann stürzte zur Seite.

Quaid richtete sich auf und stand. Ein Bein war noch gefesselt, doch ihm blieb keine Zeit, sich endgültig zu befreien. Zwei weitere Assistenten waren hinter ihm und belauerten ihn wie einen Bären mit der Eisenstange und einer Feueraxt. Quaid wich der heranschwingenden Axt aus, ergriff die Stange und bückte sich schnell, um die letzte Fessel zu lösen. Die Feueraxt schwang zu ihm hinab, und er konnte ihr gerade noch rechtzeitig ausweichen.

Aber jetzt war er frei! Quaid schlug den Assistenten, der ihn mit der Stange angegriffen hatte, mit seiner eigenen Waffe bewußtlos. Dann riß er den Helm von Melinas Kopf.

Der letzte Assistent tat, was er von Anfang an hätte tun sollen: Er schlug auf den Alarmknopf und ergriff die Flucht. Quaid setzte ihm nach, bekam ihn zu fassen und schleuderte ihn mit dem Gesicht voraus gegen die Tür. Die Nase des Mannes hinterließ eine blutigen Strich am Türblatt, als er bewußtlos zu Boden sackte. Zu schade, daß es nicht Richter gewesen war, der einen Schlag ins Gesicht verdient hätte. Nicht, daß man ihn damit hätte verunstalten können.

Quaid lief zu Melina zurück und löste die Klammern um ihre Arme und Beine. »Bist du in Ordnung?«

Sie nickte.

Das genügte ihm nicht. Sie hatte die Behandlung länger als er ertragen müssen. »Bist du noch du?«

Sie überlegte. »Ich bin mir nicht sicher, Schatz«, sagte sie fügsam. »Was meinst du damit?«

Quaid erschauerte. Dann lächelte sie. »Verdammter Mist, verschwinden wir endlich von hier«, schnappte sie.

Diese Worte waren Musik in seinen Ohren. Er löste die letzte Klammer. Sie erhob sich vom Stuhl, ergriff die Axt, die in den Überresten von Quaids Sessel steckte, und lief zur Tür.

Sie stürmten aus dem Labor. Alarmglocken kreischten. Zwei Soldaten kamen um eine Ecke. Melina schwang die Axt und traf den ersten in die Brust. Dem anderen zog Quaid die Eisenstange über den Kopf. Zwei weniger.

Sie nahmen die Waffen der Soldaten an sich, liefen zu den Fahrstuhltüren und drückten auf den Knopf. Quaid bezweifelte, daß sie so einfach den Lift nach unten nehmen könnten, doch sie konnten es sich nicht leisten, ihn einfach zu ignorieren.

Ding! Ein Fahrstuhl kam hinauf. Er blieb stehen, die Türen öffneten sich – und es befand sich ein Dutzend Soldaten darin.

Quaid schoß und mähte sie nieder. *Ding!* Die Fahrstuhltüren schlossen sich wieder.

Der andere Fahrstuhl kam. *Ding!* Er fuhr abwärts. Die Türen öffneten sich, und er war leer. Anscheinend konnten selbst Fahrstühle aus der Erfahrung lernen! Sie sprangen hinein.

Während sie hinabfuhren, wandte Quaid sich an Melina. »Für den Fall, daß wir nicht mehr miteinander sprechen können, möchte ich, daß du weißt, ganz gleich, was ich vorher gewesen sein mag . . .«

Sie trat zu ihm und küßte ihn. »Ich weiß«, murmelte sie nach einer Weile.

»Aber diese Hauser-Aufzeichnung . . .«

»Du hättest dich nur entspannen müssen, um mich auf einem silbernen Tablett zu bekommen«, sagte sie. »Statt dessen hast du wie der Teufel gekämpft und mich befreit. Also wußte ich, daß es dir nicht darum ging.«

»Aber ich will dich! Ich liebe dich! Aber . . .«

»Aber nicht, wenn du dafür den Mars verraten mußt«, sagte sie.

»Ja. Aber auch . . .«

Der Fahrstuhl hielt im Erdgeschoß. »Später«, sagte sie gespannt.

Die Türen glitten auf und enthüllten eine hektische Betriebsamkeit. Alarmglocken gellten. Minenarbeiter liefen wie ausschwärmende Ameisen hin und her. Fahrzeuge der Sicherheitskräfte rasten in alle Richtungen davon. Soldaten nahmen Verteidigungspositionen ein. Anscheinend hatte der Alarm die gesamte Umgebung in eine wahnwitzige, aber nicht zielgerichtete Aktivität versetzt.

Sie wechselten einen Blick miteinander. Konnte es wirklich so einfach sein?

Sie traten hinaus und gaben sich genauso betriebsam wie die anderen. Pech gehabt. Die Soldaten bemerkten sie und eröffneten das Feuer.

Sie liefen los. Quaid sprang in einen dahinrollenden Maulwurf, zerrte den Fahrer hinaus, rutschte auf seinen Sitz und ergriff das Lenkrad. Er hielt aus dem Fenster nach Melina Ausschau. Die Soldaten schossen auf ihn, doch die Kugeln prallten von der Metallhaut des Maulwurfs ab.

Er konnte sie nicht finden. »Melina!« rief er beunruhigt.

»Hier drüben«, erwiderte sie.

Sein Kopf fuhr herum. Sie saß auf dem Beifahrersitz und schlug die Tür zu. Sie hatte nicht darauf gewartet, daß er sie rief.

Quaid gab Gas. Der Maulwurf machte einen Satz und verwandelte sich plötzlich in ein Ungetüm. Die Soldaten und Minenarbeiter liefen ihm aus dem Weg.

Cohaagen stand vor dem hohen Fenster seines Büros und musterte verdrossen die Kuppeln. Die rosa Färbung des Horizonts kündete von der bevorstehenden Dämmerung. Im Hintergrund jaulten Sirenen auf, gedämpft aber beharrlich.

Richter schritt auf der anderen Seite des Büros nervös auf und ab. Welche Beweise brauchte Cohaagen noch? Mittlerweile mußte doch auch er begriffen haben, daß man sich mit diesem Verräter Hauser nur auf eine Art und Weise befassen konnte. »Nun, Sir?« fragte er schließlich.

Cohaagen dachte noch einen Augenblick lang nach. Hauser war ein Spitzenagent. Es würde verteufelt heiß hergehen, bevor man ihn wieder unter Kontrolle bekommen konnte. Auch Freundschaft hatte ihre Grenzen, und Hauser hatte sie soeben überschritten. Ohne sich umzudrehen, befahl er leise: »Bringt ihn um.«

»Wird aber auch endlich Zeit«, murmelte Richter leise, machte auf dem Absatz kehrt und stürmte aus dem Zimmer.

Falls er geglaubt hatte, Cohaagen könne ihn nicht hören, hatte er sich getäuscht. Cohaagen versteifte sich bei Richters Worten. Hätte Richter sich nicht eingemischt, wäre Quaids Umprogrammierungsprozeß glatt verlaufen, und der Mann hätte sich nicht so stark an seine derzeitige Identität geklammert. Ein Mann konnte schon an sich glauben, wenn er um sein Leben kämpfen mußte. Nachdem diese häßliche Sache ausgestanden war, würde er auf Richter verzichten. In der Tat, es wurde langsam Zeit dafür.

Cohaagens aufgestaute Wut auf den Mann löste sich. Er funkelte den Fisch an, der harmlos in der Kugel auf seinem Schreibtisch schwamm, und fegte sie mit eine Handbewegung zu Boden, wo sie in tausend Scherben zerbrach. Der Fisch warf sich verzweifelt hin und her; er konnte nicht atmen. Cohaagen lächelte.

Aber jetzt mußte er sich um etwas Wichtigeres kümmern. Cohaagen hatte vermutet, daß Hauser mehr über das außerirdische Artefakt wußte, als er verraten hatte. Jetzt war er sich dessen sicher. Er konnte es sich nicht leisten, noch länger zu warten.

Er griff zu einem Telefon. »Schickt das Abreißkommando her«, sagte er. Dann sah er nachdenklich ins Leere. Es gefiel ihm nicht, Hauser und das außerirdische Artefakt zu vernichten. Unter anderen Umständen hätten ihm beide sehr nützlich sein können. Doch die Sicherheit hatte Vorrang. Er hatte auf den Mars ein Reich errichtet und konnte es sich nicht leisten, es wegen Freundschaft oder auch Gier zu verlieren.

Kapitel 25 *Reaktor*

»Weißt du, wie wir von hier aus zu der Pyramide kommen?« fragte Quaid, während der Maulwurf vor sich hinrollte.

Melina sah sich um. »Ja«, sagte sie und zeigte ihm die Richtung. »Biege dort nach rechts ab.«

Er fuhr in einen breiten Tunnel und preschte ihn mit Höchstgeschwindigkeit entlang, wobei er beinahe ein paar um ihr Leben laufende Minenarbeiter niedergewalzt hätte.

»Paß auf!« rief sie. Sie wollte den kleinen Leuten keinen Schaden zufügen, nur Cohaagens Schergen.

»Wir müssen zuerst dort sein«, erklärte er knapp. »Er will den Reaktor vernichten.«

Sie erstarrte. »Nein . . .«

»Wenn der Mars Luft hat, ist Cohaagen erledigt.« Aber das war nicht das Wichtigste.

Quaid zog den Maulwurf herum, um einem gestürzten Minenarbeiter auszuweichen. Er raste den Tunnel entlang und stellte fest, daß der Weg frei war.

Melina begriff. »Wenn der Mars eine Atmosphäre hat«, sagte sie, »werden wir frei sein.«

»Wir werden frei sein«, wiederholte er. »Aber da ist noch mehr. Die No'ui . . .«

»Was?«

»Ich hatte keine Zeit, es dir zu erklären – und es wäre sowieso nicht sicher gewesen, solange Cohaagen dich verhören konnte«, sagte er. »Ich – das heißt, Hauser – hat in dieser fremden Grube mehr getan, als sich von dir abzusondern. Er . . .«

»Sich von mir abzusondern?« fragte sie stirnrunzelnd.

»Hauser war ein Spion. Ich erinnere mich jetzt. Er hat dich nur benutzt. Er hat den Sturz vorgetäuscht, damit er sich von Cohaagen ›gefangennehmen‹ lassen oder seinen Tod vortäuschen konnte. Sein Auftrag war gescheitert, denn du warst zu klug für ihn. Aber er hat den Sturz falsch berechnet und sich den Kopf gestoßen, und vielleicht hat das etwas bewirkt, denn danach begriff er, daß er dich liebte. Hauser – und ich. Aber . . .«

»Ich verstehe. Du mußt es mir nicht erklären.«

»Hör zu, Mel! Kein Scherz, diese Sache ist wichtiger als unser Leben. Hauser wanderte liebeskrank dort unten herum und wollte wirklich den Auftrag ausführen, den du ihm erteilt hast. Und er fand die Außerirdischen.«

Sie sah ihn erstaunt an.

»Er . . .«

»Sie hatten eine . . . eine Botschaft zurückgelassen. Das Artefakt wurde von den No'ui errichtet, einer intelligenten, außerirdischen ameisenähnlichen Spezies, damit wir es finden, wenn wir reif genug dafür sind. Es dient dazu, eine Atmosphäre zu erzeugen und ihre Technologie an uns weiterzugeben, damit wir eine Spezies wie sie werden können, galaktische Händler, die die Zivilisation verbreiten.«

»Missionare!« hauchte sie.

»So ungefähr. Und Hauser – nun, er war beeindruckt. Die No'ui verließen sich darauf, daß er das Richtige tun und seiner Spezies erklären würde, wozu das Artefakt dient und wie man es benutzt. Denn wenn wir es richtig benutzen, werden wir uns zu galaktischen Händlern entwickeln, doch wenn wir es falsch benutzen oder versuchen, es zu vernichten . . .«

Sie begriff. »Es hat einen Selbstzerstörungsmechanismus!« rief sie.

»Richtig. Das Ding ist wie eine Bombe. Wenn wir das Richtige tun, wird es ein neues Zeitalter für uns einleiten, eine größere Epoche, als wir es uns je träumen ließen. Doch wenn wir das Falsche tun, geht es hoch. Diese Stickstoffwasserstoffsäure

– es muß hunderttausend Tonnen von diesem Zeug geben, unter dem Gletscher. Vielleicht machen sie es damit.«

»Könnte schon sein«, sagte sie. »Wenn es freigesetzt wird, könnte es die gesamte menschliche Kolonie auf dem Mars vernichten!«

»Ja. Die No'ui sind nicht zimperlich. Ich habe einen ihrer Schlüpflinge gesehen. Er war kaum aus dem Ei und mußte Fragen beantworten, die ich nicht beantworten könnte, und beweisen, daß er zu ihnen gehörte, oder sie hätten ihn auf der Stelle getötet. Wir benutzen das Artefakt entweder richtig, oder wir verlieren es; wir dürfen das Risiko nicht eingehen, es falsch zu benutzen. Wenn Cohaagen also versucht, es zu vernichten, verlieren wir nicht nur die Atmosphäre, sondern unser aller Leben.«

Sie konnte es kaum glauben. »Und das hat Hauser bekehrt?«

»Das hat zu Ende geführt, was du angefangen hast«, stimmte Quaid zu. »Er konnte es nicht ertragen, dich unter Folter zu sehen, wußte jedoch, daß Cohaagen genau das tun würde, um dich zu zwingen, ihm zu verraten, wo Kuato sich versteckt. Doch er wußte auch, daß er Cohaagen nicht die volle Wahrheit über das Artefakt verraten durfte. Cohaagen mußte sich schon zusammengereimt haben, daß es eine Atmosphäre erzeugt, und so ließ er niemanden an das Artefakt heran, um sein Monopol nicht zu verlieren. Doch wenn er gewußt hätte, was es sonst noch bedeutet, daß er mit der außerirdischen Technologie seine Macht um das Tausendfache vergrößern könnte, hätte er ...«

»Auch die Erde übernommen«, sagte sie. »Er hat vorgegeben, ein braver Junge zu sein, den Reaktor zu benutzen, um Luft zu erzeugen, und mehr über seine Geheimnisse zu erfahren, doch sobald er sie enträtselt hätte, hätte er sein Luftmonopol nicht mehr gebraucht. Er hätte einfach alles übernehmen können.«

»Genau. Hauser – ich suche keine Entschuldigungen für ihn, er war ein Arschloch, aber du ... du hattest einen guten Einfluß auf ihn, und die No'ui ... es war wirklich eine Art Gedächtnisimplantat, und es bekehrte ihn, und er wollte das Richtige tun. Doch Cohaagen überprüft seine Agenten regelmäßig mit der

Implantatmaschine, um sich zu vergewissern, daß sich keine Spione eingeschlichen haben, und hätte von den No'ui erfahren. Also hat sich Hauser ...«

»... freiwillig für einen neuen Auftrag gemeldet«, vollendete sie den Satz.

»Genau. Das hat dich gerettet und das Artefakt. Aber jetzt ...«

»Ich verstehe schon«, sagte sie. »Tu, was du tun mußt, Doug. Wir müssen dieses Ding aktivieren, bevor er es vernichtet.«

»Und dann dafür sorgen, daß er es nicht überlebt«, sagte er. »Damit er nicht behaupten kann, *er* hätte das Artefakt aktiviert, und sich als Held ausgeben kann, dem man weiterhin die Leitung der Marskolonie anvertrauen sollte. Der Mann könnte einer Mutantenkröte die Warzen abschwatzen! Vielleicht überleben wir es nicht, aber ...«

»Kuato und die Widerstandskämpfer haben ihr Leben gegeben«, sagte sie ruhig. »Und das werde ich notfalls auch.« Sie beugte sich zu ihm und küßte ihn auf die Wange.

»Hat dieses Ding ein Funkgerät?« fragte er. »Stell lieber mal fest, ob sie uns verfolgen.«

Sie schaltete das Funkgerät sofort ein. Es war ein übliches Modell, mit dem man sowohl die öffentlichen Frequenzen wie auch private Funksprüche empfangen konnte. Sie hörte die gesamte Bandbreite ab. »Sie müssen Funkstille bewahren«, sagte sie. »Damit die anderen nicht erfahren, was vor sich geht.«

»Dann können sie ihr Vorgehen nicht koordinieren, um uns den Weg abzuschneiden«, sagte er zufrieden. »Wir haben noch eine Chance.«

Sie stellte einen Nachrichtensender ein. »... Ergebnisse der Sonderwahl veröffentlichen, sobald sie vorliegen«, sagte der Sprecher. »Bis dahin eine Meldung aus der Wissenschaft. Astronomen melden die Entdeckung einer weiteren ›unerklärbaren Nova‹. Damit wären es bislang sieben. Den Wissenschaftlern zufolge dürfte es diese Novae nicht geben, denn sie entsprechen nicht dem richtigen Sternentypus. Sie ...«

Etwas klickte in Quaids Verstand. »Oh, mein Gott!« sagte er.

Melina sah ihn wieder an. »Stimmt was nicht?«

»Diese Nachricht . . . diese Novae . . . jetzt begreife ich . . .« Er hielt inne und wollte es nicht glauben.

»Was ist los, Doug?» fragte sie beunruhigt.

»Diese Novae – sie sind künstlich«, sagte er. »Deshalb dürfte es sie eigentlich nicht geben. Sie werden künstlich erzeugt, genau wie die No'ui andere Rassen hervorbringen.«

»Könnte schon sein, daß die Außerirdischen wirklich so mächtig sind, wie du behauptest«, sagte sie zweifelnd. »Aber ich kann es nicht glauben . . .«

»Glaube es lieber!« sagte er. »Du hast die Größe dieses Reaktors nicht gesehen! Wenn sie imstande sind, so etwas zu bauen und mit ihrer Wissenschaft eine Atmosphäre erzeugen, was uns niemals möglich wäre, dann können sie auch einen Stern in eine Nova verwandeln!«

»Na ja, wenn du meinst . . . Aber was hat das damit zu tun?«

»Ich habe dir doch gesagt, sie sind nicht gerade zimperlich! Bei ihnen heißt es alles oder nichts. Sie geben einem keine zweite Chance.«

»Ja, aber . . .«

»Das Symbol der Vernichtung«, sagte er und fühlte, wie das Entsetzen in ihm emporstieg. »Es war eine Nova.«

Melina zuckte die Achseln. »Warum nicht? Wir warnen mit einem Totenschädel und gekreuzten Knochen vor Giften. Das meinen wir auch nicht buchstäblich. Es ist ein Symbol.«

»Sie kennen keine Symbole. Sie nehmen alles wortwörtlich, vielleicht weil sie genetisch vorprogrammiert geboren werden, wie Ameisen. Bei ihnen trifft entweder etwas zu, oder es trifft nicht zu, oder sie ignorieren es. Es kann nicht teilweise zutreffen, wenn es nicht gerade in der Entstehung begriffen ist. Wenn sie also die Darstellung einer Nova benutzen . . .«

Nun legte sich das Entsetzen auch auf ihr Gesicht. »Du meinst . . .«

»Ich meine, wenn sie Nova sagen, dann *meinen* sie auch Nova. Falls wir den Reaktor mißbräuchlich benutzen . . .«

»Wird unsere Sonne zur Nova«, sage sie.

»Sie muß justiert worden sein. In dem Augenblick, in dem der Reaktor falsch benutzt wird, schickt er das Vernichtungssignal an die Sonne. Die Sonne flammt auf und zerstört alles, vielleicht bis zur Umlaufbahn des Jupiters. Im galaktischen Maßstab nur ein kurzes Aufflackern, doch unsere Spezies wird verschwinden. Genau wie diese anderen Spezies verschwunden sind, vor Tausenden von Jahren, als sie die Tests nicht bestanden, und nun sehen wir ihre Novae. Es gibt drei Bedingungen. Erstens, daß wir eine eigene begrenzte Weltraumfahrt entwickeln, und zweitens, daß wir in der Lage sind, die Natur des Artefakts zu erkennen. Die dritte ist nicht genau festgelegt, aber nun wissen wir, daß sie von uns verlangt, das Richtige zu tun, oder . . .«

»Keine zweite Chance«, stimmte sie zu und sah starr nach vorn.

»Es geht um alles oder nichts!« Sein Gesicht fühlte sich wie erstarrt an. Er erinnerte sich an den Traum vom Ende der Menschheit, den er gehabt hatte. Es war kein Traum, sondern eine Warnung der Außerirdischen gewesen!

»Alles oder nichts«, wiederholte sie. »Mein Gott, Doug . . .«

»Ja.« Mit einem tauben Gefühl raste er den Tunnel entlang.

Sie passierten einen Quertunnel, und ein zweiter Maulwurf kam heraus und nahm die Verfolgung auf.

Melina sah zurück. »Das ist Benny!« rief sie. »Paß auf – er ist ein hervorragender Fahrer!«

Das war er in der Tat. Die Maulwürfe sollten eigentlich die gleiche Geschwindigkeit haben, doch der hinter ihnen holte auf. Sein Bohrer rotierte.

»Vorsicht!« rief Melina.

Doch Quaid konnte nicht viel tun. Er sah im Rückspiegel zu, wie Bennys Maulwurf näher kam und sich ins Heck ihres eigenen Fahrzeugs grub. Der riesige Bohrer war für Fels gedacht, wie würde er auf Metall reagieren?

Mit einem schrecklichen Kreischen nagte Metall an Metall. Splitter flogen durch das Führerhaus. Das ganze Fahrzeug erbebte heftig.

Eine dumme Frage! Quaid hatte bereits Vollgas gegeben, doch irgendwie gelang es ihm, noch mehr aus dem Motor herauszuholen und schneller zu fahren. Sinnlos; Benny holte auf und griff wieder an.

Die Spitze des Bohrers brach mit hungrigen Drehungen ins Führerhaus durch. Sie beugten sich vor, um ihr auszuweichen, hatten jedoch zu wenig Platz. Der Lärm war ohrenbetäubend. Das Ding würde sie zu Hackfleisch verarbeiten!

Dann hielt es inne, Zentimeter von ihren Rücken entfernt. Melina starrte es an. »Weiter geht es nicht«, sagte sie. »Es ist für Fels bestimmt, und Fels bricht auf und zersplittert. Es ist in dem Metall steckengeblieben.«

»Steckenbleiben, was?« Quaid lächelte grimmig. »Dann haben wir ihn vielleicht an den Eiern.«

»An den Eiern?« fragte sie und warf ihm einen zweifelnden Blick zu.

»Wie auch immer. Mal sehen, wie diesem Mistkerl unser Fahrstil gefällt.«

Quaid zog nach links, dann nach rechts und setzte den Maulwurf in dem Tunnel vor und zurück. Bennys Fahrzeug, das von dem Bohrer festgehalten wurde, wurde gegen die Felswände geschleudert. Benny bremste heftig, um sich von Quaids Maulwurf zu lösen. Es reichte nicht; er rollte mit zwei Rädern eine Wand hinauf.

»Den Trick merke ich mir, falls mir dein Fahrstil mal nicht paßt«, murmelte Melina.

Quaid verzog keine Miene. Er sah im Rückspiegel, daß Bennys Maulwurf unbeholfen und mit knirschendem Getriebe manövrierte.

Dann fiel er auf den Boden zurück und setzte sich wieder in Bewegung.

Sie fuhren in eine dunkle Höhle. Quaid schaltete die Seitenscheinwerfer ein und stellte fest, daß sie groß genug war, um zu wenden. Er schaltete den Scheinwerfer wieder aus und zog den Maulwurf in der Dunkelheit herum.

»Was tust du da?« fragte Melina beunruhigt.

»Vielleicht kann ich ihn diesmal endgültig drankriegen«, sage Quaid. »Mal sehen, wie ihm seine eigenen Tricks schmecken.«

Er vollendete die Drehung und wurde langsamer. Er sah Bennys Scheinwerfer und dann die Nase des Maulwurfs, der langsam in die Höhle fuhr. Seine Scheinwerfer tasteten herum und suchten die Höhle ab.

Quaid gab Gas und schaltete die Scheinwerfer ein. Sie rissen die Seite von Bennys Maulwurf aus der Dunkelheit.

Mit dem nach vorn ausgerichteten Bohrer und heftig beschleunigt hielt Quaid direkt auf Bennys Führerhaus zu. »Jetzt bist du dran«, sagte er mit zusammengebissenen Zähnen.

Er sah im Glanz der Scheinwerfer, wie Benny die Augen und den Mund weit aufriß, als er den Bohrer direkt auf sich zukommen sah. Er versuchte, seinen Maulwurf aus dem Weg zu schaffen, doch es war zu spät. Quaids Maulwurf durchbohrte die Kabine – er hatte nicht die geringsten Schwierigkeiten mit dem Glas und Plastik – und zerfetzte sie. Dasselbe widerfuhr auch Benny – so wortwörtlich, daß selbst die No'ui keine Verständigungsschwierigkeiten gehabt hätten.

Bennys Maulwurf hatte an der gegenüberliegenden Höhlenwand gestanden. Quaid konnte sein Fahrzeug nicht mehr rechtzeitig anhalten; es bohrte sich in die Wand. Sand und Kies schüttete durch Löcher hinab. Die gesamte Maschine erzitterte.

Es gab jetzt kein Zurück mehr. Die Steinwand drohte einzubrechen. Quaid gab Gas und hoffte, daß er nicht steckenbleiben würde. Doch er hatte Glück; auf der anderen Seite der Wand befand sich ein Hohlraum.

»Doug!« schrie Melina und starrte geradeaus.

Glück? Nun begriff er, daß es wohl doch eher Pech gewesen war. Vor ihnen befand sich nichts mehr. Sie bohrten sich in den Abgrund des außerirdischen Reaktors!

Er trat auf die Bremsen. Der Maulwurf schlitterte durch die Öffnung und neigte sich. Doch das zerfetzte Heck des Fahrzeugs stieß gegen die Tunneldecke und ließ es einen Augenblick lang innehalten.

»Spring!« rief Quaid und zerrte an seinem Sicherheitsgurt.

Den beiden gelang es gerade noch, aus den Türen zu springen und sich an Balken festzuhalten, dann kippte das große Fahrzeug vollends um und stürzte in die Tiefe.

Doch wieso erstickten sie nicht? Bei dem Abgrund seiner Traumerinnerungen hatte es sich um ein Vakuum gehandelt; sie hatten Raumanzüge getragen, um ihn zu betreten. Wie konnte er seine Enttäuschung vergessen, als er Melina durch den Helm küssen wollte! Aber hier gab es Luft – Luft und einen erträglichen Druck.

Dann fiel ihm wieder ein Teil seines Hauser-Wissens ein: Der Hauptteil des Reaktors verfügte über Druck, da Cohaagen versucht hatte, mehr über ihn herauszufinden. Cohaagen war zum Glück vorsichtig gewesen; hätte er irgend etwas Falsches unternommen, wäre die Sonne zur Nova geworden. Der Luftdruck hatte keine negativen Auswirkungen auf den Reaktor. Da er ja eine Atmosphäre erzeugen sollte, war er von vornherein für atmosphärische Bedingungen konstruiert worden. Hauser und Melina waren in den unerforschten Teil eingedrungen, den Cohaagen für unwichtig gehalten hatte – und hatten herausgefunden, daß er im Gegenteil sehr wichtig war. Es war nicht nur eine Einheit, es war ein zusammengeschalteter Komplex von Einheiten, wobei der Kernreaktor in einem fast buchstäblichen Sinne des Wortes nur die Spitze des Eisbergs darstellte.

Sie hingen an gegenüberliegenden Seiten des Lochs an dem Gerüst, bekamen dann wieder festen Boden unter die Füße und starrten in den gewaltigen Abgrund hinab.

»Du hast recht«, flüsterte Melina ehrfürchtig. »Das habe ich noch nie gesehen. Es ist zehnmal größer, als ich es mir vorgestellt habe, und . . .«

»Und hundert Mal so komplex«, sagte er ebenfalls voller Ehrfurcht, obwohl er einen großen Teil dieses Abschnittes schon bei seinem vorherigen Besuch und in den vergangenen Erinnerungen an diesen Besuch erkundet und von den No'ui die Erklärung bekommen hatte, wozu er diente. »Das ist unsere Zukunft – die Zukunft der Menschheit –, falls wir den Mechanismus aktivieren können, bevor Cohaagen ihn vernichtet.«

Sie starrten das Gebilde weiterhin an. Eine gewaltige Metalltrosse erstreckte sich von der Wand in den Raum; sie erinnerte an den auf die Seite gelegten antiken Eiffelturm. Vier solcher Träger stützten eine riesige runde Plattform in der Mitte des Abgrunds.

Die Plattform stellte eine gelochte metallische Platte dar, in deren Öffnungen eine Reihe hoher Säulen steckten. Diese Säulen erstreckten sich von der Spitze des Abgrunds bis zu seinem Grund, wo sie sich in der Dunkelheit verloren. Auf zahlreichen Ebenen über und unter ihnen wurden die Säulen von weiteren Verstrebungen und Plattformen umschlossen.

Quaid kletterte hinab und ließ sich auf die Trosse fallen. »Komm schon«, rief er Melina winkend zu.

Sie stieg neben ihn hinab und betrachtete die lange, trügerische Brücke, die sie zu überqueren hatten und die sich in pechschwarze Dunkelheit erstreckte. Dieses Gebilde mochte Jahrtausende überdauert haben, doch nun wirkte es instabil.

Plötzlich erhallte ein erschreckendes, lautes Donnern im Abgrund und ließ sie beide zusammenfahren.

»Der Maulwurf«, sage Quaid. Er war unten aufgeschlagen. Es war ihm wie mehrere Minuten vorgenommen, seit sie ihn verlassen hatten, doch es waren wahrscheinlich nur einige Sekunden gewesen. Die Erhabenheit des Reaktors hatte ihr Zeitgefühl durcheinandergebracht. Glaubte er.

»Sie werden bald hier sein«, erinnerte Melina ihn. »Du mußt den Reaktor einschalten.«

»Gehen wir!« pflichtete er ihr bei. »Bist du eine gute Fassadenkletterin?«

»Nicht unbedingt«, gestand sie ein. »Doch wenn ich bedenke, was auf dem Spiel steht, schaffe ich es schon.«

»Braves Mädchen.« Doch sie war kein Mädchen; sie war eine Frau.

Sie gingen, so schnell sie es wagten, über die Trosse und sahen nicht hinab.

Kapitel 26 *Entscheidung*

Die Straßen von Venusville waren verlassen. Den Menschen dort war es irgendwie gelungen, sich in ihre schäbigen Behausungen zurückzuziehen, um dort zu sterben. Im *Last Resort* wurde ein kleiner Luftbehälter von Hand zu Hand weitergereicht. Tony saß auf dem Boden, Rücken an Rücken mit dem Barkeeper, Däumelinas Kopf auf seinem Schoß. Sie konnten nichts tun, nur hilflos auf das Ende warten.

In der Pyramide standen Richter und sechzehn Soldaten auf einer Plattform und blickten hinab. Richter leuchtete mit einer starken Taschenlampe die Ränder des Lochs aus, das Quaids Maulwurf gebohrt hatte. Er richtete den Lichtstrahl auf die Grube und sah die Trosse, die von der Steinwand zur nächsttieferen Plattform führte.

Er konzentrierte sich und erspähte etwas. Wie zwei Ameisen gingen Quaid und Melina die Trosse entlang.

Richter lächelte. Diesmal würde das Zielobjekt nicht entkommen. Und was die Frau betraf – auch für sie würde er Verwendung finden, nachdem Cohaagens Implantat sie einigermaßen gefügig gemacht hatte. Es war sowieso eine Verschwendung gewesen, sie Hauser zu überlassen. »Gehen wir!«

Er drängte sich mit den Soldaten in den Fahrstuhl.

Quaid und Melina kletterten mit Schwierigkeiten von der Trosse auf die Plattform hinab. In die Mitte war ein Fahrstuhl eingelassen, dessen Kabel sich in das Halbdunkel erstreckte. Das kam ihm seltsam vor, denn die No'ui benutzten normalerweise solche Geräte nicht. Doch sie hatten die Anlage ja für Menschen erbaut. Die beiden gingen, noch immer voller Ehrfurcht, durch das Säulenlabyrinth. Quaid hatte den Eindruck, sich in einem Wald metallischer Mammutbäume mit verrosteter Rinde zu befinden.

»Das ganze Ding ist ein riesiger Atomreaktor«, wiederholte Quaid. »Turbiniumstäbe ragen aus diesen Hüllen in die Gletscher darunter. Damit beginnt eine Kettenreaktion. Die Strahlung spaltete das Eis in Sauerstoff und Wasserstoff. Das Gas steigt hinauf, wird von der Schwerkraft festgehalten . . .«

»Und der Mars hat eine Atmosphäre«, beendete Melina den Satz.

»Noch nicht. Das ist nur Wasserdampf: Wasserstoff und Sauerstoff. Wir könnten das nicht atmen. Der Wasserstoff wird für eine Kernfusion benutzt und verschmilzt zu Helium, wie bei den alten Wasserstoffbomben. Das liefert die Energie für den größeren Prozeß. Die Stickstoffwasserstoffsäure unter dem Gletscher wird in ihre Bestandteile gespalten, und ihr Stickstoff verbindet sich mit dem Sauerstoff des Wassers, um eine Atmosphäre zu erzeugen, die wir atmen können. Die Mischung wird etwas sauerstoffreich sein, doch das gleicht den geringeren Druck an der Oberfläche aus. Das wird sich geben, sobald sich die Atmosphäre erst gebildet hat. Es wird schnell gehen – viel schneller als jeder derartige Prozeß, den wir einleiten könnten.« Er war erstaunt darüber, wieviel er wußte, als der Rest der Informationen der No'ui in seinem Verstand auftauchte. »Aber das ist nur die erste Phase. Der Mars ist kalt, so daß er aufgeheizt werden muß, damit Pflanzen wachsen und die Menschen auf der Oberfläche ohne Raumanzüge leben können, genau wie auf der Erde. Deshalb durchziehen Wärmeleiter den Marsboden und . . .«

Er hielt inne, da er etwas gehört hatte. Der Fahrstuhl blieb stehen. Er hörte, wie sich Türen öffneten und Stiefel auf der Metalloberfläche knirschten. In der Ferne blitzten Taschenlampen auf.

Quaid zog Melina hinter eine Säule, doch als sie sie berührten, brach ein Stück der verrosteten Oberfläche ab und krachte zu Boden. Plötzlich deuteten alle Scheinwerfer in ihre Richtung.

»Zeit für Plan B«, murmelte Quaid.

»Plan was?«

»Du wirst schon sehen.«

Als die Soldaten vorrückten, sahen sie, wie Quaid zu einer Säule lief und sich dahinter versteckte. Richter und die Wachen stürmten hinüber, umzingelten die Säule und eröffneten gleichzeitig das Feuer.

Erstaunlicherweise war Quaid verschwunden. Doch vier Soldaten wurden von ihren Kollegen getroffen und getötet!

Richter runzelte die Stirn, unsicher, wie das hatte passieren können. »Ausschwärmen.«

Sie suchten die Plattform ab. Ein Soldat näherte sich Quaid, hatte ihn jedoch noch nicht bemerkt.

Quaid hantierte an seiner Uhr, und in der Nähe erschien ein Hologramm. Melina nickte anerkennend. So hatte er es also gemacht! Beim ersten Mal hatte sie es nicht mitbekommen. Er hatte einen Holo-Projektor, der sich am Benutzer orientierte. Ein cleverer Einfall!

Der Soldat entdeckte das Hologramm. Er schoß darauf, überzeugt, sein Opfer getroffen zu haben.

Der echte Quaid trat hinter den Soldaten und brach ihm das Genick. Hauser mochte die meiste Zeit seines Lebens kein liebenswerter Mensch gewesen sein, doch er verstand zu kämpfen; seine Reflexe erleichterten die Aufgabe, mit der Quaid vielleicht Schwierigkeiten gehabt hätte.

Richter ließ die Suche fortsetzen. Quaid sprang hinter einer anderen Säule hervor.

Diesmal erspähten mehrere Soldaten gleichzeitig die Gestalt. Sie umzingelten sie und eröffneten das Feuer. Die Kugeln fuhren durch das Hologramm, und die Soldaten erwischten sich gegenseitig. Vier weitere bissen ins Gras.

»Feuer einstellen!« rief Richter. »Es ist ein Hologramm! Laßt euch nicht täuschen!«

Doch seine Warnung kam zu spät für die neun Soldaten, die schon tot waren.

Quaid warf die Holo-Uhr Melina zu.

Zwei Soldaten erblickten Melina. Beide eröffneten das Feuer auf ihr Hologramm – und erschossen sich gegenseitig.

Drei Soldaten schlichen sich an Quaid heran. Sie hatten ihn im Visier. Er lächelte. »Ihr glaubt, ihr habt mich gefunden, was?«

Doch er sah sie nicht an, sondern zur Seite. Das war seltsam. Die Soldaten gelangten zur Auffassung, es mit dem Hologramm zu tun zu haben, und sahen sich nach dem *echten* Quaid um.

Doch das *war* der echte Quaid. Er fuhr herum und schoß sie nieder. »Ihr hattet mich gefunden«, sagte er.

Zwei Soldaten näherten sich, um dem Spiel ein Ende zu bereiten. Melina trat hinter eine Säule hervor. Sie schossen durch sie hindurch. Löcher mit zerrissenen Rändern erschienen in ihren Brustkästen; die echte Melina hatte sie von hinten erschossen.

Der echte Quaid lief zur echten Melina und berührte sie kurz an der Hand, um sich zu vergewissern. Dann liefen sie vorsichtig von Säule zu Säule zum Fahrstuhlschacht. Die Türen waren geöffnet, die Kabine leer. Sie stürmten hinein.

Quaid schloß die Türen. Der Fahrstuhl fuhr mit erstaunlicher Geschwindigkeit aufwärts. Erleichtert umarmten sie einander.

»Ich habe nicht gewußt, daß sie einen Teil der außerirdischen Anlage in Betrieb genommen haben«, versetzte er. »Muß sich um Restenergie handeln, oder sie haben eine Stromleitung gelegt. Cohaagen muß sich wirklich gewaltig für dieses Artefakt interessieren.«

»Halt die Klappe und küß mich«, sagte sie und hob das Gesicht.

Plötzlich wurden ihre Augen größer und ihr Körper steif. Was war los?

Dann hörte er ein leises Geräusch über ihnen und sah ebenfalls nach oben. Ein Deckenpaneel glitt ein paar Zentimeter auf. Richter war auf dem Dach! Er schob den Lauf seiner Waffe durch den Schlitz und schoß. Die Kugel pfiff durch die Kabine, verfehlte sie aber.

Quaid stieß Melina etwas weniger zart, als er es sich gewünscht hätte, zur Seite und riß seine Pistole hoch. Er und Melina erwiderten das Feuer, doch die Kugeln prallten von der Decke ab. Wenn sie so weitermachten, würden sie sich nur selbst umbringen!

Richter hatte sich nicht auf seine Soldaten verlassen. Er hatte gewußt, daß Quaid überleben und hierher kommen würde, seine Soldaten losgeschickt, um seine Opfer abzulenken, und diesen kleinen Hinterhalt errichtet. Richter feuerte aus einer sicheren Deckung heraus, sie waren ungeschützt. Richter lernte allmählich dazu.

Quaid und Melina sprangen willkürlich durch die Kabine, um sich nicht wie auf dem Präsentierteller abschießen zu lassen. Doch das reichte nicht. Sie saßen immer noch in der Falle. Richter schoß weiter, und ein Querschläger traf Quaid in die Schulter.

Das war sinnlos! Quaid riß die Tür auf. Er und Melina sprangen hinaus und gingen hinter gegenüberliegenden Seiten des Fahrstuhls in Deckung. Richter schoß auf sie herab, und sie erwiderten das Feuer. Doch nun hatten sie den Fahrstuhl verlassen, und Richter wurde nicht mehr von der undurchdringlichen Decke geschützt. Er mußte sich aus der Schußlinie halten.

Melina wich einer Kugel aus, verlor das Gleichgewicht, ließ ihre Pistole fallen und konnte sich nur retten, indem sie sich mit beiden Händen festhielt; ihre Füße baumelten über dem Abgrund.

Richter zielte auf Quaid. Quaid ergriff seinen Arm.

In diesem Augenblick sah Quaid nach oben. Hinter Richter machte er die nächste Plattform aus. Der Fahrstuhl schoß darauf zu. Alles, was sich nicht in der Kabine befand, würde geköpft werden! Richter sah es auch. Er grinste gemein.

Quaid versuchte, zu Richter auf das Dach zu klettern, doch Richter stieß ihn zurück. Quaid ergriff Richters anderen Arm und hielt sich fest. Alle vier Arme würden nun jede Sekunde abgetrennt werden.

Nun lehnte sich Richter zurück, zog seine Arme aus dem Gefahrenbereich und verhalf Quaid damit zu dem Schwung, den er brauchte, um auf das Fahrstuhldach zu gelangen. Er wollte Quaid zwar um nichts auf der Welt retten, wußte seine Glieder jedoch zu schützen. Quaid zog seine Füße knapp vor der anscheinend abfallenden Kante in Sicherheit.

Melina schwang sich einen Zentimeter vor der Klinge, die ihre Seite der Kabine hinabglitt, in den Fahrstuhl.

Cohaagen stand in der Nähe des außerirdischen Kontrollraums, als die Abreißexperten ihre Ausrüstung entluden. Er hatte gehofft, in diesem außerirdischen Mechanismus etwas Nützliches zu finden, konnte es sich jedoch nicht leisten, daß er begann, Luft für den Mars zu erzeugen. Er wußte nicht, wem Quaid seine Vermutungen bezüglich dieser Luft verraten hatte, und konnte nicht sicher sein, daß die Rebellen bis zum letzten Mann vernichtet waren. Offensichtlich hatte diese Rebellin Quaid korrumpiert, vielleicht hatte sie das Geheimnis auch schon weitergegeben. Also mußte er den Mechanismus jetzt vernichten, bevor irgendwelche Pseudopatrioten auf kluge Ideen kamen. Mit einem Monopol war es schon eine komische Sache: Wenn man es einmal verloren hatte, bekam man es so gut wie nie zurück. Die Aussicht auf kostenlose Luft würde eine endlose Zahl von Möchtegern-Revolutionären hervorrufen. Also war es an der Zeit, der ganzen Sache ein Ende zu bereiten, indem er diese Möglichkeit eliminierte. Es war töricht gewesen, es so lange hinauszuzögern, doch es hatte einigen Aufruhr um die Erhaltung außerirdischer Artefakte gegeben, und Beamte der Erdregierung hatten ihn heftig bedrängt. Na ja, wenn das

Abreißteam seine Arbeit beendet hatte, würde er ihnen freien Zutritt zur Pyramidenmine gewähren, und dann konnten sie die außerirdischen Trümmer nach Herzenslust bewundern. Eins war sicher: Es würde keine kostenlose Luft geben, und er würde an der Macht bleiben.

Er sah den Fahrstuhlschacht hinab und machte zwei winzige Gestalten aus, die auf dem Dach des aufwärts fahrenden Lifts miteinander kämpften. Das bedeutete, daß Quaid Richters Säuberungsaktion überlebt hatte und noch immer Ärger machte. Er mußte Quaids Beharrlichkeit bewundern; er nutzte Hausers Fähigkeiten aus, der als Agent einsame Spitze gewesen war. Zu schade, daß der Mann sich von ihm abgewandt hatte. Er war viel besser gewesen, als Richter es je sein würde.

Doch es war an der Zeit, daß ein echter Profi die Sache übernahm. Cohaagen holte eine Granate hervor und brachte sie vorsichtig im Getriebe des Fahrstuhls an. Dann lief er zum Kontrollraum.

Wumm! Die Granate wurde vom Getriebe zerquetscht, explodierte, vernichtete den Fahrstuhlmechanismus und sprengte den Stützblock aus seiner Verankerung.

Zufrieden betrachtete Cohaagen sein Werk. Damit waren Quaid *und* Richter erledigt, der ihm sowieso nicht mehr nützlich war.

Noch im Kampf hörten Quaid und Richter die Explosion und spürten, wie der Fahrstuhl erbebte. Die Kabel peitschten gefährlich durch die Luft. Der Lift kam knirschend zum Stehen.

Über ihnen schwang der Stützblock langsam aus seiner Verankerung und kippte unendlich langsam herab.

Richter sah nach oben und begriff, was geschehen war. »Scheiße!« rief er.

»Er läßt mich auch draufgehen!«

»In einer Schlangengrube findet man eben nur selten wahre Freunde«, sagte Quaid mit spöttischem Mitgefühl.

Dann klammerten sich die beiden Männer an der Kabine

fest, während der Stützblock wie ein gefällter Baumstamm in den Abgrund stürzte.

Trotz seines Spotts war Quaid keineswegs davon überzeugt, daß sie davonkommen würden. Es war sehr tief bis zum Boden!

Dann prallte der Stützblock auf eine der gewaltigen Trossen, die eine Brücke über einen kleinen Bogen der Grube bildeten. Sie würden nicht mit in die Tiefe gerissen werden – noch nicht.

Doch die Wucht des Aufpralls wurde zurückgeworfen, und die beiden wurden vom Fahrstuhlschacht geschleudert. Beide versuchten verzweifelt, sich irgendwo festzuhalten.

Quaid bekam ein loses Fahrstuhlkabel zu fassen, Richter ebenfalls. Aber es half ihnen nichts; die Kabel waren nicht befestigt. Sie stüüüürzteeeeen . . .

Quaids gesamtes Leben rollte nicht vor seinem inneren Auge ab, nicht einmal sein kurzes Leben als Quaid. Sein einziger Gedanke galt Melina, die ihn aus dem Fahrtstuhl herabstürzen sehen würde, und er verspürte ein kurzes Bedauern, daß ihre Beziehung hier enden mußte. Ihre Beziehung – und die Existenz der Menschheit, wenn der Mechanismus der No'ui die Sonne in eine Nova verwandelte.

Twangg! Ihr Sturz fand eine unerwarteten Halt. Das Kabel hatte sich irgendwo verfangen.

Nein – Quaid und Richter hingen an den beiden Enden eines langen Kabelstücks, das sich über den Stützblock spannte. Sie schwangen etwa acht Meter unter dem Block hin und her und dienten einander als Gegengewichte. Sie hatten einander gerettet: eine weitere Ironie.

Quaid sah sich nach einem Ausweg um. Es gab keinen; sie baumelten unter dem Block, und es befand sich nichts in ihrer Reichweite. Quaid erhaschte einen Blick auf die geöffnete Fahrstuhltür und sah einen leblosen Körper. Das mußte Melina sein, die benommen in der Kabine lag; dieselbe Wucht des Aufpralls, die sie hinabgeworfen hatte, mußte sie von den Füßen gerissen haben. Doch was könnte sie tun, selbst wenn sie bei Bewußtsein wäre? Quaid und Richter mußten gemeinsam überleben oder gemeinsam in den Tod stürzen.

Während sie hin und her schwangen, nutzte Richter Quaids kurze Unaufmerksamkeit, um sich neben ihn zu bugsieren. Er trat Quaid zwischen die Beine. Quaid gelang es im letzten Augenblick, sich zu drehen und den Tritt mit dem Schenkel abzufangen. Sein baumelnder Körper schwang zur Seite und nahm dem Tritt die Wucht, doch der Schmerz war trotzdem schier überwältigend.

Die Bewegung versetzte das Kabel in Schwingung. Quaid war etwas schwerer und glitt nach unten, während Richter um das gleiche Stück nach oben gezogen wurde.

»Nicht!« rief Quaid.

Bei der nächsten Schwingung war Richter über ihm. Er trat Quaid in die Rippen. Erneut versuchte Quaid sich umzudrehen, um den Tritt abzufangen, doch erneut war er heftig genug, daß er ihn spürte.

»Du Dummkopf!« rief Quaid. »Hör mir zu!« Der Schwung hatte sie voneinander fortgetragen, doch sie würden sich gleich wieder in Reichweite befinden. »Wenn ich loslasse, fällst du auch!«

»Scheißdreck!« erwiderte Richter. Dann näher schwingend, trat er auf Quaids Kopf ein.

Erneut konnte Quaid dem Tritt nur die Wucht nehmen, ihm aber nicht ausweichen. In seinen Ohren klingelte es. »Denk doch nach!« rief er. »Wenn ich loslasse, wird mein Ende des Kabels über den Block gleiten!«

Richter sah hoch und begriff endlich, daß Quaid recht hatte. Er war nicht klug genug gewesen, um die Gefahr zu erkennen, und auch nicht, um die Lösung zu sehen. Um so besser.

Quaid ergriff Richters Fuß und band das hinabbaumelnde Ende von dessen Kabelhälfte um dessen Knöchel. Richter versuchte wütend, ihn zur Seite zu treten. »Was tust du da?«

Quaid zog sich an seinem Kabel hoch und deckte Richter, der völlig überrascht war, so töricht angegriffen zu werden, mit heftigen Schlägen und Tritten ein. »Hör auf!« rief er mit den gleichen Worten, die Quaid noch vor einem Augenblick benutzt hatte. »Du Dummkopf!«

Quaid drang auf Richter ein, der sich nur verteidigte und Angst hatte, ebenfalls anzugreifen. Er sah wie gebannt in den offenen Abgrund unter ihnen hinab. »Wenn ich falle, fällst du auch!«

»Falsch«, sagte Quaid. Mit einem mächtigen Schlag ins Gesicht zwang er Richter, das Kabel loszulassen. Am Fuß angebunden, stürzte Richter mit dem Kopf zuerst hinab. Sein Schwung veranlaßte das Kabel, über den Block zu gleiten, und er fiel weitere fünf Meter, während Quaid gleichzeitig zu dem Block hinaufgezogen wurde.

Quaid hielt sich an dem Block fest. »Wir sehen uns auf der Party!« rief er Richter zu, der wie ein baumelnder Sandsack mit dem Kopf nach unten an dem Kabel hing.

Richter wollte etwas sagen, doch nackte Furcht verzerrte sein Gesicht, als er begriff, daß Quaid ihn ausgetrickst hatte.

Dann ließ Quaid das Kabel los. »Guten Flug!«

Drei Meter Metall peitschen durch seine Hände und über den Block, und Richter stürzte hinab. Sein entsetzter Schrei folgte ihm.

Quaid konnte nur hoffen, daß es einen anderen schnellen Weg nach oben gab. Er mußte Cohaagen daran hindern, den Reaktor zu vernichten – und die gesamte Menschheit.

Cohaagen und sein Team waren in dem Kontrollraum des Reaktors beschäftigt. Es handelte sich um eine Steinkammer, gefüllt mit komplizierten mechanischen Systemen und elektronischen Konsolen, genau wie in Quaids Erinnerung, die Kuato freigesetzt hatte. Die gewaltigen Säulen hatten sich hier zu kleineren Spitzen verdünnt. Sonnenlicht fiel durch das Glasdach. Auf einer Seite befand sich die Steinwand mit dem hieroglyphischen Mandala.

Soldaten arbeiteten in mehreren Teilen des großen Raums, brachten Sprengstoff an, verlegten Kabel und bohrten Löcher für die Sprengladungen.

Der Lärm war ohrenbetäubend.

Ein Soldat bohrte aufmerksam. Jemand tippte ihm auf die Schulter. Er sah auf. Es war Melina. Erstaunt erstarrte er.

Hinter ihm ergriff Quaid seinen Preßlufthammer und durchbohrte den Mann damit.

Ein in der Nähe stehender Bauarbeiter sah Quaid und griff ihn mit seinem Preßlufthammer an. Doch Quaid wußte mit diese Waffe umzugehen. »Stößt dich das um?« fragte er, als er seinem Gegner den Bohrer in die Brust stieß. Zwei weitere Männer, die ihn angriffen, als er zur Mandala stürmte, erlitten dasselbe Schicksal.

Cohaagen schnappte sich den Zünder und versteckte sich.

Melina hob die Waffe eines toten Soldaten auf und sah sich um.

Ein Bauarbeiter schlich sich von hinten an Quaid an und wollte ihm das Genick durchbohren. Melina erschoß den Mann ohne Zögern.

Cohaagen klemmte Drähte in den Zünder ein.

Quaid kämpfte an dem Mandala mit einem Soldaten und tötete ihn. Dann ließ er seinen Preßlufthammer fallen, riß die Sprengladung aus dem Loch, das Cohaagens Leute in die Mandala gebohrt hatten, und warf sie weit fort.

Er wollte gerade die Handfläche auf die hieroglyphische Darstellung der Handfläche auf dem Mandala legen, als Cohaagen ihn anrief.

»Tut mir leid, Doug. Ich kann das nicht zulassen.«

Quaid fuhr herum und sah, daß Cohaagen den Zünder in der Hand hielt. Er bedeutete Quaid, von dem Altar zurückzutreten. Quaid gehorchte.

»Sobald die Reaktion anläuft, weitet sie sich auf das gesamte Turbinium im Planeten aus«, sagte Cohaagen. »Es wird zu einem globalen Schmelzvorgang kommen. Deshalb haben die Erbauer ihn nie eingeschaltet.«

»Sie wissen nicht, wovon Sie sprechen«, sagte Quaid.

»Vielleicht nicht«, erwiderte Cohaagen. »Doch was immer geschehen wird, ich habe nicht die Kontrolle darüber, und das werde ich nicht dulden! Ich habe mein ganzes Leben dafür gearbeitet, dorthin zu kommen, wo ich jetzt bin, und werde mir das weder von dir, den Rebellen noch einem ganzen Planeten voller außerirdischer Artefakte nehmen lassen. In einer halben Minute bist du tot. Dann jage ich dieses Ding in die Luft und bin zum Frühstück wieder zu Hause.« Er schüttelte traurig den Kopf. »Ich wollte nicht, daß es so endet. Ich wollte Hauser zurückhaben. Aber nein, du mußtest ja unbedingt Quaid sein.«

»Ich *bin* Quaid.«

»Du bist ein Niemand!« schrie Cohaagen mit plötzlichem Zorn. »Du bist ein dummes Programm auf zwei Beinen. Ich habe alles an dir erfunden: deine Träume, deine Erinnerungen, deinen lächerlichen Ehrgeiz. Du *hättest* jemand sein können«, spottete er. »Du hättest echt sein können. Doch statt dessen hast du dich dafür entschieden, ein Traum zu sein.« Cohaagen hielt den Zünder in der einen Hand, während er mit der anderen eine Pistole aus seiner Jacke zog. Er hob sie. »Und alle Träume müssen einmal enden.«

Der Knall eines Schusses hallte durch den Reaktorraum. Cohaagen stürzte zurück, in die Schulter getroffen. Melina stand neben dem Fahrstuhl, die Waffe noch in der Hand. Quaid lief los, um die Pistole aus Cohaagens Reichweite zu treten, und sah, daß es dem Mann irgendwie gelungen war, den Zünder festzuhalten. Nein, dachte Quaid, der Mann blufft. Cohaagen hängt genauso am Leben wie jeder andere. Er würde die Sprengladung nicht zünden, die auch ihn töten würde.

Cohaagen sah die Zweifel in seinen Augen. Er grinste boshaft. Und schaltete den Zünder ein.

Eine gewaltige Explosion erschütterte den Raum und vernichtete fast alles bis auf das Mandala, deren Sprengladung Quaid entfernt hatte. Cohaagen hatte nicht geblufft!

In das Glasdach war ein Loch gerissen worden. Ein starker Sog zerrte alles zu der Öffnung. Gegenstände und menschliche Körper wirbelten in einer Spirale empor, in einem umgekehrten Tornado.

Cohaagen hielt sich an einem Vorsprung des Reaktors fest. Melina kauerte in einer Ecke. Quaid, der schon halb zum Loch hinaufgezerrt worden war, unternahm eine übermenschliche Anstrengung, um gegen den Luftsog zu dem Mandala zu kriechen. Es war nicht zerstört worden und stellte den Schlüssel dar; wenn es noch funktionsfähig war, hatten sie vielleicht noch eine Chance. Wieviel Schäden würde der Reaktor tolerieren, bevor er seine eigene Selbstvernichtung auslöste? Hatten die No'ui die Möglichkeit eines unabhängigen Schadens einkalkuliert, etwa durch eine Meteoriteneinschlag? Vielleicht war er nicht besonders empfindlich justiert. Das war seine einzige Hoffnung!

Er bekam das Seil zu fassen, das durch den Luftsog straff gespannt war, und zog sich hinab. Die Kuppel war beschädigt, doch solange noch Luft aus dem Loch entwich, konnte er noch atmen. Wenn diese Luft erschöpft war ...

Cohaagen zog sich hinüber und baute sich zwischen Quaid und dem Mandala auf. Er wußte, daß es noch nicht unbedingt vorbei war.

Quaid hielt sich mit der linken Hand fest und streckte die rechte nach der hieroglyphischen Darstellung aus.

»Nicht!« überschrie Cohaagen das Tosen. »Du bringst uns alle um!«

Quaids Hand näherte sich dem Emblem. Er streckte den Arm aus. Cohaagen trat auf ihn ein. »Jeden Mann! Jede Frau! Jedes Kind!« Er trat heftig mit dem Absatz auf Quaids linke Hand. »Sie werden sterben, Quaid! Sie werden sterben!«

Quaid wußte, daß der Mann verrückt war, und ignorierte die Worte. Die Tritte konnte er jedoch nicht ignorieren. Er war bereits durch den Streifschuß geschwächt, den er abbekommen hatte, und durch den Kampf mit Richter. Er hatte den Eindruck, keine Sekunde lang mehr durchhalten zu können. Doch er war dem Erfolg so nahe ...

»Blödsinn!« rief er Cohaagen zu. Er streckte sich und drückte die rechte Handfläche auf die Hieroglyphenhand.

Er spürte ein Kitzeln. Eine Stimme schien direkt in seinem Kopf zu sprechen: *Getan.*

Ein gewaltiges Poltern ließ den Kontrollraum erzittern. Der

Reaktor lief an! Die anderen Kontrollen mußten nur zur Tarnung dienen oder vielleicht für Feineinstellungen. Cohaagen hatte sie zwar zerstört, doch vielleicht war es wie bei einem Radio: Wenn man die Knöpfe abbrach, ließ es sich nur noch schwer einstellen, doch sein Innenleben blieb intakt.

Das gesamte mechanische System lief an. Die uralte Maschine ächzte und stöhnte. Hundert Säulen senkten sich gleichzeitig.

Der Vorsprung, an dem Cohaagen sich festhielt, senkte sich in den Boden. Er mußte loslassen, wurde in die Luft und durch das Loch gezerrt.

Die Säulen senkten sich aus ihren Verankerungen in die Löcher im Eis. Tief unter ihm glühte der gesamte Gletscher auf. Der Prozeß war in Gang gesetzt worden und lief nun vollautomatisch ab; Quaids verzweifelte Geste hatte ausgereicht. Der chemische Prozeß begann, auch die Kernfusion, und würde so lange anhalten, bis der gesamte Mars über Luft, Wärme und flüssiges Wasser verfügte.

Melina wurde näher zum Loch gezerrt. Quaid ließ sich zu ihr ziehen und versuchte sie zu halten. Wenn sie sich nur festhalten könnten, bis der Druckausgleich stattgefunden hatte – doch das schien unmöglich. Der Druck würde hier zuerst fallen und sie erledigen.

Der gesamte Schutt aus dem Abgrund kam hoch: noch mehr Leichen, Gewehre, Teile von Maulwürfen, Felsbrocken, Sand. Wenn alles hinausgesogen war und der Luftdruck fiel, würden auch sie sterben – doch der Mars und die Menschheit waren gerettet. Wenigstens würde er in Melinas Armen sterben; wenn sein Leben schon enden mußte, dann auf die Art, die ihm am liebsten war.

Die Kammer füllte sich mit einem wirbelnden Nebel. Er roch seltsam und war warm und feucht.

Die Luft und die Wasserdämpfe vom Reaktor! Die neue Atmosphäre war schon im Entstehen begriffen!

Weitere Trümmer trieben hinauf. Benny. Und Richter, der noch an seinem Seil baumelte.

Melina wurde zu der Öffnung gezerrt. Quaid klammerte sich an sie, war jedoch machtlos gegen den Luftsog. Nun, da der Reaktor der No'ui in Schwung gekommen war, war er sogar noch stärker geworden. Quaid wußte, daß der Großteil der Luft durch andere, überall auf dem Planeten verteilte Schächte hinausfloß, doch solange dieses Leck blieb, würde sie auch hier ausströmen.

Sie segelten, sich noch immer festhaltend, zur Kuppel hinauf. Quaid streckte sich und versuchte, sich an den Rändern des Lecks festzuhalten, doch der Druck war zu stark. Er riß ihn herum und schob ihn und Melina hinaus.

Draußen legte sich der Wirbelwind schnell. Quaid und Melina landeten auf der Flanke des Vulkans, ein paar Meter von Cohaagens Leiche entfernt. Sie sah grotesk aus; die Augäpfel waren zerfetzt, die geschwollene Zunge drang aus dem Mund, und Blut sickerte aus den Ohren. Cohaagen hatte zahllose Menschen für solch kleine Vergehen wie Widerstand gegen eine unbegründete Verhaftung durch Drucksenkung hinrichten lassen; nun hatte er ein ähnliches Ende gefunden. Das war Gerechtigkeit.

Die Luft wurde aus Quaids Lungen gezogen. Er und Melina rangen um Atem.

Quaid krümmte sich zusammen, versuchte, seine Augäpfel so lange wie möglich zu schützen. Selbst in dieser hoffnungslosen Lage kämpfte er um sein Leben, um ein paar zusätzliche Sekunden!

Ein gewaltiger Geysir aus Wasserdampf und Gas sprühte aus der Kuppel und bildete eine große weiße Wolke. Ihre Wärme schlug auf sie ein.

Quaid ergriff Melinas Hand und fühlte, wie ihre Finger die seinen drückten.

Sie würden zusammen sterben, mit dem Wissen, daß der Mars und die Menschheit überleben würden.

Der Berg vibrierte, als die Anlage der No'ui richtig in Gang kam, und Wind strömte aus ihm hinaus. Von den Flanken des Pyramidenbergs hob sich Staub und enthüllte die Umrisse einer wirklichen außerirdischen Pyramide darunter. Nun bestand kein Grund mehr, ihre wahre Natur zu verbergen.

Quaids und Melinas Schleimhäute begannen zu bluten. Sie hielten sich eng fest und wußten, daß dies das Ende war.

Dann umschloß die sich ausdehnende Wolke sie. Warme Wassertropfen spritzten auf ihre Körper, und Flaumflocken segelten an ihnen vorbei. Er wußte, daß es sich dabei um die geflügelten Samen der Pflanzen handelte, die die No'ui erzeugt hatten, die vom Wind verweht wurden, damit sie Wurzeln schlagen und den lebensfeindlichen Marsboden in organische Erde verwandelten, damit dort später normale irdische Pflanzen wachsen konnten. Das war der Beginn des Terraforming, das den Planeten Mars in ein Paradies für Erdenmenschen verwandeln würde. Er war sehr glücklich, dies vor seinem Tod noch sehen zu können.

Dann begriff er, daß er atmete! Melina keuchte neben ihm. Sie rangen gierig um mehr Luft und sahen sich erstaunt an. War das die andere Seite des Todes, und konnten ihre Seelen nun frei atmen?

Die Wolke zog weiter, doch sie konnten noch immer atmen. Sie schauten auf.

Der rote Marshimmel verwandelte sich über ihnen in ein kräftiges Blau.

Die neue Atmosphäre breitete sich aus, und sie waren ihrem Ursprung nahe genug, um davon zu profitieren! Deshalb hatten sie um Atem gerungen, waren aber nicht erstickt, und nun wurde die Luft dichter, und sie atmeten fast wieder normal! Sie würden also nicht sterben!

Sie erholten sich etwas und setzten sich auf. Die Luft war frostig. Sie war erwärmt aus dem Berg hervorgebrochen, doch bei der Ausdehnung abgekühlt. Schneeflocken fielen auf sie hinab. Doch der Boden selbst wurde nun wärmer, als sich die Hitze des Kernreaktors ausbreitete.

Es bestand also auch keine Gefahr, daß sie erfrieren würden!

Sie bemerkten die Schneeflocken auf ihren Haaren. Sie

berührten sie und und leckten sie einander von den Gesichtern ab.

Sie sahen sich wieder ehrfürchtig um. Der Himmel war blau, doch es schneite nun heftiger.

Sie umarmten einander, um sich zu wärmen, und küßten sich. Das Leben war wunderbar!

Dieser Gedanke hallte auch in den Schreien und Jubelrufen wider, die in Venusville erklangen.

Als der Reaktor angesprungen war, waren alle Kuppeln auf dem Mars zusammengebrochen. Ihres Schutzes beraubt, warfen sich die Menschen aus Angst vor dem Druckverlust zu Boden. Die wohlhabenden Touristen liefen in der Lobby des Hilton zusammen, und die Minenarbeiter ließen ihre Werkzeuge fallen und knieten nieder.

Für die Rebellen war die zertrümmerte Kuppel fast ein willkommener Anblick. Es war schrecklich, durch Druckverlust zu sterben, doch diese Todesart würde wenigstens ihrem langsamen Ersticken ein Ende bereiten. Im *Last Resort* hatte Tony gerade noch genug Kraft, um eine schwache Faust zu heben und gen Himmel zu schütteln, als . . .

Ein Wunder geschah. Däumelina bewegte sich auf dem Boden und setzte sich auf. Der Barkepper hob den Kopf und atmete. Tony starrte sie verblüfft an. Er atmete tief ein, und dann noch einmal. Sie hatten Luft! Es war unmöglich – die großen Fächer hatten sich nicht wieder in Bewegung gesetzt – doch sie hatten Luft! Er sog sie tief in die Lungen und lachte laut auf. Luft!

Nach einem Augenblick lachten sie alle. Sie erhoben sich und führten einen Freudentanz auf. Sie tanzten auf die Straße hinaus, und andere gesellten sich zu ihnen – Männer, Frauen und Kinder – und bildeten eine lange, ausgelassene Polonaise, die sich über den Platz und durch die Straßen wand. Luft! Die Tyrannei des Monopols der Marskolonieverwaltung auf die Luft war gebrochen! Es war wie ein Wunder.

Quaid und Melina sahen zu ihren Füßen hinab. Der Schnee schmolz, wenn er den Boden berührte, und der Marsboden war naß und schwammig. Wasserrinnsale flossen über ihn hinweg. Es würde etwas Erosion auftreten, doch die Pflanzen der No'ui fielen schon hinab. Sie würden bald Wurzeln schlagen, die Erde festhalten, sie verankern und in Humus verwandeln. Der rote Mars würde zu einem grünen Planeten werden!

Melina schmiegte sich an ihn. »Nun Mr. Quaid, ich hoffe, die Reise zu unserem schönen Planeten hat Ihnen gefallen.«

»›Gefallen‹ ist nicht das richtige Wort«, erwiderte er etwas schroff. Sie hatten sich das Recht auf Fortschritt erkämpft, als Volk wie als Rasse, doch der schreckliche Preis dafür war ihm noch zu gut in Erinnerung.

»Na, komm schon. Hast du nicht den Mars gesehen, die Bösen getötet und den Planeten gerettet?« Sie lächelte ihn verführerisch an. »Du hast sogar das Mädchen deiner Träume bekommen.«

Sie neckte ihn, doch bei ihren vertrauten Worten lief ihm eine Gänsehaut über den Rücken. »Mir kam ein schrecklicher Gedanke«, sagte er. »Was, wenn *diese* Wirklichkeit nur ein Traum ist?«

»Dann küß mich schnell«, sagte sie ernst. »Bevor du aufwachst.«

Quaid verscheuchte das Schreckgespenst. Er nahm Melina in die Arme und küßte sie heftig. Er war mit dem Träumen fertig; die Wirklichkeit war viel besser.

ENDE